드라큘라 야근!
와가하라 사토시
일러스트 아리사카 아코
satoshi wagahara
ill. aco arisaka

"아 정말. 젠장……
지갑 안에…… 내 면허증이랑 봉지가…………에……."
토라키 유라
일조권 최악인 반지하에 사는
편의점 야근 흡혈귀.
인간의 몸으로 돌아가기 위해서
어느 흡혈귀를 찾고 있다.

"얼 그레이가 있잖아.
일본의 편의점,
굉장하네…… 어,
앗! 아, 아…… 그……."
아이리스 예레이
흡혈귀 퇴치를 생업으로 하는
남성 공포증이 있는 수녀.
일본에서 살 곳이 없기에
토라키의 집으로 굴러들어가려 한다.

"어서오세…… 어라?! 아카리?
이런 시간에 웬일이니?"
"……아빠, 있어?"
무라오카 아카리
토라키가 일하는 편의점의 점장인
무라오카의 딸.
토라키와 사이는 좋지만 아빠하고는
미묘한 시기의, 한창 사춘기인 여고생.

"……저기…… 유라……
어떻게 된 거야? 누구야?"
"너 말야. 그 흡혈귀 개그,
재미없으니까 관두라고
몇 번 말하냐? 미하루."

"당신들의 그 역겨운 성무에
제 사랑하는 토라키 님을 끌어들이다니,
만 번 죽어 마땅해요."
히키 미하루
토라키의 비밀을 아는 명가의 아가씨.
경찰이나 뒷사회,
흡혈귀 퇴치를 하는 암십자 기사단에도
영향력을 가진 미소녀.

FRONT M

디자인 ■ 키무라 디자인 랩

드라큘라 야근!

DRACULA YAGEUN!

와가하라 사토시 지음
아리사카 아코 일러스트
박경용 옮김

제 1 장 흡혈귀는 아침 귀가를 못한다 DRACULA YAGEUN!

어떤 번화가라도, 심야의 흥분이 식어버리는 순간이 있다. 마법이 풀렸다고 말할 수밖에 없는 순간이다.

토라키 유라는, 세상이 밤의 마법에서 풀려나는 것은 계절을 가리지 않고 오전 4시반이라고 생각했다.

여름에는 단순하게 동쪽 하늘이 하얗게 번지기 시작하고, 일출이 늦은 겨울이라도 그 정도의 시간이면 야마노테 선의 첫차가 움직이기 시작하는 것이다.

내일의 양식을 벌기 위한 기운을 돋우기 위해서, 어른들은 제각각 술집에 들어가 버린다. 그리고 빛과 네온이 비추는 쓸쓸하고도 소란스러운 거리에 멀리 울리는 철도의 소리. 그것이 바로 낡은 하루를 완전히 쫓아내고 새로운 세상의 시작을 고하는 천상의 나팔 소리인 것이다.

토라키는 아무리 늦어도 그 시간대에는 자택에 돌아가기로 결심했고, 실제로 돌아가고 있었다.

그러나 오늘은.

"응? 토라키 말야. 정말로 나처럼 되면 안 된다니까아? 정말로 뭘 위해서 그렇게 열심히 일했는지 말야아, 울고 싶어진다니까아."

"무라오카 씨, 그거 오늘 다섯 번째 말했어요."

"아무렴 어때애애 여섯 번이든 일곱 번이든 들어달라고

오…… 우우우우…… 토라키, 여친이 생기면 잘 보고 배려를 해줘야 하는 거야. ……나는…… 나느으은……!"

오늘은 의리와 인정이 마법을 웃돌았다.

24시간 영업을 하는 선술집의 카운터에서, 싸구려 병소주를 두 병 더 열면서 주정을 부리는 중년 남자의 등을 쓰다듬었다. 이것도 『어젯밤』이 가게에 들어온 뒤부터 도합 열 번째다.

꼬박 3년. 밤 한정. 토라키는 이 무라오카가 경영하는 편의점 프론트 마트 이케부쿠로 동5쵸메점에서 일하고 있었다.

토라키가 아르바이트를 할 수 있는 시간은 밤으로 한정되어 있었다.

남에게 말할 수 없는 사정 탓에 낮에는 절대 일하지 않았다.

무라오카는 일하는 시간이 한정적인 토라키를, 딱히 캐묻지도 않고 1대 1의 어른으로서 고용해 주었다.

편의점 경영자에게 정기적으로 심야 근무를 할 수 있는 사람이 중요한 것은 틀림없다.

그러나 토라키 입장에서는 사정을 깊게 캐묻지 않고 자신을 고용해주는 사람은 결코 많지 않았다.

그렇기에 지금 은인인 무라오카가 인생의 궁지에 서 있다는데도, 옆에서 푸념을 들어주는 것밖에 못한다는 사실이 미안했다.

그러다보니 그만, 방심해서 시간 조절을 실패해 버렸다.

"괜찮다니까요. 좀 여러모로 엇갈린 것뿐이지, 사모님도 결국 이해해줄 겁니다."

사흘 전에 무라오카의 아내가 집을 나갔다.

그렇잖아도 격무에다 쉬는 날도 없는 프랜차이즈 편의점의 오너다.

그런데다가 워커 홀릭. 열여섯 살이 되는 딸의 커다란 피아노 콩쿠르를 까먹어버린 것을 계기로, 기어이 폭발해버린 모양이다.

이 술자리가 개최된 것도 아내가 집을 나가버리고 사흘 뒤였으니, 아내도 충분히 할 말이 있다고 할 정도로 가정을 돌아보지 않았으리라.

"아내가 집을 나가니까 딸도 전혀 눈을 마주쳐주질 않는단 말야아……. 그건 뭐 원래 그렇긴 했지마아안!"

무라오카의 딸은 토라키도 몇 번 본 적이 있다. 사모님은 딸을 데리고 가진 않은 걸까?

의문스럽게 생각하면서 토라키는 몰래 손목시계를 보았다.

두 개의 바늘은 이미 마법이 풀린 시간보다 20분이나 지났다는 걸 알려주고 있었다.

"괜찮다니까요! 그 마음을 잊지 않으면 사모님도 따님도 이해해줄 겁니다! 저도 밤만이라도 할 수 있는 한 협력할게요! 저기! 죄송합니다! 여기 계산이요!"

미리 알아본『시간』과 지금 있는 장소를 생각하면 이미 한계였다.

"무라오카 씨! 언제나 신세를 지고 있으니까 오늘은 제가 살게요!"

"안 돼애애…… 오너잖아 연상이잖아 안 돼애……."

이른 아침 근무자가 없을 때도, 갑작스런 트러블로 결근이 발생해서 지원을 요청해도, 한 번도 응한 적이 없었다.

그렇기에 은혜를 입은 무라오카가 궁지에 몰려 있다는 사실이 토라키를 주점에 묶어두었다. 가게를 나서서 무라오카와 헤어졌을 무렵에는 동쪽 하늘이 확실하게 밝아지기 시작하고 있었다.

"일출 예보 시간까지 앞으로 20분……. 이 시간이라면 달리면 아슬아슬하게 어떻게든……."

일을 한 다음에 술까지 마신 몸으로는 힘든 선택이지만, 토라키는 마지막 힘을 짜내 크게 숨을 내쉬면서 기합을 넣고 발을 디뎠다.

"뭐 하는 건가요! 그만둬! 놔주세요!"

"소란 피우지 말고 이리와!"

"싫어, 만지지 마! 시……."

그리고 세 걸음 만에 멈췄다.

가볍게 주위를 둘러보았지만, 아침의 쌀쌀한 공기와 이케부쿠로의 거리는 아무 이상이 없다.

그러나 토라키는 알 수 있다.

이 거리 어딘가에서 젊은 여성이 습격을 받고 있다.

이른 아침 마법이 풀린 이케부쿠로 역에서, 첫차를 타고 돌아가려는 사람들의 인파에 뒤섞여 들린 소리는 확실하게 존재한다.

"……."

3분만에 달려가서 1분만에 경찰에 신고하고, 그대로 도망치자.

토라키는 집으로 가려던 발길을 돌리고, 비명이 들린 방향을 향해 정확하게 달려갔다.

"어디 사는 어느 놈이야. 이렇게 기분도 가라앉는 아침에 멍청한 짓을 하다니."

어딘가의 빌딩 옥외 간판에 걸려 있는 온도계는 겨울의 이른 아침답게 1℃의 상당히 추운 수치를 보이고 있지만, 토라키의 체감온도는 점점 상승했다.

"예보가 틀렸나! 여보세요! 여보세요! 아마 사건인 것 같아요!"

조금씩 빛이 늘어나는 하늘을 밉살맞게 노려보면서, 토라키는 금방『현장』에 도착했다.

"젠장, 이러기냐!"

귀에 대고 있는 슬림폰은 이미 긴급 범죄신고 번호와 통화 연결이 됐지만, 토라키는 욕지거리를 뱉었다.

아스팔트 바닥에 쓰러져 있는 젊은 여성, 그 주변을 양복 차림의 남자 세 명이 둘러싸고 있었다.

양복 차림의 남자들은 술자리 끝내고 나온 사람 특유의 흐트러진 복장과 발걸음이었고, 명백하게 저열한 목적으로 여성을 둘러싼 모습이었다.

"지금 누가 여자를 덮치고 있어요! 장소는 구청 근처의 무인 주차장 뒤쪽인데……."

명백하게 비상사태다. 어떤 사정이 있든 연관되면 무시무시하게 시간을 빼앗긴다.

당장 경찰에 신고를 하고 그 자리에서 물러나는 것이 최선일 것이고, 이 현장에 마주친 성인이라면 100퍼센트 그렇게 할 것이다.

"앗!"

젊은 여성은 토라키의 모습을 보자마자, 명백하게 혐오감과 공포로 가득한 표정을 지었다.

"힉…… 어…… 시……!"

밤을 뭉쳐놓은 것 같은 검은 옷에 정신이 팔려 한순간 깨닫지 못했지만, 겁먹은 눈동자의 색은 파랗고, 공포로 흐트러진 머리칼은 금색이었다.

혹시 토라키를 새로운 불한당으로 착각한 것일까?

"컴온, 컴다운! 아임 저스트 콜링 더 폴리스!"

지금까지 그럭저럭 오래 살아온 인생의 결실로, 어설픈 억양이나마 영어가 입에서 튀어나왔다.

상대가 영어권 사람인지 아닌지도 모르고, 처음에 들린 비명은 일본어였다. 하지만 적어도 이걸로 여성은 자기한테만 말한 거라고 알 수 있을 것이다.

그걸로 토라키가 불한당이 아니라는 걸 짐작해주면 좋겠

D.C.K

지만.

지금 당장의 문제는 남자들이다. 그들도 토라키가 방해하러 끼어든 것을 확실하게 이해한 모양이다.

각자 험악한 눈으로 토라키를 노려보았다.

“지금 경찰한테 전화하고 있다고 한 거야! 그 사람 놔줘!”

“어엉? 뭐어야…….”

“경차알?”

“겨, 경찰?!”

남자들의 반응은 명확했다.

한 명은 척 보기에도 운동부 출신 같은 풍채의 덩치가 큰 남자. 한 명은 키가 크고 스마트하다고 해줄 수도 있지만, 뱃살을 얼버무릴 수가 없게 되었을 법한 중년. 한 명은 물리적으로도 정신적으로도 두 사람 뒤에 숨어 살아갈 법한 작은 남자.

입장이 강한 두 명은 도전적인 눈으로 토라키를 노려보고, 자그마한 남자는 겁을 먹은 듯 숨을 삼켰다.

“이보세요…….”

토라키는 당혹했다.

세 남자는 보아 하니 사려가 얕은 양아치도, 폭력에 익숙한 직업을 가진 자들도 아니다. 아무리 들여다봐도, 어디 회사를 다니는 샐러리맨이다.

“흥이 식는 소리 하지 마라! 얼른 꺼져!”

문제는 입장이 강해 보이는 두 명이 한없이 기가 살아 있다는 것이다.

덩치 큰 남자가 씩씩 어깨를 들썩이며 토라키를 위압했지만, 토라키는 의연하게 마주 노려보았다.

"나쁜 뜻이 없었다거나 술 때문에 그랬다라고 하는 게 안 통하는 시대인 거 몰라요?"

"시끄럽다고오오!"

시간 벌기는 여러 가지 의미로 하고 싶어도 못하는 상황이다. 그래도 여성을 조금이라도 진정시키기 위해서 계속 말을 걸고자 했지만, 덩치 큰 남자가 손에 든 가방을 던졌다.

"우왓!"

갑작스런 행동이라 토라키의 반응이 늦었다. 오른손에 쥐고 있던 슬림폰을 떨어뜨리고 말았다.

슬림폰은 하필 터치 화면을 아래쪽으로 한 채 땅바닥에 떨어지며 둔탁한 소리를 냈다.

토라키의 외모는 결코 위압적이지 않았다.

키는 주정뱅이들과 비교해서 작은 편이고, 낙낙한 옷을 입고 있기도 해서 마르고 가녀린 인상도 주고 있을 것이다.

"……위, 위험하잖아요……."

일행이 다른 사람에게 손을 대자 겁을 먹은 남자가 주춤거렸지만, 덩치 큰 남자는 당연히 물러서지 않는다.

"시끄럽드아인뫄아느애가마리코오오부장이라고오오!"

방해를 받은 분노에 힘입어 혀도 제대로 안 돌아가면서, 자기소개를 하는 남자를 토라키는 노려보았다.

과음 탓이 아니라, 단순히 평소부터 다른 사람에게 위압적으로 구는 것에 익숙한 인간일 것이다.

키가 큰 남자도 덩치 큰 남자 옆에서 토라키를 위압하듯 마주섰다.

"그러니까 네가 제일 쓰레기라고 보면 되는 거지?"

토라키는 덩치 큰 남자가 공 던지듯 휘두르는 손을 받아내더니, 무방비하게 펼친 손의 엄지를 잡고서 힘껏 안쪽으로 비틀었다.

"끄아악?!"

휘두르던 기세까지 더해져서 덩치 큰 남자의 자세가 한껏 무너졌다. 그때 가볍게 정강이 바깥쪽을 찔러주자, 본래 발걸음이 불안정했던 남자는 간단히 땅바닥에 넘어졌다.

키가 큰 남자는 덩치 큰 남자가 손쓰지도 못하고 쓰러진 것에 놀라 주춤거렸다.

덩치가 커서 그런지 쓰러지는 모습도 박력이 있었다. 단순하게 주눅이 든 모양이다.

"앗!"

그 틈에 토라키는 쓰러져 있던 여성의 손을 붙잡아 일으켜 세우고, 왼손을 내밀며 자기 등 뒤로 보냈다.

그러는 사이에도 작은 남자는 그 모습을 망연히 보고 있기만 했다.

"뭐, 뭐 하는 거야. 이런 짓을 하고도 무사할 거라고……."

"누가 할 말인데."

덩치 큰 남자의 목소리에 기가 막힌 토라키는, 눈썹을 찌푸리면서 노려보았다.

"나는 너희들 회사 사람도 아니니까 너희들한테 쫄 필요 따위 하나도 없어. 더 이상 행패를 부리면 너희들이 사회적으로 매장될 만큼, 정말로 문제로 만들어 버린다. 저걸 봐라."

토라키가 가리킨 것은 유료 주차장의 지불기 바로 옆에 서 있는 기둥에 달려 있는 감시 카메라였다.

"경찰 신세를 지면 일이 어떻게 될지, 술에 달아오른 머리로도 이해할 수 있지? 아니면 정말로 철창신세를 안 지면 이해 못하나?"

"윽……."

키가 큰 남자가 신음했지만, 쓰러진 덩치 큰 남자는 팔다리를 버둥거리며 일어서고자 했다.

"이봐, 달릴 수 있으면 도망쳐. 조금 귀찮을 것……."

등 뒤의 여성에게 토라키가 말한 다음 순간,

"위험해!!"

등 뒤에 감싸고 있던 여성의 비명과 함께, 검은 그림자가 토라키를 덮쳤다.

"무슨!!"

덩치 큰 남자가 휘두른 손 따위와는 비교도 안 되는 강렬한 힘이 토라키의 온몸에 실리고, 아스팔트의 땅바닥에 호되게 등을 부딪혔다.

"으극!"

"방해를…… 방해를 하지말라고오오오오오!!"

다른 두 사람의 뒤쪽에 숨어 있던 작은 남자다.

머리칼을 흩날리면서 온몸의 탄력을 살려 덮치는 그 움직임은 명백하게 인간과 동떨어져 있었다.

그리고 상궤를 벗어난 웃음을 짓고 있는 입 안쪽에는…….

"너, 설마!"

"계속, 계속 참았단 말야! 하지만 이제 무리야!!"

위턱과 아래턱에, 도저히 인간의 것으로 보이지 않는 날카로운 송곳니.

안경 안에서 빛나는 검붉은 빛.

"인간 여자의 피를 마시고 싶단 말이다아아아아!! 안 그러면 나느으으으으으으은!"

있는 힘껏 토라키를 후려치는 힘은 그 가냘픈 몸에서 나오는 것이라고 믿을 수 없는 위력으로 토라키를 때려눕혔다.

"윽!!"

뇌가 흔들린다. 질량을 따지면 거한의 절반도 안 되어 보이는데, 적절하게 토라키의 움직임을 막아낸다.

충격 하나하나는 토라키의 의식을 빼앗을 정도가 못 된다. 그러나.

몸이 느끼는 기온이, 높아진다.

아침이 다가오고 있었다.

폭력보다도, 죽음보다도, 그 『귀찮음』이 주는 공포가 뇌리를 스친 순간이었다.

"으아악!"

가볍게 고통을 호소하는 비명과 함께 갑자기 뒤덮고 있던 힘이 사라지더니, 토라키의 시야를『밤』이 가로질렀다.

"괜찮으세요?!"

명료한 일본어와 함께, 밤의 유성처럼…….

"……망치?"

검은 옷차림의 여자가 오른손에 쥐고 있는 백은의 해머를 휘둘렀다.

가정에서 쓸 법한 사이즈다. 토라키의 집 선반에도 있는, 그러나 명백하게 범상치 않은 빛을 뿜어내는 정교한 조각이 되어 있는 망치다.

"으, 키이이……!"

온몸을 압박하는 압력이 사라지자, 토라키는 펄쩍 일어섰다.

보아하니 작은 남자가 조금 떨어진 어둠 속에서 이마를 손으로 누르며 이쪽을 노려보고 있었다.

그 손 사이로 흘러내리는 것은, 피가 아니다.

토라키도 잘 아는, 하얗고 지저분한 분말 상태의 그것은『재』였다.

""놓치지 않아!!""

토라키와 여자의 목소리가 겹쳤다. 작은 남자가 등 뒤의 그림자에 녹아들어 도망치려 했기 때문이다.

"젠장!!"

작은 남자가 곧장 몸을 돌려서, 비어 있는 손을 이쪽으로 내밀었다.

그 손톱 끝이 갑자기 빨갛게 빛나더니, 빨갛고 가는 실 모양의 무언가가 토라키와 여자를 향해서 뿜어져 나왔다.

“위험해! 저건…… 큭!”

토라키는 채찍처럼 휘어진 빨간 줄기가 『피』의 줄기라는 것과 날카로운 절삭력을 지녔다는 것을 알고 있었다.

그것을 지금 눈앞의 여자에게 알릴 수단도 시간도 없었다.

그러나 여자는…….

“하앗!!”

아무리 봐도 정밀한 동작을 하기에는 부적절하게 보이는 백은의 해머로 그 핏줄기를 튕겨냈다.

“말도 안 돼.”

토라키도 그랬지만, 남자도 놀란 모양이다. 붉은 줄기를 여자에게 집중시키고자 했지만, 여자는 날카로운 움직임과 해머로 그 모든 것을 회피하고 튕겨냈다.

“젠장젠장젠장젠장젠장! 너 설마!!”

“포기해! 이제 당신이 도망칠 수 있는 어둠은 없을 거야!”

민가의 담장에 작은 남자를 몰아붙인 여자가 그렇게 선언한 순간, 토라키는 여자와 작은 남자 사이에 끼어들어 여자를 감쌌다.

“위험해!!”

작은 남자가 뿜어낸 핏줄기 하나가 땅바닥에 굴러다니는 무수한 돌멩이에 달라붙어 있었다.

작은 남자는 손가락을 아주 살짝 움직여서, 어떤 마법을 부렸는지 그것들을 폭발시켰다.

"윽!!"

토라키는 반사적으로 여자의 얼굴과 눈을 가렸지만, 그래도 다 가리지 못한 그녀의 이마에 탄환처럼 날아온 돌멩이 파편이 스쳤다.

"악!"

품 안에서 여자의 고통스런 비명이 울렸다. 여자의 이마에서 화려하게 피가 튀었다.

그리고 그것이, 토라키의 입가에도 날아왔다.

"헤, 헤히히……."

해냈다는 기색으로 약하게 웃는 작은 남자의 목소리가 귀에 들어온 순간, 토라키는…….

"이 자식이. 내가 싫어하는 짓을 하게 만들어?"

확 머리끝까지 피가 솟구쳤다.

토라키가 손가락으로 뺨에 묻은 붉은 얼룩을 닦아내고, 그것을 입에 가볍게 넣은 다음 순간 토라키의 모습이 허공에 녹았다.

"무슨!"

"힉!!"

여자는 물론, 작은 남자도 그것을 보고 비명을 질렀다.

토라키는 그때 이미 남자의 등 뒤에 실체화하고 있었다.

"기분 탓이야. 너 술 취했잖아?"

허를 찔린 것도 초스피드로 움직인 것도 아니다.

말 그대로 토라키의 몸이 검은 입자가 되어 허공으로 사라지고, 작은 남자의 등 뒤로 순간이동을 한 것이다.

토라키는 그대로 작은 남자의 목에 손을 둘렀다.

"시간을 생각해라. 바보 자식아."

동시에 자신의 눈동자와, 작은 남자의 목을 붙잡은 손바닥을 빨갛게 빛냈다.

그러자 작은 남자의 눈에서 사악한 빛이 사라지고, 기절한 것처럼 그 자리에 쓰러졌다.

그리고 동시에…….

"으…… 아아……."

"우…… 에엑……."

일행인 남자 두 사람이 눈을 까뒤집더니, 간밤의 술자리에서 먹고 마셨을 여러 가지를 그 자리에서 토해냈다.

"아무리 그래도 태도가 묘하다 싶더라니, 그런 거였군."

아마도 덩치 큰 남자들은 이 작은 남자의 『눈』에 사고가 속박되었을 것이다.

"당신들, 이 녀석이랑 아는 사이야?"

"아는 사이……. 아니, 어젯밤에 술집에서 처음……."

토라키는 남자들의 변명을 적당하게 흘려듣고, 덩치 큰 남자의 품으로 손을 뻗었다.

양복 안주머니에 명함집이 있었다. 그 안에서 가장 많은 명함과 남자를 번갈아 보았다.

"그렇군. 당신들 같은 상대를 찾아서 그걸 자기가 위장하는 용도로 썼다는 거구만."

명함에는 누구든지 아는 대기업의 이름이 있었다.

"저 녀석한테 휘둘려서 이용당한 건 동정해주지. 하지만, 당신들한테 방금 전 같은 기질이 있는 건 사실이야. 우리는 마법사가 아니니까. 없는 마음을 만들어낼 수는 없거든."

토라키는 남자들 앞에 쪼그려 앉더니, 위협하듯 눈동자를 빨갛게 빛내면서 가볍게 손을 흔들었다.

"이제 가라. 뒤처리는 내가 해두지. 이걸로 혼쭐이 났으면 다시는 과음하지 마라. 평범한 사람이었다면 저항할 수 있었을 테니까."

대강 다 토해낸 것으로 보이는 남자들은 겁먹은 표정으로 고개를 끄덕였다. 그리고 덮치고 있던 여성에게 눈길도 안 돌리며 위태로운 발걸음으로 이른 아침의 인파 사이로 허겁지겁 도망쳤다.

"정말이지, 시간이 없는데…… 앗!"

토라키는 지긋지긋한 기색으로 하늘을 올려다보며, 땅바닥에 떨어져 버린 슬림폰을 조심조심 집었다.

그리고 상상한 그대로 금이 간 화면에 표정을 찌푸리면서도, 어떻게든 전화 기능을 기동했다.

고개를 들고 귀에 전화기를 대고 있는 그의 눈동자에서는 이미 빨갛고 흉흉한 빛은 사라져 있었다.

"여보세요? 그래, 아침 일찍 미안한데 급해. 자제를 못하는 바보를 잡았는데, 깨닫는 게 늦어서 경찰에 신고를 해버렸다. 이 녀석은 시간적으로 경찰이 오기 전에 재가 된다. 내 휴대폰의 현재 위치를 확인해. 거기 있다. 그래, 끊는다."

최소한의 정보를 전하고 일방적으로 전화를 끊더니, 토라키는 그제야 여성을 돌아보았다.

검은 옷차림의 여성은 아직 피가 흐르는 이마를 누르면서, 쓰러진 작은 남자와 토라키를 몇 번이나 번갈아 보았다.

"괜찮아? 일본어, 알아듣지?"

어쩔 수 없이 그렇게 물어보자, 여성은 작게 고개를 끄덕였다.

기이한 검은 옷차림과 오른손에 든 백은의 해머.

무엇보다도 그녀가 『때리자』 재처럼 후두둑 무너진 작은 남자의 이마.

"서로, 지금 본 건 잊자. 이제 곧 경찰이 올 텐데, 귀찮으면 도망쳐도 돼."

"……."

"일단 말해두지만, 나에 대해 경찰에 말해봤자 소용없어. 뭐 당신은 그런 말 안 하는 종류의 인간이라고 생각하지만. 어떻게든 나를 경찰에 신고하고 싶다면, 당신을 공격한 놈들은 사람들 눈을 피해 도망친 걸로 해주면 좋겠어. 그 녀석들은 평범한 사람이니까. 이번 일에서는 피해자 쪽이지."

시간이 없어서 단숨에 말했는데, 여성은 역시 진의를 읽을 수 없는 표정으로 토라키를 올려보기만 했다.

"아…… 뭐냐. 일단, 그거, 괜찮아? 지금은 이런 것밖에 없는데."

토라키가 뒷주머니에 손을 돌리는 동작을 보고 여성은 한 순간 몸이 굳어졌지만, 토라키가 꺼낸 것이 지갑인 것을 보고 뜻밖이란 표정을 지었다.

"출혈이 꽤 되니까, 이걸로는 무린가?"

지갑에서 지폐 대신 반창고가 나왔다.

"나는 손이 잘 트거든. 겨울에는 자주 손이 갈라지다 보니까 평소에도 가지고 다니지……. 아, 그런 건 됐고. 두 개밖에 없네."

그렇게 말하며 내민 싸구려 반창고를, 여성은 해머를 든 손으로 조심조심 받았다.

"……고맙, 습니다."

드디어, 토라키는 차분한 상황에서 여성의 목소리를 들을 수 있었다.

"아니 됐어. 그리고 그 왜 있지. 서로 깊게 연관되지 않는 편이 좋겠어. 나는 이제 돌아간다. 당신도 적당히 돌아가. 이제 곧 경찰이 올 거야."

"기, 기다리세요! 지금, 내가 그 남자를 때린 다음에, 당신 모습이……."

"이쪽이 없었던 일로 하자고 하는데 그쪽에서 때렸다고 하지 마."

토라키는 조금 큰 목소리로 대답하여 여성의 질문을 막았다.

“당신도 철야한 다음이라 졸릴 거 아냐. 꿈이라도 꿨다고 생각해줘. 아니면 스모 선수나 레슬러가 구해줬다고 생각하면 되고.”

“스모 선수나 레슬러…… 크흡.”

참으려고 했지만 참지 못한 기색으로 여성이 조금 웃음을 뿜었다.

“죄, 죄송해요.”

“됐어. 그럼 간다.”

“저, 저기…….”

“또 무슨 일인데.”

토라키는 힐끔 슬림폰의 화면을 보았다.

이미 예보 시간까지 5분도 안 남았다.

“……혹시, 또 만날지도 몰라요.”

“서로, 그런 일이 없기를 기도하자고.”

“어쨌든지, 이거 하나는 지금, 말해야겠어요.”

그때 처음으로, 여성은 토라키를 똑바로 보았다.

그것이 그녀에게 대단히 용기가 필요한 행동이라는 것은 빨간 볼과 촉촉한 눈동자를 보면 명백했다.

“구해줘서, 고마워요.”

그렇게 말하고 여성은 손을 내밀었다.

처음에는 깨닫지 못했지만 검은 옷의 허리춤에 가죽으로 만든 툴백이 매달려 있고, 망치는 총과 홀스터처럼 거기에 들어가 있었다.

“그래, 천만에.”

『은』은 토라키의 눈에도 피부에도 그다지 좋은 것이 아니다.

그 『무기』를 넣고서 손을 내밀어준 것만 해도, 그 의지에 응답할 가치는 충분히 있었다.

“손, 따뜻하네요.”

“어어, 응?”

인사를 하는 의미의 말로서는 약간 어긋나 있는 것 같지만, 토라키는 무심코 그녀를 일으켜 세운 오른손과 감싸준 왼손을 내려다보았다.

“그러면, 분명히 마음은 차갑겠지. 해외에서는 어떤지 모르지만, 일본에서는 마음이 따뜻한 녀석은 손이 차갑다고 하니까.”

그렇게 말하고 자조적으로 웃은 그때였다.

동쪽 하늘에서 뻗은 금색 빛이, 토라키의 왼쪽 가슴을 꿰뚫어 부수었다.

“아 정말.”

세상이 새로운 아침을 맞이한 순간, 그는 자신의 몸에 『죽음』이 쏟아져 내린다는 사실을 어쩐지 남의 일처럼 받아들이고 있었다.

구름 사이를 가르고 지상에 쏟아져 내리는 햇빛을 엔젤 래더, 천사의 사다리라고 이름 붙인 것은 대체 어디 사는 누구일까?

천사의 사다리는 밤과 어둠의 주민이 된 자신을 천국으로 데리고 가긴커녕, 발치를 뭉개버리고 산산이 부숴버리지 않는가?

"뭐야! 아직 시간이……!"

그런 그의 모습을, 부서져가는 본인 이상으로 비장한 표정을 한 채 보고 있는 여성의 얼굴이 보였다.

믿을 수 없는 것을 본 표정.

이 세상 것이 아닌 것을 본 표정.

이미 어깨와 얼굴이, 햇빛에 닿자마자 그의 몸은 자잘한 입자가 되어 허공으로 흩어졌다. 그와 동시에 급격하게 의식이 어둠 속에 떨어지기 시작했다.

시야가 어두워지고, 귀가 안 들리고, 이윽고 갈라진 피부는 아무것도 느끼지 못하게 된다.

"젠장……."

아아, 나는 이대로 죽는다.

머리카락 한 올, 피 한 방울 남기지 않고 죽는다.

빛에 부서지는 목숨의 마지막 한 방울을 쥐어짜내, 그는 외쳤다.

"지갑 안에…… 내 면허증이랑 봉지가…………에……."

내가 남긴 걸 전달해줘.

그것이 목소리가 되었는지 아닌지도, 이미 알 수 없었다.

마지막까지 남은 손끝에, 들고 있던 지갑을 떨어뜨린 감촉을 느낀 것이 마지막이었다.

그러나 신기하게도 누군가를 지키고 죽었다는 실감은 부서졌을 가슴 속에 확신으로 남아서, 그 탓인지 후회는 없었다.

이윽고 아침의 구름이 걷히고 세상이 아침에 휩싸인 그 순간. 세상에 목숨이 가득 차는 것과 맞바꾸어, 토라키의 온몸은 재가 되어 부서졌다.

그리고 여성의 발치에 재가 높이 쌓이고, 잿더미에 숨겨진 것처럼 빛바랜 붉은색의 십자가가 떨어졌다. 그것은 둔탁한 소리를 내며 아스팔트의 땅바닥에 튕겨, 길가의 수풀 뒤로 사라졌다.

※

"푸하아?!"

폐가 공기를 느끼고 온몸에 피와 열이 돌자, 토라키는 소리가 되지 않는 외침과 함께 눈을 떴다.

"하악…… 하악…… 여, 여기는……."

주위는 어둠에 휩싸여 있지만, 폐쇄된 공간은 아니다.

공기를 느낀 순간부터 후각이 활동을 시작하여, 그곳이 익숙한 장소란 것을 토라키에게 가르쳐 주었다.

"집……인가?"

가라앉고 차가운 공기. 그리고 손과 엉덩이 아래에 있는 딱딱한 감촉. 자택의 욕실이다.

"일단, 살아 돌아왔군."

틀림없이 이곳은, 토라키 유라의 자택인 맨션의 거실이었다.

“아~ 젠장…… 또 여러모로 처음부터 다시로군. 귀찮게시리.”

머리를 긁적이면서, 어둠 속에서 주위를 둘러보았다.

조명을 밝히지 않아도 토라키의 눈은 욕실의 어둠을 꿰뚫어 볼 수 있었다.

지난 10년 동안, 눈을 뜨면 언제나 이 아무 특색 없는 공동 주택의 욕실이었다.

작은 환기팬이 달려 있을 뿐이고 창문도 없지만, 야근을 마치고 돌아와서 목욕하고 싶을 때에 대비한 방수 디지털시계가 샴푸 따위 옆에 놓여 있었다.

“대체 며칠 지났으려나……. 무라오카 씨한테는 미안한 짓을 했네. 분명히 그 술자리가 원인이 돼서 튀었다고 생각할 텐데.”

지금까지의 경험상, 재가 되었을 경우 1주일 안에 집으로 돌아오면 그 정도로도 감지덕지였다.

과거에는 반년 이상 돌아오지 못한 적도 있었다.

오늘이 몇 월 며칠인지는 모르겠지만, 무단결근이 연속된 끝에 해고를 당했을 것은 틀림없으리라.

과거에도 몇 번인가 반복했던 전개에 암담한 기분을 느끼면서, 토라키는 방수 시계에 표시된 날짜를 보고 무심코 눈을 의심했다.

시계는 12월 3일, 오후 7시를 표시했다.

“고작 하루? 아니, 밤을 새고서 트러블에 고개를 들이밀었으니까, 하루가 안 지났어?!"

그리고 토라키는 당황하여 목덜미를 손으로 더듬었다.

"없어……! 그러면, 대체 누가……!"

토라키가 무심코 욕실에서 뛰쳐나간 그때였다.

"어."

"아."

토라키는 근처의 편의점 봉지를 손에 들고 있는 금발벽안의 여성과 마주쳤다.

욕실 안에서 이제 막 재가 본래 몸으로 다시 구성된 토라키는 당연히 알몸이었다.

"으~~~~윽!!"

"미아안!!"

여성이 소리 없는 비명을 지르면서 봉지를 해머던지기처럼 휘둘러 토라키의 얼굴을 때리고자 했지만, 간발의 차이로 토라키가 문을 닫았다.

욕실 문 너머에서 분노의 충격이 전달된 다음, 현관문이 열리고 누군가가 나가는 기척이 느껴졌다.

검은 옷차림은 아니었지만, 지금 그건 틀림없었다. 어젯밤, 아니 오늘 아침에 묘한 남자들이 시비를 걸고 있기에 구해낸 여성이었다.

"응? 잠깐만?"

재가 되어 버렸는데 하루도 안 지나 집으로 돌아온 것은 아마도 그녀 덕분일 것이다.

그러나 보통 사람이라면 눈앞에서 인간이 재가 되면 평정을 유지할 수 없을 거고, 그 재를 일부러 모르는 사람의 집으로 전달하지도 않을 것이다.

대체 어떤 이유로 이런 시간까지 이곳에 남아 있고, 하물며 근처 편의점에서 물건을 사온 건지는 모르지만, 토라키로서는 자신의『정체』를 섣불리 떠벌리고 다니면 곤란하다.

"이봐! 혹시 너는……!"

"하다못해 옷을 입은 다음에 나와!!"

"미안!"

토라키는 욕실에서 뛰쳐나가, 그대로 현관의 문을 열고서 즉시 닫았다.

여성은 현관문 바로 옆에 쪼그려 앉아 있었다.

높이를 따져보면『대면』해버렸을 가능성이 높았다.

"그러니까~ 엊그제 무인 세탁방에 갔다 와서 옷가지를 이 근처에 던져놨…… 응?!"

스스로도 얼굴을 붉히면서, 일단 세탁은 했지만 개지도 않고 내던져둔 옷가지의 산을 뒤지려다가 정작 산 자체가 없는 것을 깨달았다.

"어라? 응? 으응?"

옷장이라고 부르기도 주저되는 컬러박스의 서랍을 열어보자, 다소 펴지지 않는 주름이 보이긴 하지만 토라키의 옷가지가 잘 개어져서 담겨 있었다.

가만 보니, 집 안이 여러모로 정리되어 있다.

싱크대에 방치해뒀던 식기는 설거지를 했고, 그 식기가 담겨 있는 탈수바구니도 물때가 끼어 있었을 텐데 깔끔하게 닦여 있었다.

"설마, 저 애가……?"

"이제 다 됐어?! 슬슬 추운데!"

대답이 있었다.

귀를 기울이고 있었을까?

"앗! 미, 미안해! 금방 입을 테니까!"

"알몸인 채로 뭐 하는 거야, 바보야!"

지당한 태클에 할 말도 없었다.

일단 속옷과 운동복을 어떻게 끄집어내서 입고.

"들어와."

그렇게 말하자.

"구해준 은혜가 없었다면, 곧장 경찰에 신고했을 거야."

검은 옷차림이 아니라서 상당히 인상이 다르지만, 그래도 『대면』한 탓인지 토라키의 얼굴을 똑바로 보지 못하는 얼굴의 생김새를 보니 틀림없이 오늘 아침의 여성이었다.

"적어둔 게 정말이었구나."

이렇게 사복 차림을 보니, 아직 소녀의 흔적이 남은 연령 같기도 했다.

그녀는 그렇게 말하고, 입고 있던 파카의 주머니에서 지갑을 꺼냈다.

그것은 틀림없이 토라키의 지갑이었다. 가만 보니 사이즈가 별로 안 맞는 파카와 운동복 바지도 토라키의 옷을 입고 있는 모양이다.

토라키의 시선을 깨달았는지, 조금 어색한 기색으로 눈썹을 찌푸렸다.

"……남자 옷을 입으면 이상한 사람이 시비를 안 걸 거라고 생각해서, 옷을 빌렸어."

"어, 어어, 그래."

옷이란 것은 입는 사람이 다르면 이 정도로 인상이 바뀌는 걸까?

토라키가 입으면 그냥 촌스러움이 확 풍길 뿐인데, 그녀가 입으니 패션 잡지의 캐주얼 특집 페이지 같아 보인다.

대화를 할 때는 고개를 숙이는 기색이지만, 단정한 얼굴은 아름답다. 이 차림으로 바깥을 걸어 다니면, 전혀 다른 이유로 귀찮아질 것 같았다.

물론 더 이상 기분이 틀어지게 만들 의미도 없으니까 입 다물고 있을 거지만.

"그리고, 이거 돌려줄게. 든 거, 확인해봐. 지금 편의점에서 500엔 빌렸어."

파카의 주머니에서 꺼낸 것은 토라키의 지갑이었다.

보아하니 그녀가 들고 있는 봉지에는 편의점 도시락이 들어 있었다.

"아아, 아니, 그 정도는 괜찮은데…… 어째서 평범하게 전자레인지에 도시락을 데우려고 하는 거야?"

“밖에서 기다렸더니 좀 식어 버렸어.”

“아, 그래.”

여성은 자연스럽게 토라키의 집에 있는 전자레인지에, 조금 모서리가 찌그러져버린 돈가스 카레로 보이는 편의점 도시락을 넣고 데우기 시작했다.

싸구려 전자레인지에서 카레의 향이 풍기기 시작하자, 토라키는 급격하게 공복을 의식했다.

“앗! 스푼이 안 들어 있어! 스푼 좀 빌려줘.”

그러나 그건 그렇다 치고, 멋대로 식기류를 뒤지는 소녀에게 그대로 묵묵히 돈가스 카레를 먹여줄 수는 없었다.

“이봐, 저기 말야.”

“아! 그렇지!”

말을 걸려는 참에 명확하게 말을 끊었다.

“갑자기 그렇게 돼서 말하는 걸 까먹을 뻔했어. 아무리 당신이 한겨울에 변변찮은 걸 그대로 내놓고 바깥으로 나올 법한 몬스터라고 해도, 할 말은 해야지.”

여성은 토라키를 마주보더니, 아름다운 자세로 고개를 숙였다.

“오늘 아침에는 덕분에 살았어. 새삼 감사할게.”

“직전에 한 말 때문에 전부 엉망이잖아! ……그리고 그런 것보다……!”

“아, 다 됐다.”

이번에는 레인지의 알림 소리가 토라키를 방해했다.

"미안하지만, 아침부터 아무것도 못 먹었어."

"……드세요."

말대꾸 못하게 만드는 압력에 밀려서 토라키는 수긍했다.

여성은 전자레인지 안에서 위태로운 손놀림으로 뜨거운 돈가스 카레를 꺼내더니, 이 집의 비좁은 주방에 놓인 테이블 위에 던지듯이 놓고, 의자에 앉아 냠냠 카레를 먹기 시작……하려다가, 처음 한 입째에 혀를 데였는지 눈을 깜박거리면서 갖가지 표정을 짓기 시작했다.

토라키는 자기 집인데도 묘하게 불편함을 느끼면서, 어쩐지 모르게 맞은편에 앉았다.

"……그러니까."

"아이리스."

"어?"

"아이리스 예레이. 내 이름."

"아이리스, 아이리스라. 나는……."

"유라 토라키. 지갑 안의 설명서, 스스로 적은 거지? 일부러 쓰레기 봉지까지 가지고 다녔고. 그래서 여기로 데리고 올 수 있었어. 이렇게 본래대로 돌아오기도 했고."

"아, 아니 그건 뭐 그렇긴 한데…… 문제는 그게 아니라."

"뭔데? 재가 됐던 거라면, 재를 모을 때 손이 끈적거려서 기분 나빴지만 익숙해."

악의는 없어도, 그리고 설령 진실이라고 해도, 젊은 여성에게 정면으로 『기분 나쁘다』라고 말을 들으면 아무리 인생

경험을 쌓더라도 충격을 받는 법이다.

"아니아니아니?"

그 이전에, 사람이 눈앞에서 재가 되는 것에 『익숙하다』라는 것은 무슨 뜻일까?

게다가 그것을 오늘 아침 식사 메뉴를 말하는 것처럼, 돈가스 카레를 먹으면서 태연하게 말하는 그녀는, 대체 정체가 뭘까?

그러는 사이에 아이리스는 순식간에 돈가스 카레를 다 먹어 버렸는지, 만족스레 숨을 내쉬었다.

"으……."

그 모습을 보고, 이번에는 토라키의 배가 울렸다.

그러고 보니 오늘 토라키는 아이리스와 마찬가지로 『아침부터 아무것도 안 먹은』 상태였다.

방에 남아 있는 카레 향기와 아이리스의 먹는 모습에 토라키의 배가 울리고, 당연하지만 아이리스도 그것을 들었다.

그리고 이 기묘한 여성은 파란 눈동자로 똑바로 토라키를 꿰뚫어보면서, 입가에 묻은 카레 탓에 그 미스터리어스한 분위기를 모조리 망치면서 말했다.

"하지만, 흡혈귀도 카레 냄새로 배가 울린다는 건 몰랐어."

태양의 빛을 쬐면 재가 되고, 어둠과 함께 눈을 뜬다.

사람의 피를 빨고, 초상적인 힘을 발휘한다.

토라키 유라는, 진짜 흡혈귀였다.

"나도 뭔가 먹어야겠네. 분명히 컵라면 사둔 게 아직 남아 있을 텐데…….”

그렇게 말하고 일어선 토라키의 등을 본 아이리스는 자신의 돈가스 카레에 눈길을 내리면서 쓴웃음을 지었다.

“흡혈귀도, 컵라면 먹는구나.”

※

흡혈귀.

동서양을 막론하고, 갖가지 형태의 전승이 남아 있는 괴물, 마물, 요괴, 혹은 사람.

대략적인 공통 항목을 살펴보자면, 죽은 자들 사이에서 생기는 존재이고, 흡혈 대상을 자신의 권속으로 바꾸며, 햇빛 아래서는 살 수 없다.

그리고 그 전승은 진실이며, 토라키 유라는 틀림없이 흡혈귀였다.

『지갑 안에 비닐 봉지가 들어 있습니다. 만약 가능하다면 재를 모아서, 도쿄 도 토시마 구 조우시가야 ×쵸메 ○○의 맨션, 블루로즈 샤토 조우시가야 104호실에 전달해 주세요. 토라키 유라. 전화번호……』

그 메모를 쓰레기봉지와 함께 가지고 다니며, 지금 막 컵라면의 남은 국물에 어젯밤 지어놓고 남은 밥을 말아서 먹은 흡혈귀였다.

“이런 것으로도 용케 전달해줄 거라고 생각했네.”

"이런 것으로도 전달해주는 사람이 있기를 기도하는 거야. 실제로 전달해줬잖아…… 하아."

편의점의 카레와 컵라면의 국물이 풍기는 인스턴트 향 속에서 배를 채운 나른함에 휩싸이면서, 아이리스는 테이블에 팔을 올리고 턱을 괴었다.

"이런 일을 한다는 건, 처음이 아니란 거지? 남 앞에서 재가 되는 거. 지금까지 몇 번, 집으로 데리고 와줬는데?"

"뭐…… 한 손에 꼽을 정도지."

실제로 눈앞에서 인간이 재가 되어버리는 현상을 보고, 그 재를 모으려고 생각하는 인간은 없을 것이다.

공포 이전에, 무슨 일이 일어났는지 이해 못하기 때문이다.

"그래서, 그런『특별한』아이리스는, 대체 정체가 뭐야? 이야기를 들어보니, 흡혈귀를 본 것 자체부터 처음이 아닌 것 같은데."

"경계하는구나."

"당연하지. 나를 무서워하는 기색도, 기분 나빠하는 기색도 없어. 경계하는 게 당연하지."

"스스로도 이상한 말 하고 있다는 거 알고 있어?"

아이리스는 이~ 하면서 입을 열고, 자신의 치아를 가리키며 장난스레 웃었다.

이 세상에서 치과의사 다음으로 다른 사람의 치열이 신경 쓰이는 생물인 토라키는, 갑자기 드러내는 아이리스의 입 안에 보이는 평범한 송곳니를 무심코 주목해 버린다.

"피를 빨고서 초상적인 힘을 사용하고, 햇빛을 쬐면 재가 되는, 혼자 사는 남자의 방에 있는 여자애가 훨씬 무서워."

"그 흡혈귀의 옷을 빌렸다고 말하는 녀석이 그러면, 나는 뭐라고 대답해야 좋겠냐?"

상황과 말이 본말전도다. 토라키는 혼란에 빠졌다.

"흡혈귀를 알고 있다면 알 거 아냐? 그런 생물은 일반적으로는 알려지지 않았어. 그런 존재라는 게 주위에 들키면 보금자리가 사라지지."

"분명 그렇지. 상당히 오래 인간 사회에 녹아들어 있는 모양이네. 이 방에 오래 살았어?"

아이리스가 실내를 둘러보았다.

도쿄 부도심의 하나인 이케부쿠로에서, 도쿄 메트로 부도심선의 바로 이웃 역.

오래된 사찰인 귀자모신당의 앞자락에 있는 조우시가야 주택가 구석에 철근 콘크리트 구조의 3층짜리 1인세대용 맨션, 블루로즈 샤토 조우시가야가 있었다.

주택가 안에서도 한층 밀집되어 있는 구역의, 일방통행도로 중간에서도 더욱 샛길 안쪽. 블루로즈 샤토 조우시가야는 언덕 중간에 있으며, 토라키가 사는 104호실은 반지하였다.

차도 못 다니는 언덕길의 중간에 있는 맨션의, 반지하 1층 구석방 2DK[#1].

그런 『일조권』이라는 개념에서 완전히 버려진 방이 토라키

#1 2DK 방 두 개에 식당과 주방이 달려있는 주택구조.

의 『집』이다.

"이제 곧 10년 되네."

토라키가 조금 망설이고서 그렇게 대답하자, 아이리스는 그 햇수에 놀라서 턱을 괴고 있다가 몸을 일으켰다.

"거짓말이지?"

"거짓말을 해서 뭐해?"

의심을 하다니 서운하다. 이 마음과, 당연하다는 마음이 토라키 안에서 맞섰다.

"나에 대해선 이만하면 됐잖아. 대체 넌 정체가……."

그때 테이블 위에 놓인 토라키의 손 바로 1센티미터 옆을, 외화의 재판관이 그러는 것처럼 백은의 해머가 갑자기 때렸다.

토라키가 뛰어오르듯 손을 뗐다.

단순하게 놀라서 그런 것이 아니다. 망치가 테이블을 때리자마자, 테이블 전체가 달궈진 철판처럼 뜨거워졌기 때문이다.

"당신이 만약 내 『표적』으로 지정됐다면, 손목 앞부분은 재가 돼서 날아가 버렸을 거야."

"어? 어어?!"

"오늘 아침에 당신이 쓰러뜨린 남자는 성십자 교회 비밀회파인 암십자 기사단의 국제 지명수배 팬이었어."

"국제 지명수배, 뭐?"

"국제 지명수배 팬텀의 약자야. 흡혈귀나 위어울프 같은 걸로 대표되는, 어둠의 생물들 중에서도 특히 인간사회에 해를 끼치는 자들."

"왜 그렇게 줄이는 건데?"

"보잘것없는 흡혈귀였지만, 지난 몇 년 동안 흡혈귀의 능력을 악용해서 특수 사기나 강제 외설, 음주 운전 따위를 반복했어. 이름은 카지로우 오코노기."

흡혈귀가 아니라도 할 수 있을 법한 범죄들이었지만, 문제는 그게 아니다.

"……너, 대체……."

"나는…… 응~ 잠깐 기다려."

아이리스는 한순간 말을 끊더니, 뭔가 깨달은 것처럼 자신의 모습을 내려다보았다.

그리고 망치를 손에 들고 안쪽 방으로 들어갔다.

토라키가 사는 블루로즈 샤토 조우시가야 104호실은 장지문으로 구분된 타타미 바닥의 방이 2개 있지만, 한쪽은 주로 토라키의 물건이 약간 있을 뿐이고, 또 한쪽은 완전히 아무것도 없는 빈 공간이다.

아이리스는 빈 공간으로 들어가더니, 뭔가 달칵달칵 만졌다.

소리를 들어보니, 대형 여행 가방 같은 거다.

잠시 주섬주섬 소리가 나기를 3분 정도.

장지문 너머에서 나타난 것은 입가에 돈가스 카레가 묻어 있는 수녀였다.

"나는 암십자 기사단의 수도기사. 당신 같은 어둠 속에서 살아가는 팬텀을 멸하는 존재야. 이 성망치「리베라시온」으로."

허리의 툴백에서, 마치 서부극의 보안관처럼 백은의 해머를 뽑아 핑거롤하는 아이리스에게 토라키는 차갑게 말했다.
"이제 슬슬 입가에 묻은 카레 좀 닦아라."
"엣, 앗. 거짓말. 셔츠 같은데 묻지 않았어?!"
아름다운 여성의 놀라운 정체도, 카레는 모두 망쳐버릴 수 있는 것이다.
토라키가 내민 티슈박스에서 티슈를 한 장 뽑아내더니, 얼굴을 붉히며 입가를 닦는 아이리스. 그녀를 보면서 토라키는 신음했다.
"그리고, 아까부터 테이블이 엄청 뜨거운데."
"리베라시온으로 『성별(聖別)』했으니까. 흡혈귀를 죽이는 가장 좋은 방법은 심장에 나무 말뚝을 박아 넣는 거라는 것 정도는 알고 있지?"
"그걸로 안 죽는 생물이 있는 거냐고 언제나 생각하는데 말이지."
"리베라시온으로 나무로 만들어진 걸 때리면, 성스러운 힘을 불어넣을 수 있어. 그러니까 아까 테이블을 때렸을 때, 그 테이블은 당신에게는 나무 말뚝과 마찬가지가 된 거야."
"뭔 짓을 한 거야. 난 앞으로 어디서 밥을 먹으라고."
"효과는 꼬박 하루 지나면 끊어지니까 모레까지 참아."
모든 것이 엉망진창이다.
"하지만 지금 그걸로 당신이, 일상적으로 테이블에서 식사를 한다는 걸 알았어. 밤마다 거리에 나서서 사람을 습격해 피를 빠는 게 아니구나."

"날 바보로 보네. 흡혈귀는 딱히 피를 안 먹어도 죽지도 않고, 이래 봬도 자취가 특기야."

아침의 일과 지금의 일로, 이 여자가 『자신과 같은 존재』에게 적대적인 조직 소속이며 그럴만한 힘이 있다는 건 알고 있었다.

그렇기에 지금 나눈 짧은 대화 안에서, 적어도 아이리스가 지금 당장 자신을 어찌할 생각이 없다는 걸 알고서 토라키는 살며시 가슴을 쓸어 내렸다.

"아…… 그래서, 아이리스는 어느 나라 사람이야?"

"암십자 기사단의 발상은 이탈리아와 오스트리아에 걸친 티롤 지방이지만, 지금은 런던에 본부가 있어. 나는 잉글랜드인이야."

"영국에서, 일본에 있는 흡혈귀의 동향을 조사할 수 있는 거야?"

"잉글랜드야. 일본에도 지부가 있어."

"그런 거야?!"

그런 조직이 일본에 뿌리를 내리고 있다는 이야기는 처음 들었다.

"나는 최근에 일본으로 부임이 정해졌는데, 일본에서 첫 일이 카지로우의 처분이었어."

행동은 나사 빠진 부분이 있지만, 성십자 교회의 수녀가 흡혈귀를 평하며 『처분』이라는 말을 쓴 의미는 무겁다.

덤으로 말해서, 30초쯤 전에 『당신 같은 팬텀을 멸하는 존재』라고 자기소개를 했으니 그것도 본래는 경계를 해야 한다.
"그러면. 뭐냐. 나는 괜한 참견을 한 거야? 너 설마 나를 멸하기 위해서 내 집에……."
"그렇다면 당신이 재에서 재생할 때까지 기다릴 리 없잖아. 사람을 연쇄살인범처럼 말하지 말아줄래?"
그것도 그렇다.
"암십자 기사단은 분명히 팬텀을 멸하는 존재야. 하지만 현대 암십자의 주요 교파는 팬텀 모두가 『악』이 아니라는 걸 알고 있어. 옛날에는 흡혈귀뿐 아니라, 모든 팬텀을 즉시 죽이던 시대도 있었다고 하지만."
"좀 봐주라."
"어쨌든, 이쪽도 목숨을 걸고 싸워야 하는 거야. 물론 현행범 체포를 해야 하는 케이스도 있지만, 대개는 대상의 행동을 파악하여 확실하게 확보할 수 있는 타이밍을 재거나, 최악의 경우 처분하는 결과가 되어도 주위에 커다란 영향을 끼치지 않도록 신중하게 행동할 필요가 있어. 그러니까, 아무것도 안 한 흡혈귀를 공격하는 일은, 우리는 안 해."
"갑자기 남의 집 테이블을 못 쓰게 해준 것에 대해서는, 나는 어디에 고소하면 되는 건데?"
일단 태클을 걸고서, 토라키는 문득 심각한 표정을 지었다.
"하지만, 그러면 내가 달려갔을 때, 상당히 오래 싸운 다음이었나?"
"어?"

"그렇잖아. 그 정도로 신중하게 조사를 진행하고 접촉을 했다며. 하지만 내가 달려갔을 때 상당히 열세로 보였으니까."

"어어…… 그게……."

"나도 허를 찔렸으니 잘났다고 말할 수야 없지만, 카지로우 뭐라는 그 녀석, 그렇게까지 강한 흡혈귀는 아니었어. 피를 가리기도 했고, 일출 생각도 안 하고 그런 시간까지 인간을 조종해서 사람을 습격할 정도였으니까."

"뭐, 그건, 그건 뭐 됐잖아. 지금은 상관없……."

"뭐가 돼. 나한테는 중요한 문제야."

자기가 말을 꺼내고선, 어째선지 흡혈귀 카지로우의 화제에서 벗어나려고 하는 아이리스.

"나는 꽤 오래, 어떤 흡혈귀를 찾고 있어. 하지만, 흡혈귀들끼리도 겉으로 봐서는 흡혈귀라는 걸 알 수 없지. 그 카지로우란 녀석이 강한 흡혈귀라면, 그 배후를 캘 필요가 있어."

"그, 그렇구나. 흐, 흐~응."

"그 다음에 그 녀석의 재는 어쨌어? 아니, 애당초 그런 타입의 흡혈귀였어? 아이리스가 회수했어? 설마 지금 가지고 있어?"

테이블에 닿지 않도록 조심하면서 몸을 내민 토라키에게서, 아이리스가 고개를 돌렸다.

"……그 흡혈귀에 대해서는, 잘 몰라."

"모른다니 무슨 소리야? 아이리스는 계속 놈을 추적했잖아?"

"내가 계속 추적한 게 아니고…… 어쩌다가 부임한 타이밍에, 담당하게 돼서…….”

방금 전과 딴판으로, 여러모로 분명치 않아지는 아이리스.

“이봐. 그 녀석 그렇게 강했어? 너 어째서 당할 참이었는데?”

“…………워서.”

“어?”

그리고 체념한 것처럼, 그러나 부끄러운 기색으로, 모기 같은 소리로, 자백했다.

“……같이 있던, 남자가…… 무서워서, 다리가, 떨려서.”

잠시, 두 사람은 굳어 있었다.

“그래서, 움직일 수가 없는데, 잡혀…… 버려서…….”

그리고.

“뭐야아아아아?”

토라키는 진심으로 그 문자열을 내뱉었다.

“그, 그치만, 목소리도 크고, 술이랑 담배 냄새도 심하고, 그리고…….”

“아니, 뭐? 어어? 너 그거, 뭐어어어어?!”

흡혈귀 카지로우는 결코 강력한 흡혈귀가 아니었지만, 그것은 흡혈귀의 입장에서 그렇다는 거다.

인간이 대치하면 일단 힘으로는 당해낼 수 없을 거고, 그 피의 실을 뽑아내는 기술에서 도망칠 수 없으리라.

그러나 아이리스는 초인적인 움직임으로 그 실을 간파하여 튕겨내고, 흡혈귀를 몰아세우지 않았던가?

게다가 처음 만난 흡혈귀의 재를 모아서 재생시키고, 그 흡혈귀의 집에서 돈가스 카레를 먹고, 종국에는 그 흡혈귀를 성스러운 망치로 협박한 여자가, 『남자가 무서워서』?

"시, 시끄러워! 어쩔 수 없잖아! 남자는 싫단 말야! 무서워!"

"너 자기가 얼마나 엉망진창인 소리를 하고 있는지 이해해?"

토라키는 때를 만난 듯 방금 전 일의 앙갚음을 했다.

"당신은 사람이 아니라 흡혈귀니까 괜찮아!"

"기준이 대체 뭐야!"

"흡혈귀라면 최악의 경우 죽이면 되지만, 인간은 그럴 수 없잖아!"

"너 몇 분인가 전에, 모든 팬텀이 나쁘지 않다고 말했었지?!"

토라키는 무심코 벌떡 일어섰다.

"어? 그럼 뭐야? 너는 조종당하고 있는 남자한테 쫄아서, 그런 잔챙이 흡혈귀한테 고전했다는 거야?!"

아이리스는 얼굴이 새빨개져서 토라키를 노려보았지만, 반론을 못하는 모양이다.

토라키는 잠시 똑바로 그 수치의 눈물로 촉촉해진 눈을 보고 있었지만, 이윽고 작게 한숨을 내쉬며 다시 앉았다.

그리고, 게슴츠레한 눈으로 물었다.

"암십자 기사단의 수도기사, 라고 했지?"

"시끄러워어!!!!"

그 깔보는 말에 아이리스는 한껏 부풀어오른 볼에서 노여움을 폭발시켰다.

"알고 있어! 이런 거 한심하다는 거! 하지만…… 무서운 건 무서운 거야!"

이번에는 아이리스가 의자를 박차고 일어서서 주먹을 쥐고 흔들었다.

"신학교에서 수습 기사였을 때는, 이론도 실기도 수석이었단 말야! 하지만…… 하지만……!"

아이리스의 왼팔이 잘게 떨리고 있었다.

그녀의 이 반응을 보면, 단순하게 낯을 가린다는 수준이나 호불호 탓이 아니라는 것 정도는 짐작할 수 있었다.

그리고 어쨌거나 남자인 자신이, 짐작이 간다고 해서 함부로 파고들어도 되는 문제가 아니란 것도.

"……일본에 지부가 있다는 건 들었지만, 일본 지부는, 작아. 평화롭고, 팬텀 자체가 적고, 수도기사가 상주하는 주둔지도 대도시에만 있어. 그리고…… 암십자 기사단에게 일본은, 그게, 뭐라고 해야 되지? 일본어로, 일 못하는 사람이 가게 되는 장소."

"……한직?"

"그래, 그거. 한직. 극동이잖아. 당연하지."

"영국이 세계를 제패했던 건 내가 태어났을 때보다 옛날이거든? 그런 표현으로 우쭐대지 마."

"그래서…… 그 잔챙이 흡혈귀마저, 만족스럽게 잡을 수가 없어서……."

"뭐, 그런 사정이 있다면……."

"애당초 그런 시간이 된 것도 우에노 역에서 길을 잃어서,

깜빡 다른 열차를 타버려서 우츠노미야라는 데까지 가버려서 그런 거고, 내가 약한 게 아냐."

"너는 약하다거나 그런 것보다 훨씬 근본적인 문제가 있는데."

이 정도로 일본어를 잘하는데, 어째서 우에노에서 우츠노미야에 도착할 때까지 잘못 탄 걸 깨닫지 못한 거지?

"그야 어제 처음으로 일본에 왔단 말야! 열차를 잘못 타는 것 정도는 당연하잖아?!"

"그건 솔직히 굉장한데. 처음 왔는데 이 정도로 말을 잘 하다니."

"그리고, 우에노 역에서 길을 물어본 여성이, 녹색 선이 붙은 전차를 타면 잘못 타도 빙글빙글 돌아서 언젠가 도착한다고 했어!"

분명히 우에노에서 우츠노미야로 가는 JR우츠노미야 선도 녹색 라인이지만, 일본에 살고 있다면 황녹색의 야마노테 선과, 오렌지와 녹색 라인이 겹친 우츠노미야 타카사키 선을 같은 전차라고 판단하지 않을 것이다.

"응? 잠깐 기다려봐. 어제 도착했다는 건 또 뭔 소리야? 하네다나 나리타 중에서 어느 공항을 썼는지는 모르지만, 이케부쿠로에 올 거면 우에노에서 내릴 필요 없잖아. 하마마츠쵸에서 출발했으면 야마노테 선을 타면 되는 거고, 나리타에서였으면 닛포리에서 갈아타잖아?"

"흥. 결국은 어둠 속에 살아가는 흡혈귀구나. 당신, 우에

노의 서양 미술관을 몰라?"

"아니, 알고는 있는데."

"서양 미술관의 지옥문은 우리들 암십자 수도기사에게는 제법 상징적인 거야. 그 조각에는 서양적인 의미로 파사의 힘이 있어. 한 번 직접 보고 싶었어."

"그래서 전차를 잘못 탄 끝에 흡혈귀한테 당한다는 게 말이 되냐? 그리고 그런 시간에 어떻게 우츠노미야에서 이케부쿠로까지 돌아왔어?"

"막차로 간신히 돌아왔어! 하지만 심야니까 대상이 평소의 순회 루트를 벗어나서, 찾는데 고생한 거야!"

대상 지역에서 교통 이동을 하는 것도 그녀의 업무…… 라기보다 모국을 떠나 일을 하는 사람의 필수기능보다도 이전의 기초능력인 것 같은데. 그러고서 실기에서 수석이었다는 건 또 뭐야?

"우츠노미야의 교자는 맛있었어!"

"우츠노미야를 전력으로 즐기고 왔구만."

설마 아이리스는 이 수도복으로, 교자의 거리 우츠노미야를 활보하고 다닌 걸까?

"그럴 리 없잖아. 언제 적을 만나도 괜찮도록 움직이기 편한 옷이었어."

"흡혈귀는 마늘 냄새에 민감하거든."

"마늘 들어간 건 피했어! 그리고 불고기가 아니니까 연기 냄새가 베지도 않았어. 금연인 가게들이었으니까."

역시 일본은 암십자 기사단이란 곳에서 봐도 평화로운 모양이다.

"그래서? 카지로우라는 흡혈귀를 쓰러뜨렸으니까, 이제 영국으로 돌아가는 거야?"

"잉글랜드야."

"그래서, 돌아갈 거야?"

다른 나라가 『영국』이라고 부르는 나라는 잉글랜드, 스코틀랜드, 웨일즈, 북아일랜드라는 각 지역의 연합 왕국이며, 지금도 서로 다른 나라라고 생각한다는 건 들은 적이 있지만, 딱히 지금 토라키하고는 상관없는 거니까 계속 확인한다.

"안 돌아가. 부임했다고 말했잖아. 한직이라고 해도, 아직 담당해야 할 팬텀이 잔뜩 있는걸."

"……."

토라키는 나이를 먹은 덕분에, 자신의 확인이 위험한 방향으로 흘러가고 있는 것을 예감했다.

"그렇군. 뭐 열심히 해봐. 결과적으로 나도 신세를 졌으니까. 그러면 일 열심히 하고. 인연이 있으면 또……."

"있지, 유라. 당신 그럭저럭, 오래 흡혈귀로 지내고 있지?"

"덕분에 말이지. 자 그럼, 흡혈귀의 집에서 빈둥거리고 있으면 기사단의 상사 같은 사람한테 혼나지 않아? 서로 바쁜 몸이잖아. 이케부쿠로 역은 조우시가야 바로 이웃 역이니까 아무리 너라도 길을 잃지는 않겠지. 나는 이 다음에 예정이 있거든. 목욕도 하고 싶으니까 이제 슬슬……."

"내 일에 협력해줘. 문제를 일으키는 흡혈귀나 팬텀의 토벌에 협력해줘."

"너 장난치냐? 내 태도를 보고 짐작을 좀 해라!"

"큰 소리 내지 마."

아이리스는 표정을 찌푸리지만, 토라키야말로 표정을 찌푸리고 싶었다.

"너 뭔 말을 하는 건데? 서로 만난 지 1시간도 안 됐는데 네 입에서 엉망진창인 말밖에 못 들었거든! 이 세상에서 가장 흡혈귀랑 손잡으면 안 되는 인종이잖아?"

"그렇지는 않아. 아까도 말했잖아? 모든 팬텀이 나쁘다고 생각하지 않아. 흡혈귀로 한정할 수는 없지만, 팬텀 협력자가 있는 수도기사도 있어. 그런 것도 포함해서 어둠이야."

"그렇다고 해도, 나는 협력할 이유가 없어."

"협력해주면, 당신을 기사단에게 보고하지 않겠어. 수도기사는 성무 중에 접촉한 팬텀을 보고할 의무가 있거든. 보고를 하면 어마어마하게 귀찮아질걸."

"협력이 아니라 협박이잖아."

토라키는 진지하게 싫다는 표정을 지었지만, 지금까지 강경한 태도로 당당하게 얼빠진 소리를 하고 있던 아이리스가 진지한 표정으로 토라키를 보았다.

"……수도기사들 중에는 팬텀을 색안경 쓰고 보는 사람도 있어. 하지만, 이 집의 상태를 보고, 당신과 대화한 나는 알 수 있어. 당신은, 나쁜 흡혈귀가 아냐."

"울적한 어조로 말해도 안 속아."

"부탁해, 유라! 나, 일본 지부에서 성과를 올리지 않으면 본국으로 못 돌아가! 이대로는 신학교의 동급생들을 볼 낯이 없어!"

토라키는 진심으로 알 바 아니라고 생각했다.

"너한테는 안 맞는 일이야. 어학실력을 살려서 다른 일을 찾아봐."

"흡혈귀 주제에 현실적인 말 하지 마. 알고 있어, 적성에 안 맞는 것 정도는…… 하지만, 나는 다른 길이 없어."

"……."

"그리고 일본의 부동산은, 대개 남자들이 영업하고 있잖아?"

"어, 응? 아니, 그렇다고 할 수는……."

"모르는 외국 남자랑 대화하면서 살 집을 찾으라니, 어떻게 찾으라는 거야."

"너 그러면서 교자는 용케 주문했구나."

이때 또 다시 토라키는 더욱 불길한 예감에 사로잡혔다.

"일본 지부라는 곳이 살 집을 준비해주지 않았어?"

"돈은 내주지만, 조사의 재량은 개인에게 맡기고 있으니까, 집은 자기가 찾아야 돼."

"……그래서?"

"빨래 개면서 알았는데…… 이 맨션, 2DK잖아. 저쪽 방, 안 쓰지? 아무것도 없으니까."

"나가."

토라키는 한치의 틈도 없이 방어했지만, 아이리스는 그 방어를 억지로 돌파하고자 했다.

"부탁해! 오늘밤은 이제 갈 곳이 없어!"

"남성 혐오증이 있는 수도기사가 남자 흡혈귀 집에 굴러들어오지 마! 그러고도 성십자 교도냐? 부끄러운 줄 알아야지!"

"당신은 괜찮을 거야! 아마! 흡혈귀니까!"

"완전히 본말전도잖아! 피 빨아먹을지도 모르는데!"

"당신은 그런 짓 안 하잖아!!"

여태까지 나눈 대화 중에서 가장 강한 목소리가 토라키를 때렸다.

"그야, 안 하지만."

남자는 다들 늑대라는 말이 세간의 상식처럼 떠돌고 있지만, 평범하게 살아가는 인간은 이성이 감정에 지지 않는 법이다.

"본국에서 전혀 성과를 내지 못해서, 내가 말만 번지르르한 건 기가 막힐 정도로 이해했어……. 내 홈그라운드에서도 잘 못했는데, 일본에서라니…… 제대로, 될 리가 없어……. 난 일본 지부에 친구도 없고……."

열차를 잘못 탄 데다가 그곳에서 명물을 마음껏 즐기는 인간은, 직장에서는 고깝게 보는 대신에 외부의 친구는 얼마든지 만들 수 있을 것 같은데.

"지금 뭔가, 실례되는 생각 했지?"

"그래. 들으면 들을수록 적성에 안 맞는다고 생각했어."

"시끄러워."

아이리스는 입을 삐죽거렸다.

"계속 있겠다는 게 아냐. 하지만 이제, 오늘은 정말로 갈 곳이 없어……."

이케부쿠로와 제법 가까운 조우시가야라면, 밤 7시를 넘어서도 비즈니스 호텔이나 캡슐 호텔, 인터넷 카페 등 지금부터라도 돈을 내면 묵을 수 있는 장소는 얼마든지 찾을 수 있다.

그러나 아이리스를 보아 하니, 프론트에 남성이 서 있으면 그것만 보고도 도망칠 것 같다. 그리고 만에 하나 숙소에 무슨 문제가 일어났을 때, 주소를 알고 있는 토라키를 끌어들이고자 할지도 모른다.

"진짜 용케도 방금 전에 만난 흡혈귀를 이 정도로 믿을 생각이 들었네. 오래 못 살걸."

"어……."

"잠깐뿐이야. 하늘이 무너져도 장기 체류할 수 있다고 생각하지 마라. 나도 일이 있어."

아이리스의 볼에 처음으로 수치심이 아닌 감정으로 붉은색이 드리우고, 활짝 밝은 미소가 생겼다.

"나한테 협력해주면, 흡혈귀의 정보가 모일 거야! 찾고 있는 흡혈귀가 있잖아!"

"우쭐대지 마."

토라키는 체념하고서, 안쪽의 쓰지 않는 방을 가리켰다.

아이리스가 아마도 그녀의 트렁크를 멋대로 들여놓았을 방이다.

“벽장에 손님용 이불이 있어. 말리고 나서 조금 지났지만 참아라. 화장품 같은 게 필요하면 편의점에서 사와. 돈가스 카레는 샀으니까 그 정도는 할 수 있지?”

“어, 으응…….”

“그리고, 돈은 가지고 있지? 교자 먹었으니까. 돈가스 카레 사는 건 왜 내 지갑을 가지고 간 건데?”

“그게, 카드는 있는데, 현금을 인출할 수가 없어서, 열차 요금도 카드로…….”

“아아, 점원이 남자일 경우 카드로 계산할 거라고 말하는 게 무서운 거군.”

“일일이 간파하지 마.”

현금이라면 괜한 대화를 안 하고 그대로 살 수 있다. 그런 모양이다.

“정말로, 교자는 어떻게 주문한 거야?”

“카드를 쓸 수 있고, 점원이 여성인 가게를 노렸어. 그리고 일본어 잘 모르는 관광객 행세를 했더니, 일본인 점원이 전부 짐작해줬지.”

“조금은 미안하게 생각해라.”

뭘 어떻게라고 구체적으로는 말할 수 없는 것이 아쉽지만, 당당하게 말할 일은 아니다.

“하지만 도내에는, 점원이 일본인이 아닌 가게도 많고, 다들 영어를 해서, 그 수가 안 통해서…….”

“너 말야…….”

기가 막힌다기보다, 이 정도면 감탄해 버린다.

아이리스는 일에 협력해달라고 말을 했지만, 이대로 질질 끌다가는 일본에서의 생활 전체를 돌봐주게 되지 않을까?

“이는 닦을 수 있냐?”

“바보인 줄 알아?”

“지금까지 자기 언동을 생각하고서 말을 해라. 칫솔은 새 거 있으니까 꺼내줄게. 이런 집이니까 세면대 같은 물건은 없어. 물은 주방의 싱크대를 써.”

토라키는 주방 아래쪽 선반에서 미개봉의 칫솔을 꺼내 아이리스에게 건넸다.

아이리스는 조금 뜻밖이란 듯 칫솔을 받고서, 이불이 있다고 말한 방을 보았다.

“꽤 준비가 잘 돼 있는데, 누가 정기적으로 자러 와? 연인?”

“그 이상 캐묻지는 말고. 애당초 흡혈귀한테 연인이 있을 거라고 생각하냐?”

“딱히 드물지도 않은걸. 옛날부터 흡혈귀는 여성을 좋아하잖아.”

“다른 흡혈귀의 사생활 같은 걸 알려고 한 적이 없거든. 그 녀석들은 상당히 찰나적이구만.”

“어?”

말의 마지막에 조금 쓸쓸한 색이 섞였지만, 아이리스가 뭔가 되묻는 것보다 먼저 토라키가 분위기를 전환했다.

"그러면. 나는 샤워하고 출근한다. 샤워를 하고 싶으면 멋대로 써도 되지만, 쓰고 난 다음에는 욕실을 청소하고 환기팬 돌려줘. 세제나 브러시는 적당히 써도 되니까."

"어, 으응. 알았어."

그렇게 말하고, 토라키는 지갑을 집어서 5,000엔 지폐 한 장을 테이블 위에 놓았다.

"지금 줄 수 있는 건 이것뿐이야. 필요한 게 있으면 그걸로 사."

"어, 어? 그, 그래도 돼?"

"준다고는 안 했다. 돈이 생기면 나중에 갚아. 설마 영국에서 맨손으로 온 것도 아닐 거 아냐. 갈아입을 옷은 있겠지?"

"어, 그래. 그거야 물론이지. 하, 하지만, 가지고 도망칠 거란 생각은 안 해?"

방금 전까지 보여준 억지는 어디로 갔는지, 기특한 태도로 5,000엔 지폐를 두 손으로 들고 가슴 앞으로 끌어당겼다.

"너는 그런 짓 안 하잖아?"

"!"

"그리고, 도망치면 그거대로, 5,000엔으로 귀찮은 일을 떨쳐냈으니 바라마지 않는 일이야."

"……정말!!"

"자 납득했으면 안쪽 방에 가줄래? 우리 집은 탈의실이나 세면장이 없어. 옷은 여기서 벗어야 된다고."

"아, 으, 응. 알았어."

"아, 그리고. 만약 뭐 사는 게 불안하면, 여기서 조금 걸어야 되지만 이 가게는 괜찮아. 휴대전화 같은 건 가지고 있지?"

토라키는 현관 근처에 모아둔 전단지 뒷면에 술술 가게의 이름을 적었다.

"한자 읽을 수 있어?"

"조금은. 이 가게는, 편의점이야?"

토라키는 고개를 끄덕이고, 자기 가슴을 가리켰다.

"내가 알바하는 가게야. 내가 계산대에 있으면 계산도 매끄럽잖아."

아이리스는 눈이 동그래졌다.

"당신, 편의점에서 아르바이트를 하고 있어?"

"일하는 흡혈귀는 딱히 드물지도 않을걸?"

토라키의 말을 듣고 아이리스는 한순간 어안이 벙벙해졌지만, 작게 웃으면서 5,000엔 지폐를 정성스레 접었다.

"고마워. 쓴 만큼, 카레 값도 포함해서 반드시 갚을게. 지금부터 출근한다고 했으니까, 야근이야?"

"당연하지. 흡혈귀잖아. 일출 전에 돌아올 거야. 먼저 자."

"그래, 그럴게."

아이리스는 수긍하고서, 토라키가 지시한 방에 들어갔다.

그 흐트러짐 없는 움직임을 보니, 이미 104호 안에서 움직이는데 익숙해진 것 같았다.

토라키는 장지문이 닫힌 것을 보고 자기 방에서 갈아입을 옷을 꺼내 욕실 밖의 복도에 두고, 벗은 옷은 일단 개어서 욕실 안으로 가지고 들어갔다.

가볍게 샤워를 하고서 몸의 물기를 닦아내고 밖으로 나와 재빨리 갈아입었다.

짧은 머리를 드라이어로 말리는 소리를 듣고, 아이리스가 살짝 장지문을 열고 이쪽을 내다보았다.

"나갈 거야?"

"그래."

"그래…… 여러모로 고마워. 다녀와."

그리고 다시, 장지문이 닫혔다.

"……."

토라키는 드라이어의 온풍을 쐬면서, 잠시 굳어진 채 아이리스가 모습을 감춘 장지문을 바라보았다.

"다녀와…… 라."

드라이어의 소음에 묻혀서, 그 혼잣말은 아무에게도 들리지 않았다.

"언제가 마지막이었지? 꽤 오래 못 들었네."

귀찮은 일이 생겼다.

그건 틀림없다.

토라키는, 아이리스가 아름다운 여성이라고 해서 마음이 들뜨기에는 너무 오랜 세월을 살았다.

오늘밤 하루 묵는 건 어쩔 수 없다 쳐도, 가능하면 얼른 내보내고 싶다는 것은 틀림없이 진심이었다.

그러나 그래도.

『그래. 다녀와.』

생각지 못한 파괴력을 가진 말이, 토라키의 마음을 크게 흔들었다.

토라키는 드라이어를 다 쓰고, 지갑과 방의 열쇠와 슬림폰만 바지 주머니에 넣고서 현관에서 신발을 신었다. 그리고 그 이상 뭔가 아이리스가 말을 걸기 전에 방을 나섰다.

쌀쌀한 공용 복도에 나와 문을 잠그고, 잠긴 것을 확인하듯 한 번 손잡이를 끌어보고서 한숨을 쉬었다.

토라키는 겨울의 기온을 강조하는 것처럼 차갑게 울리는 자신의 발소리를 들으면서 중얼거렸다.

흡혈귀가 되어서도 느껴지는 귓볼이 에이는 추위, 이것은 몇 년이 지나도 익숙해지지 못했다.

“다른 흡혈귀의 정보…… 라.”

토라키는 오랜 흡혈귀 인생에서 수많은 흡혈귀와 만났지만, 바라는 정보를 얻었을 때도 그것을 살려본 적이 한 번도 없었다. 그 탓에 나날의 생활이나, 세상의 정보에 대해서 감각이 둔해진 지 오래였다.

새로운 흡혈귀의 정보에 대한 기대보다도 체념이 강해졌을 토라키의 마음을, 아이리스의『다녀와』가 아주 간단히 뒤흔들어 버렸다.

“나는, 나를 아는 녀석이 모두 사라지기 전에, 인간으로 돌아갈 수 있으……려나.”

제 2 장 흡혈귀는 인터넷 쇼핑을 좋아한다

DRACULA YAGEUN!

살을 에는 듯한 어두운 추위 속에서, 자동문을 지나자 따스함과 빛과 오뎅의 향기가 토라키의 몸을 감싼다.

"안녕하세요?"

오후 9시. 토라키는 근무 시간에 맞춰 출근했다.

재가 되어 버린 그 날 안으로 부활하여 일상의 루틴이 무너지지 않고 넘어간 것은, 잘라 말해서 기적이다.

토라키의 흡혈귀 인생 속에서 손꼽아 세어볼 정도밖에 없었다.

"안녕? 토라키. 어제는 어울려줘서 고마워."

평소와 전혀 다를 바 없는 무라오카와 말을 나눌 때까지 사실 반신반의였다.

가슴을 쓸어내리고 제복으로 갈아입자, 무라오카가 손짓했다.

"그러면, 곧장 미안하지만, 조금 전달 사항이 있어. 낮에 또 경찰 광고로 슈퍼바이저가 왔거든."

경찰이라는 말에 오늘 아침 일이 한순간 뇌리를 스쳤다.

"무슨 범죄가 있었던 건 아니고. 평소처럼 특수사기를 조심합시다라는 포스터야."

"아, 아아. 그거 말이죠."

"POSA를 이용한 사기가 늘어나고 있으니까, 손님이 커다란 금액을 사려고 하면 조심하라고 하더라고."

무라오카가 가리킨 곳에는, 어제까지 없었던 경찰의 캠페인 포스터가 계산대에 오는 손님 눈에 띄기 쉽도록 붙어 있었다.

"이거 얼마 전에 유행했었던 거죠? SNS 계정을 해킹해서 친구인 척하고 카드 번호를 보내달라고 하는 거."

"오오, 잘 아네. 나는 설명을 들어도 도무지 감이 안 잡혔는데, 젊은 사람은 다르네."

"네, 뭐."

최근 편의점에서, 갖가지 인터넷 서비스나 상품을 구입하기 위한 POSA 카드라고 불리는 타입의 선불카드가 판매되고 있었다.

몇 년 전, 소셜 커뮤니케이션 앱 계정을 해킹하여 본인 행세를 하며 POSA 카드를 구입하도록 유도하고, 번호를 사진으로 보내도록 하여 입금 데이터를 훔치는 사기가 횡행했다.

『선불카드 번호를 보내달라고 하는 것은 사기입니다! 그 계정, 정말로 친구인가요? 해킹에 주의합시다. 보안은 철저하게.』

이런 캠페인 포스터는 각지의 경찰이 본사나 영업소 따위에 배포한다. 그것을 슈퍼바이저 등의 관리자가 배포하고 있는데, 이 내용을 읽어보니 경찰이 경고하고 싶은 사기의 내용은 전에 유행했던 사기와 비슷한 모양이다.

그러나 지난번에도 그랬었지만, 편의점 계산대에서 이런

사기에 대비해 할 수 있는 일은 이 포스터를 눈에 띄는 장소에 붙여놓는 것뿐이다.

"그래서, 어떡하면 돼요?"

"어쩔 수 없지. 눈에 띄는 곳에 붙여놓는 것뿐이야. 일단 알려두는 것뿐이니까."

은행이 특수 사기 방지를 위해서 재확인 운동을 하는 것처럼, 편의점에서도 손님이 기프트 카드를 여러 장 구입하여 결과적으로 고액이 되는 케이스가 있으면 용도를 확인하라고 업무 명령이 내려와 있기는 했다.

그러나 토라키가 결제를 진행한 것 중에서 실제로 경찰이 나선 경우는 전무했다.

SNS 운영사들도 보안을 강화하고, 캠페인 활동을 자주 하고 있어서 이런 종류의 사기는 줄어들었다고 들은 적이 있다.

"하지만…… 다시 늘어나고 있으니까 이런 게 온단 말이지."

경찰이 사업소에 보낸 이 포스터를 보냈다는 것은 또 새로운 형태로 뭔가가 일어나고 있다는 것이다. 거기까지 생각하고 중얼거렸다.

"이놈의 세상. 시간이 아무리 지나도 시시한 일은 반복되는군."

"어?"

"아뇨. 아니에요."

"그래. 그러면 나는 뒤쪽에서 일 좀 하고 있을 테니까, 바빠지면 불러."

"네~에."

무라오카가 직원실로 들어가자마자,

"어서 오세요~."

"……5,000엔 짜리요."

젊은 여성 손님이 그 POSA 카드를 들고 계산대에 왔다.

"알겠습니다. 그쪽 화면에서 승인 버튼을 터치해 주세요."

토라키의 감각에 지나지 않지만, POSA 카드에서 가장 많이 이용되는 것은 1,500엔 카드와 5,000엔 카드였다.

1,500엔 카드는 아이들이나 젊은이가 게임의 과금을 하거나 음악 데이터를 구입하기 위해서.

5,000엔 카드는 기프트 카드로 선물하는 용도로 쓰이는 일이 많다고 한다.

여성 손님은 그 밖에도 봉투와 볼펜, 그리고 미네랄 워터를 계산대에 놓았다.

"이것들은 봉지 하나에 넣어도 될까요?"

"아, 카드는 따로 주세요."

대개 POSA 카드는 종이 재질이라서, 온도 변화에 따라 물이 맺히는 상품과 함께 구입했을 때는 주의해서 건네준다.

이날도 근무가 시작된 지 1시간 만에 다섯 명이, 여러 가지 POSA 카드를 구입했다.

모두 젊은이였지만, 1만엔을 넘는 고액의 카드를 구입한 사람은 한 명도 없다.

무라오카의 멘탈도 표면상으로나마 본래대로 돌아온 모양

이고, 업무 상황도 포스터가 한 장 늘어났을 뿐 아무것도 다른 것이 없다.

오늘도 토라키의 일상은 변함이 없을 터였다.

그렇게 생각했을 때, 자동문이 열리고 사람이 들어오는 소리가 울렸다.

"어서 오세…… 아."

입구에 눈길을 돌린 토라키를 향해서 그 손님은 똑바로 걸어왔다.

"캐스퍼 마일드, 둘."

"……네, 알겠습니다."

담배의 이름을 주문한 것은 얼굴에 깊은 주름이 새겨진 백발의 노인이었다.

둥근 안경 안쪽의 눈빛은 날카롭게 토라키의 행동을 지켜보고 있었다.

토라키는 그 시선을 등으로 느끼면서 주문한 담배를 집어 계산대에 놓았다.

그러나 노인은 담배를 집지 않고, 토라키에게 말을 걸었다.

"어제 받은 전화 말인데, 가봤지만 아무것도 없었어."

"어?"

"신고는 확인했어. 하지만, 지정된 포인트에는 아무것도 없었어. 천엔으로."

"어? 아, 네."

갑자기 지폐를 내밀자, 토라키는 황급히 계산 처리를 했다.

"정말로 **그랬었던** 건가?"

거스름돈이 계산대에서 나오는 사이에 노인이 물어보자 토라키가 고개를 끄덕였다.

"눈이랑 송곳니도 확인했고, 특유의 기술도 썼어. 시간이 시간이다보니…… 재가 되는 건, 확인을 못했지만."

"뭐, 그건 그렇겠지. 거스름돈은."

노인이 주름진 손을 내밀자, 토라키는 그 손에 잔돈을 건넸다.

"그렇지. 이름은 오코노기 카지로우."

"흐음? 이름을 알고 있는 건 나쁘지 않군. 어떻게 알아냈지?"

"아…… 아니, 그게, 우연히……."

"……아아, 아무것도 없었다고 했지. 정확하게는 아무것도 남아 있지 않았다, 야."

"어?"

"재가 된 흔적을, 누가 가져갔더군."

"정말인가!"

"한편으로, 누가 가져가지 않은 재의 흔적도 있었어……. 재가 됐었지?"

"아."

노인은 담배 옆에 단단하고 작은 것을 놓았다.

그것은 검붉은 결정으로 만들어진, 뒤틀린 형태의 십자가였다.

"오늘 아침에 재가 되었는데, 벌써 일에 복귀했군. 무슨 일이 있었지?"

"……저기, 지금은, 일하는 중이니까."

토라키가 약하게 말하자, 노인이 뒤를 돌아보았다.

보아하니 계산대에 줄이 생겼고, 어느샌가 무라오카가 다른 계산대에 서서 줄을 처리하고 있었다.

"조만간, 집으로 가지. 이야기는 거기서."

노인은 담배를 손에 집고 몸을 돌려서 가게를 나가 버렸다.

금방 다음 손님이 토라키의 계산대에 왔기 때문에 노인을 배웅할 틈은 없었다.

토라키는 계산대 안쪽에서 노인이 남기고 간 작고 뒤틀린 형상의 빨간 십자가를 시야 구석에 담으며, 내일 아침에 당장 아이리스를 내보내야 한다고 마음속으로 강하게 맹세했다.

그런데.

"토라키 토라키, 잠깐만!"

심야 2시가 되어 드링크 냉장고 뒤의 워크인에서 물품 진열 준비를 하고 있던 토라키를 무라오카가 황급히 부르러 왔다.

"자, 잠깐 계산대 와줄래? 그리고 토라키 영어 잘해?"

"영어요? 그렇게 자신 없는데요."

"외국인 손님이 왔는데, 계산대 앞에 가만히 서서 전혀 아무것도 말을 안 해. 뭐라고 말해도 반응이 없어서…… 토라키? 괜찮아? 본 적이 없는 굉장한 표정을 짓고 있는데.”

“아뇨, 진심으로 귀찮다고 생각하는 것뿐입니다.”

토라키는 전력으로 표정을 찌푸리면서도, 손은 확실하게 움직여 음료수를 보충하고 있었다.

“토라키치고는 희한하네. 그렇게까지 일을 싫어하다니. 저기 부탁해! 젊은 여자애라서, 나는 어떡해야 할지 모르겠어.”

날짜가 바뀌는 시간이 되어도 오지 않기에 방심하고 있었다.

토라키가 장시간 쪼그려 앉아 있어서 굳은 허리를 쭉 편 다음에 가게로 돌아가자, 과연 계산대 앞에 우두커니 서 있는 낯익은 여성이 있었다.

“……손님, 무슨 일 있으신가요?”

토라키가 그렇게 말을 걸자 여성이 어마어마한 기세로 돌아보더니, 토라키의 모습을 보자마자 울음을 터뜨리지 않을까 불안해질 정도로 표정이 무너졌다.

토라키가 계산대에 들어서자, 눈가에 약간 피로가 보이는 아이리스가 토라키를 노려보았다.

“가게 안에, 아무데도 없어서 속은 줄 알았어.”

“미안해. 뒤에서 상품 꺼내고 있었어. 이런 시간에 무슨 일이야?”

“어라? 일본어?”

조금 멀리서 조마조마하게 지켜보고 있던 무라오카가 신기하단 표정을 지었다.

“……홍차.”

"어?"

"여러모로 일이 많아서 잠이 얕았는지 눈이 떠졌어. 홍차, 마시고 싶어서."

"냉장고 안에 페트병 있었잖아."

"그렇게 달콤한 건 홍차가 아냐. 나는 달콤한 차 안 좋아해."

"하~ 그러셔. 나는 꽤 좋아하는데."

"토마토 주스 정도는 상비해둬. 그런 생물이잖아."

아무리 그래도 여기서, 흡혈귀란 단어를 쓸 정도로 섣부르진 않은 모양이다.

"나는 토마토 주스 안 좋아해. 더욱 말하자면, 토마토 자체를 그렇게 안 좋아하지. 붉은 액체라면 뭐든지 좋은 게 아니라고."

"이상해."

"멋대로 상상한 이미지를 말하지 마. 일단은 전문직이잖아."

흡혈귀가 피 대신 토마토 주스를 마신다는 오해는 대체 어디서 퍼진 것일까?

맥주를 마시고 싶은 사람에게 보리차로 만족하라고 하는 거나 마찬가지다. 그리고.

"참고로 나는 휴식 시간에 가까운 심야 영업 라멘 가게에서 돼지뼈 육수 라멘과 콜라를 주문했어. 그냥 살아갈 거면, 평범하게 밥을 먹으면 된다고."

"그렇다고 해도 조금 건강에 안 좋네."

아이리스가 미간을 찌푸렸지만, 흡혈귀의 건강을 배려해

주는 것도 묘한 얘기다.

"편의점에도 딱히 고급스런 홍차는 없어."

"티백 정도는 있잖아. 제대로 타면 싼 홍차라도 맛있게 마실 수 있어."

"그러십니까. 저쪽 선반. 분명히 세 종류쯤 있을 테니까, 좋아하는 걸로 골라."

"응."

아이리스가 수긍하더니, 토라키가 가리킨 선반을 물색하기 시작했다.

그 타이밍에, 무라오카가 슬그머니 다가왔다.

"토라키, 아는 사이야?"

"아아, 네. 뭐라고 해야 할지……. 아는 사이기는, 해요. 낯을 좀 가리고, 이제 막 일본에 와서, 그다지 익숙하질 않거든요."

어째서 내가 이런 변명을 해야 하는가? 거짓말은 전혀 안 했지만, 토라키는 석연찮은 것을 느꼈다.

그때 아이리스가 금방 돌아왔다.

조금 입가가 올라가 있는 것이, 기쁜 기색이었다.

"얼 그레이가 있잖아. 일본의 편의점, 굉장하네…… 어, 앗!"

아이리스는 즐거운 기색으로 말하며 계산대로 와서, 무라오카가 거기 있는 것을 깨닫더니 숨을 삼켰다.

"아, 아…… 그……."

"그러면 토라키 뒷일 부탁해. 나는 잠깐 잘 테니까, 무슨 일 있으면 깨워줘."

처음에는 당황하던 무라오카도, 장사를 오래 해서 그런지 사삭 아이리스의 시야에서 벗어나듯 직원실로 들어갔다.

무라오카가 보이지 않게 되자, 아이리스는 참고 있던 숨을 크게 내쉬었다.

"정말로 대책이 없구나."

"……미안해. 기분이 상하지 않았으면 좋겠는데."

"괜찮아. 무라오카 씨는 마음이 넓으니까. 557엔이야. 가스 레인지 사용법은 알지?"

"괜찮아. 주전자, 멋대로 좀 쓸게."

"그래. 이제 금방 퇴근이야. 조심해서 돌아가."

"으응. 방해해서 미안해."

홍차 티백 하나가 들어간 비닐봉지를 안고서 가게를 떠나는 아이리스.

한순간 토라키는 그녀가 집으로 돌아갈 수는 있는지 불안해졌지만, 여기까지 왔으니 돌아갈 수 있겠지.

그때.

"토라키~!"

고용주인 오너 님의, 메마르고 새된 목소리가 등 뒤에서 들렸다.

"얘기해봐."

"싫어요."

"얘기 좀 해봐."

"싫다니까요."
"여친이지?"
"아닙니다."
"하지만 집 이야기 했잖아."
"잘못 들은 겁니다."
"여친 없다고 했으면서."
"없습니다."
"저런 금발 미녀를 사귀다니 폭발하면 좋을 텐데."
"성희롱으로 고소합니다."
"여친이잖아."
"직장내 괴롭힘으로 고소합니다."
"토라키."
"아니니까 얼른 가서 주무시죠."
"부탁해. 얘기해줘."
"무라오카 씨."
"부탁해."
"무라오카 씨?"
"이 나이가 되면 남의 행복을 질투하지 않는다니까."
"방금 폭발하라고 했으면서."
"오히려 자신이 괴로운 상황일수록, 누군가의 행복을 바라지 않을 수 없는 거야. 젊은 사람들 사랑은 눈부시다니까. 귀하다니까. 따스하다니까. 나랑 아내도 그런 시절이 있었다고 생각하면, 이 세상의 행복은 평등하지 않구나 싶고, 딸도 언젠가 그런 생각을 하는 걸까 싶고. 부모로서 딸의 연인이 어엿한 사람이면 좋겠다 싶고. 그러니까 토라키.”

“네.”

“얘기해줘.”

“절대 싫습니다. 얼른 가서 자라.”

“고용주한테 그런 폭언을 한 거 후회하지 마라!”

“더 이상 끈질기게 굴면 영원히 잠들게 해드립니다.”

“아아, 내일 따위 생각하지 않고 영영 잠들고 싶어…… 젠장…… 자러 간다.”

“네, 주무세요. 퇴근하기 전에 깨워드릴 테니까요.”

“이걸로 내가 추궁을 포기했다고 생각하지 않는 게 좋을 걸…….”

무라오카는 빤한 대사를 뱉으면서 시계를 보더니, 아쉬운 기색으로 모습을 감추었다.

무라오카가 이 시간에 휴식을 하는 것은 정말이다. 심야 휴식 시간은 대개 잠깐 잠을 잔다.

프론트 마트 이케부쿠로 동5쵸메점도 세상에 잔뜩 있는 편의점과 마찬가지로, 아슬아슬한 인원으로 근무가 돌고 있었다.

그래서 오너이자 점장인 무라오카는 근무자가 적은 시간에 들어가 일할 수밖에 없기 때문에, 그만큼 틈날 때마다 잠을 잔다. 안 그러면 단순히 몸이 망가진다.

“안 그래도 이제 슬슬 나이도 들었고, 정말로 몸이 망가지지 않을까 걱정되네."

그때 손님이 들어오는 소리가 들려서 입구를 봤더니,

"어서오세…… 어라?!"

그곳에서 뜻밖의, 그리고 이 시간에 만나면 조금 문제가 있는 얼굴을 발견했다.

"아카리? 이런 시간에 웬일이니?"

"……안녕하세요."

무뚝뚝한 표정으로 카운터에 온 것은 올해로 열여섯 살이 되는 무라오카의 딸, 무라오카 아카리였다.

"……아빠, 있어?"

학교의 운동복일까? 길이 잘 든 운동복 위에 아무렇게나 코트를 걸치고 있었다.

"방금 좀 주무시러 갔는데, 깨울게."

묘하게 낮은 목소리는, 기분이 틀어진 탓일까? 아니면 단순히 심야라서 졸린 탓인지도 모르겠지만, 어쨌거나 편의점 직원으로서 고교 1학년 여자애가 심야에 오면 마땅한 대응을 해야 한다.

그것이 오너의 딸이라면 더욱 그렇다. 토라키는 바로 어제, 그 집의 섬세한 화제를 접해버렸다.

조금 서둘러서 직원실로 가고자 했지만…….

"됐어, 토라키 씨. 자고 있잖아. 뭣 좀 사러 온 거니까 금방 돌아갈 거야."

"그, 그러니?"

무라오카의 집은 토라키의 맨션보다도 가게와 가깝고, 걸어서 5분쯤 걸리는 거리였다.

토라키뿐 아니라, 이 가게의 직원은 여러 번 무라오카의 가족과 만난 적이 있다. 전에 만났을 때보다 분위기가 어둡다고 생각해 버리는 건, 토라키가 그 이야기를 알고 있는 탓일까?

아카리는 평범한 손님처럼 잠시 가게 안을 별 일 없이 서성거리고, 평범하게 손님처럼 몇 가지 상품을 계산대에 놓았다.

"……그러면, 화면에 승인 터치를."

과자와 음료수, 그리고 뭐에 쓰려는지 갈색 봉투와 POSA 카드 1,500엔짜리였다.

"……아빠한테는 말하지 마. 요즘에 시끄러워. 과금 같은 걸 부모의 원수처럼 생각하거든."

고교생의 1,500엔 정도라면 그렇게 눈살 찌푸릴 정도의 금액이 아닌 것 같지만, 무라오카는 POSA 카드의 원리를 잘 모르겠다고 투덜거렸으니 어쩌면 집에서는 딸이 사는 것에 조금 잔소리를 하는 편인 걸까?

"뭐, 요즘에 게임 과금 같은 건 평범한 거니까."

이럴 때 토라키가 잔소리를 해도 소용없으니 이야기를 맞춰줬지만, 아카리는 의문스런 표정을 짓기만 했다.

"게임 같은 건 안 해. 음악 다운로드를 하거나, 스트리밍 보는데 필요해."

FRONT
M

"그, 그렇구나."

"『가영차전』이란 밴드인데, 토라키 씨 알아?"

"미안, 음악은 별로 안 들어서……."

"요즘에 뉴튜브에서 나온 밴드야. 좋아하거든. 스트리밍 사이트에서 한 곡에 300엔으로 다운로드 할 수 있어."

"헤에, 한 곡씩이구나."

"아빠 시대처럼 CD 한 장에 몇 천엔이라는 것보다 훨씬 용돈 아껴서 쓰고 있는데, 부모님은 영 이해를 못해."

"……그럴지도 모르지."

젊은이가 좋아하는 것에 대해 무조건적인 불안을 품는 것은 부모의 성질 같은 것이다.

토라키는 그 광경을 그야말로 질릴 정도로 알고 있었다.

거기까지 말하고, 아카리도 무심코 자신이 말이 많았다고 생각했으리라.

아빠가 나타나는 것을 경계하듯 직원실 쪽을 보고서, 소리를 죽였다.

"내가 온 건 말 안 해도 돼……. 이렇게 말해도 소용없나."

"아니, 이대로 곧장 집에 돌아간다면 말 안 해. 아니면 시간이 시간이니까. 뭐."

"……괜한 참견이야."

젊은이에게 그렇게 말하면 당연히 나오는 대답이라는 건 알고 있었지만, 그래도 말해야 하는 것이 어른의 역할이다.

특히 아카리 같은 나이는, 논리적으로는 알고 있어도 감정이 받아들이지 못하는 나이이기도 하다.

“미안. 아빠한테 고용된 몸이고, 요즘에 이 근처에서 아는 사람한테 주정뱅이가 시비를 걸어서 트러블에 말려들었거든. 역시 걱정이 된다니까.”

만난 지 하루도 안 되는 수도기사와 어둠에 뒤섞인 흡혈귀의 다툼이라도, 아는 사람이란 것은 틀림없고 트러블이라는 것도 틀리지 않았다.

“…….”

일단 진심으로 한 말이지만, 아카리는 어떻게 받아들였는지 의문스런 표정이었다.

“그러면, 수고하세요. 정말로, 말 안 해도 돼.”

아카리는 고개를 숙이며 말하더니, 봉지를 손에 들고 가게에서 나가 버렸다.

토라키는 아카리가 나간 다음에 직원실에 들어가서, 바닥 위의 낡은 침낭에 들어가 잠들어 있는 무라오카를 힘차게 흔들어 깨웠다.

“아, 후, 후왁?!”

“무라오카 씨 죄송해요! 손님이 잊고 간 물건이 있어서 쫓아갈게요! 계산대 부탁합니다!”

“아우?”

무라오카의 대답도 안 듣고, 토라키는 가게를 뛰쳐나가서 조금 앞쪽에서 터벅터벅 걸어가는 아카리의 모습을 발견했다.

“아카리!”

"……어?"

돌아본 아카리는 놀란 표정으로 토라키를 기다렸다.

"역시 걱정되니까, 집까지 바래다줄게."

"어, 하지만, 가게는?"

"손님이 잊고 간 물건 전해준다고 하면서 아빠를 깨웠어. 아카리를 바래다주고, 달려서 돌아갈 거야. 자 가자. 코트도 안 입어서 춥다!"

편의점 제복을 강조하면서 괜히 재촉했다.

반박이 있을 거라 생각했는데…….

"……응."

아카리는 순순히 수긍하고, 토라키와 나란히 걷기 시작했다.

"혹시, 무슨 말 들었어?"

"……뭘?"

"우리 집."

아카리는 구체적으로 말하지 않았지만, 무슨 말을 하는 건지는 명백했다. 토라키도 굳이 이야기를 한 아카리에게 거짓말을 할 의미가 없었다.

"아빠한테, 조금."

"이래 봬도 부모한테는 부모의 생각이 있고, 필사적이라는 건 알고 있어. 그치만 이건 뭔가 하는 생각이 들어. 엄마도, 아빠의 워커 홀릭에 정이 떨어진 것까지는 이해해. 하지만 내 콩쿠르를 핑계로 들 거면, 하다못해 날 데리고 가야 되지 않아? 최소한이라도 나한테는 어디 가는지 말을 해야 하지 않아? 혼자서 사라지다니 아무래도 좀. 그래."

5분쯤 되는 거리.

짧은 대화를 하는 사이에, 무라오카 가족이 사는 맨션이 보였다. 전에 무라오카가 3층의 모퉁이 집이라고 했었던 것 같은데, 그곳에 조명의 기척이 없는 것은 이 시간이라 그런 걸까? 집에 아무도 없기 때문일까?

"고마워. 이제 괜찮아. 바이바이."

토라키에게 무슨 상담을 하려고 한 건 아니리라. 다만, 조금이나마 쌓여 있던 것을 토해내고 싶었다.

토라키의 대답을 기다리지 않고, 아카리는 덜컥덜컥 봉지 소리를 내면서 맨션 로비로 달려가버렸다.

"아무한테도 말 못하는 건, 힘들지."

조금이라도 토라키에게 푸념을 한 것은 토라키가 이미 알고 있기 때문이다.

반대로 말하면 모르는 상대, 그야말로 학교의 친구 따위에게 이야기할 수 없었으리라.

"흡혈귀가 여고생의 고민을 들어주다니 세상 말세군. 정말이지."

추위와 안타까움을 떨쳐내기 위해 달려서 가게에 돌아가자, 무라오카가 진지한 건지 졸린 건지 멍한 표정으로 계산대에 서 있었다.

"무라오카 씨, 죄송합니다. 돌아왔어요."

"아아, 응. 그럼 나는 조금 더 잘게."

"네, 죄송합니다."

"토라키."

"네?"

"뭔가, 신경 쓰게 해서 미안해."

"어……."

토라키가 돌아보자 이미 무라오카는 직원실로 들어가 버렸다.

어쩌면, 무라오카는 아카리가 온 것을 깨달았을지도 모른다.

"이건 아무래도, 남이 뭐라고 할 수 있는 문제도 아니고, 거기다……."

토라키는 가만히 자기 손을 보았다.

"나 자신의 문제를 스스로 해결한 적도 없는 내가, 뭘 할 수 있겠냐 말이지."

그 다음은 아무 일 없이 퇴근 시간이 되었다. 이른 아침 직원에게 인계할 것은 문제가 된 경찰 관련 포스터 말고는 아무것도 없었기 때문에, 무라오카를 되도록 재워두라는 말만 하고 가게를 나섰다.

"이쪽에는 이쪽대로 해결해야 할 문제가 산더미 같단 말이지."

화면에 금이 가서 보기 어려운 슬림폰 화면을 필사적으로 조작하면서, 근처에 있는 밤까지 운영하는 부동산을 검색했다.

몇 갠가 대형 부동산 점포가 검색에 걸려서 풍부한 선택지에 가슴을 쓸어 내렸다.

아이리스가 집을 빌리기 위한 수속 정도는 함께 해주지 않으면, 무슨 트러블이 생겨서 돌아올지도 모르니까.

돌아오기만 한다면 모를까, 그녀의 배후에 있는 귀찮은 조직과 필요 이상으로 연관되기 싫었다.

그런 생각을 하면서 이윽고 맨션에 도착하자, 무라오카의 집과 달리 창의 조명이 빛나고 있었다.

아마도 아이리스가 홍차를 타고 있는 거겠지만, 이런 시간에 일어나서 홍차를 마시고 있다면 아이리스는 더 잘 생각이 없는 걸까?

일하느라 지친 머리로 그런 생각을 하면서, 토라키는 맨션의 로비에서 공용 복도로 들어가 자기 방의 열쇠를 넣고 돌리려다가…….

"이보세요. 조심성 없게 뭐 하는 거야."

손가락에 전해지는 감촉으로 열쇠가 열려 있는 걸 깨달았다.

"다녀왔어. 야 아이리스. 돌아왔으면 문을 좀 잠궈. 조심성 없게……."

"오오, 돌아왔군."

토라키의 불평에 대한 대답은 노인의 목소리였다.

"……윽!"

낡은 형광등이 비추는 주방의 테이블에서, 어젯밤 토라키의 계산대에서 담배를 사간 노인의 날카로운 눈이 토라키를 무표정하게 노려보고 있었다.
노인 앞에는 김이 피어오르는 홍차가 있었다. 홍차와 테이블을 끼고 노인 맞은편에 앉아 있는 아이리스는…….
"유……유……유라…… 소, 손…… 소, 손님…… 손님이……!"
가볍게 콕 찌르면 산산이 부서지지 않을까 싶을 정도로 뻣뻣하게 긴장하여 식은땀을 흘리면서, 눈물이 가득한 눈과 도움을 청하는 표정으로 토라키를 보고 있었다.
"이야 미안하군. 어차피 온 김이라고 생각해서 사양 않고 들어와 버렸어. 사람이 그러면 쓰나. 손님이 있으면 미리 말해주면 좋잖아."
노인은 뻔뻔스레 말하고…….
"……아니, 설마 오늘 당장에 올 줄은 몰랐으니까."
토라키는 어색하게 두런두런 대답했다.
"이거야 원 놀랐지 뭐야. 설마 외국인 아가씨를 집에 데리고 왔다니. 아니면, 사실은 일본인인가?"
"아……아뇨…………. 저, 저기."
"말은 쓰질 않으면 녹이 슨다니까. 왕년에 익힌 솜씨로 영어로 말을 걸어봤는데, 아가씨는 무슨 말을 하는지 모르는 모양이라서."
영어가 안 통한 이유는 전혀 다른 곳에 있지만, 그것을 말해도 어쩔 수 없다.
"그럼 이제 이 아가씨를 좀 소개해줘야지."

"이렇게 이른 아침에 쳐들어와서는 뻔뻔스럽긴. 집에서 자라고."

토라키는 떫은 표정으로 노인을 노려보았다.

"생판 남이면 모를까, 가족이잖아."

"가족이라도 시간을 좀 생각해. 나이가 들면서 잠만 얕아져서는. 나는 이제부터 자야 한다고."

"…………아……어…………가, 가, 가족?"

토라키와 노인이 둘 다 『가족』이라고 말하자, 아이리스의 긴장이 약간 풀어졌다.

"그래. 이 영감은 내 가족이야. 그러니까 뭐…… 어려울 거라고 생각하지만 조금 진정해."

토라키는 입고 있던 코트를 적당히 팽개치고, 노인을 아이리스에게 소개했다.

"죄, 죄, 죄송…… 해요……. 제, 제가…… 시, 시, 실례……를."

"이 녀석은 아이리스. 사정이 있어서 집에서 재우는 것뿐이야. 그리고 사실 극도로 낯을 가려. 일본어는 알아듣지만, 그 부분을 고려해줘."

"흐음. 그랬었구만. 그러면 갑자기 알지도 못하는 영감이 문을 열고 들어오면 놀라겠지. 미안한 짓을 했군."

노인이 커다란 소리로 말할 때마다 아이리스는 움찔 어깨를 떨었다.

"나이를 먹어서 귀가 멀어지니까 목소리가 큰 거야. 너무 쫄지 마."

"으, 으, 응……."

"나는 와라쿠. 토라키 와라쿠라고 하지. 보는 것처럼 영감이야. 유라가 언제나 신세를 지고 있군!"

"아, 아, 아뇨."

"이 녀석 혼자 사는 게 걱정돼서 말이지. 가~끔 이렇게 어떤지 보러 오는데, 아무래도 이 녀석이 말한 것처럼 노인은 아침에 일찍 일어나거든. 이 녀석은 이 녀석대로 밤낮이 바뀐 생활을 하고 있으니, 좀처럼 기회가 없으니까 무심코 이른 아침이라는 걸 알면서도 쳐들어와버린 거야."

"그, 그, 그, 그랬, 었나요."

"설마 이 녀석이 여성을 집에 데리고 왔을 거라고는 생각도 못했지. 이거 많이 놀랐겠군. 참으로 면목이 없어."

"아, 아, 아, 아뇨."

"그러면 그렇다고 가게에서 미리 말을 해줬으면 좋잖아. 이 녀석."

"시끄러. 말하면 이상한 오해를 할 거잖아. 이쪽은 벌써 생고생을 했단 말이야."

"일하는 데서 벌써 한참 놀렸다 이거구만."

"알고 있으면 더 이상 괜한 말 하지 마."

"흠. 그렇군. 그렇지만."

와라쿠라고 이름을 밝힌 노인은 안경 너머로 아이리스를 힐끔 보았다.

노인 특유의, 변화가 빈약한 그 시선에서 도망치듯 아이리스는 고개를 숙였다.

"이 정도로 남자가 거북한데도 이 집에 묵는다는 것은, 유라한테서 남들과 다른 무언가를 느꼈다는 거구만."

"……."

"이보셔."

"아니, 아무것도 아니야. 어디, 얼굴도 봤으니 이제 그만 가야겠구만. 아가씨, 열심히 홍차 타줘서 고마워."

"아?! 벌써 돌아가는 거야! 그럼 뭐 하러 왔는데!"

"할 말은 있지만, 서두를 일도 아니야. 아가씨를 지치게 만드는 것도 바라는 바가 아니니까, 다음에 차분하게 얘기하자구."

와라쿠 노인은 홍차를 단숨에 들이켜고, 가볍게 손 인사를 한 다음 일어섰다.

가만 보니 코트를 입고 머플러도 두르고 있었다.

"불편하게 해서 미안해."

아마도 방에 들어와서 그것만 벗었으리라. 테이블 구석에 있는 중절모를 손에 든 와라쿠 노인은, 가슴에 모자를 대고 아이리스에게 인사를 하더니 방을 나섰다.

문이 닫히는 소리를 듣고, 아이리스의 온몸에서 긴장이 풀렸다.

"……미, 미안해, 유라. 나…… 기껏, 할아버님이 오셨는데……."

"아니……."

"가까운 사람일 거라는 건 이해했는데…… 역시…… 하지만, 유라."

"응?"

"할아버님은, 인간이지?"

"그래."

"당신이, 흡혈귀라는 건……."

"알고 있어. 손님용 이불도 칫솔도, 평소에는 저 영감이 쓰거든."

"유라, 그러면 당신. 태생적인 흡혈귀가……."

와라쿠 노인이 인간이고, 토라키가 흡혈귀라면, 당연히 그런 결론에 이를 것이다.

토라키는 어젯밤에 자신의 내력을 이야기하지 않았다.

알려져서 곤란할 것도 없지만, 딱히 말하고 싶은 것도 아니었기 때문에 말 안 했을 뿐이다.

"난 잠깐 바래다주고 올게. 일출까지 아직 30분 남았으니까."

"……그래, 미안해. 정말로, 그게, 할아버님한테 안부 전해줘……."

숨을 헐떡이는 아이리스의 등을 토닥여 진정시키고, 토라키는 벗어둔 코트를 다시 입고서 와라쿠 노인을 뒤쫓았다.

그리고.

와라쿠 노인은 마치 토라키가 뛰쳐나올 것을 알고 있던 것처럼 맨션 바로 옆의 골목에서 담배를 피우고 있었다.

"야, 토시마 구는 길거리 흡연 금지야."

“피울 만도 하잖아. 아무리 그래도 놀랐어.”

“미안해. 오늘은 내쫓을 셈이야.”

“괜찮겠어? 사정은 이해하고 있는 거지?”

역시 와라쿠 노인은 아이리스가 토라키의 정체를 알고 있다는 걸 짐작한 모양이다.

토라키는 작게 고개를 옆으로 저었다.

“내가 흡혈귀라는 걸 아는 인간은 지금까지도 많았어. 그것만으로 사정을 이해했다고 할 수는 없지.”

“내 반대를 무릅쓰고 혼자 살기 시작한지 벌써 10년인가? 그건 이제, 딱히 불평할 생각도 없고, 사정을 이해해주고 깊게 관여해주는 사람이 있는 것은 나쁜 일이 아니야. 시험해봐도 되지 않겠어?”

노인은 깊게 연기를 빨아들이고, 주머니에서 휴대용 재떨이를 꺼내 꽁초를 안에 넣었다.

“혼자 사는 이유는 말했고, 납득도 했잖아. 하지만, 그거랑 이건 별개야.”

“이쪽은 걱정이라니까. 나이를 먹으면 먹을수록 달관해서 이 세상에 미련이 없어진다고 하지만, 그건 거짓말이지. 나이를 먹으면 먹을수록 걱정만 늘고 미련도 늘어나.”

노인의 안경은 하얗게 번지기 시작한 하늘의 구름을 비추며, 쓸쓸하게 빛났다.

토라키는 그런 노인의 옆모습을 보며, 위로하듯 말했다.

“너는 할 만큼 하고 있어, 와라쿠.”

"성과가 없으면 아무것도 안 한 거나 마찬가지야, 형."

아무리 젊게 봐도 일흔은 넘었을 와라쿠 노인은, 아무리 높게 봐도 스무 살 전후로 보이는 토라키 유라를 향해서 『형』이라고 불렀다.

※

내뱉는 숨이 조금씩 하얗게 되어가는 것을 그는 깨닫지 못했다.

눈 속을 무릎이 부서질 정도로 달렸는데.

땀과 눈물로 눈이 번질 정도로 날뛰었는데.

식칼을 쥔 손을 기억하지도 못할 정도로 휘둘렀는데.

피투성이 왼손으로 목덜미를 누르면서, 조금씩 몸이 변하는 것을 실감했다.

달도 별도 없는 눈 내린 밤.

공포와 긴장으로 이가 덜덜 떨린다.

그런데도, 조금씩, 조금씩, 『그것』이 눈앞에 다가오는 것이 보이게 되었다.

눈이 어둠에 익숙해진다. 그런 당연한 일이 아니다.

눈 내린 밤을 낮처럼 내다볼 수 있다.

그리고 소록소록 내리는 눈 위에 소리도 없이 나타난 것은, 자신과 마찬가지로 이 눈 내린 밤을 낮처럼 내다보는 붉은 두 눈이었다.

"오지마…… 오지마아아아악!!"

칼날 끝이 부러지고 그저 얇은 철판이 되어 버린 식칼을 마구잡이로 휘두르며, 그는 외쳤다.

신기하게도 그 목소리는 눈보라 속에서도 잘 들렸다.

"어머나, 괜찮아? 넘어졌구나. 무릎, 안 다쳤니?"

피와 같은 모습을 가진 그것은, 마치 따스한 이로리[#2]의 불 옆에서 무릎 위에 올라가 졸고 있는 어린 아이에게 말하는 것처럼 달콤하게 말했다.

"늦게까지 안 자고 놀아서 그런 거야. 자, 착하지. 이쪽으로 오렴. 이제 잘 시간이야."

"오지마! 오지마오지마아아아아악!!"

이미 하얀 숨결도 나오지 않게 된 파란 입술을 파르르 떨면서, 그는 날이 빠진 식칼을 좌우로 휘두르며 왼손은 필사적으로 등 뒤를 감쌌다.

"아…… 아…… 아……."

그의 등 뒤에서는 그보다도 한 아름 작은 그림자가 온몸을 벌벌 떨면서, 공포가 입에서 형태가 되어 하얀 숨결을 흘렸다.

"자, 형이니까 동생한테 본을 보여야지. 얼른 집으로 돌아가서 쉬자."

그것은 그와 동생의 두 걸음 앞에 멈춰 서서, 가지고 노는 것처럼 두 사람을 내려다보았다.

눈 내림 밤에, 붉은 별이 밝았다.

#2 이로리 일본식 가옥의 불구덩이.

그는 확신했다.

이제 곧 자신과, 동생의 목숨은 끊어진다.

확실하게 보이게 된 그의 눈에 무시무시하게 인간과 동떨어진 단정한 용모를 가졌으면서도, 그 얼굴과 밤의 흑색을 녹여낸 것처럼 검붉은 피에 물든 기모노가 비친다.

아버지의, 피의, 냄새.

“오지 마…… 동생한테 다가오지마아아아악!!”

그는 그 냄새를 거절하기 위해 날이 빠진 식칼을 내질렀다.

그 칼날은 『그것』의 부드럽고도 아리따운 손바닥에 한 줄기 상처도 내지 못하고 가로막혔다.

웃고 있는 붉은 두 눈은, 어느 쪽이었을까?

다음 순간 그의 모습이 밤에 사라지더니, 『그것』의 목덜미를 향해 차가운 숨을 내뿜으면서 『송곳니』를 박으려고 했다.

“윽!!”

그 순간까지 민화로 전해지는 눈의 요괴처럼 여유로움을 띠고 있던 두 눈이 경악의 색으로 물들었다. 그리고 직전에 막아낸, 그의 구강에 돋아난 『송곳니』를 응시했다.

“말도 안 돼!!”

『그것』은 무시무시한 괴력으로 그를 떼어내더니, 발치의 눈에 내동댕이쳤다.

쌓여 있는 눈이 피어오르고, 『그것』은 살짝 숨을 몰아쉬었다.

“혀, 형아…… 형아아아아아!!”

바닥에 처박혀 의식을 잃은 형에게 동생이 허둥지둥 매달렸다.

『그것』은 그 모습을 잠시 무표정하게 바라보았지만, 이윽고 처음의 여유와 다른 종류의 미소를 지으며 말했다.

어리고, 흐트러진 작은 아이라도 알 수 있도록.

분명하게, 저주를 거는 것처럼.

"……나를 좇으렴."

"형아! 형아아아! 싫어, 싫어어어!!"

울부짖는 동생의 귀에, 그것은 분명하게 닿았다.

어쩌면 정신을 잃은 형의 귀에도.

그리고, 불과 몇 분의 시간이 지나 그가 눈을 떴을 때.

『그것』의 모습은 사라지고, 눈 위에는 『그것』이 있던 흔적마저도 없었다.

그날부터, 그는 두 번 다시, 햇빛을 보지 못하게 되었다.

※

도쿄의 추위는, 형제의 고향인 토호쿠와 질이 다르다.

그래도 추위가 본격적이 될 무렵의 살을 에는 듯한 차가운 바람은 언제나 그때의 몸이 얼어붙는 듯한 공포를 떠올리게 만든다.

"요즘 말이지. 그때 나도 같이 흡혈귀가 됐으면 이런 걱정 안 했을 거라고, 밤에 잠들 때마다 생각한다구."

"바보 같은 소리 한다. 그랬으면 둘 다 진작에 객사했을 거다."

"아아, 그렇지. 그러는 편이 나았어, 라고 하기에는 나도 나이 먹으면서 이것저것 경험을 했단 말이지."

"아무렴 그렇지. 키미에 씨한테는 나도 신세를 졌고, 그리고 요시아키도 훌륭하게 자랐잖아. 에츠코네 장남, 리틀 리그에서 포수가 됐다고 신이 나서 말했었지? 나랑 같이 흡혈귀가 됐으면 그런 행복도 없었을 거야. 그리고, 안 그러면 내가 목숨 건 의미가 없지."

"그러니까 형도, 같은 행복을 누려도 되지 않을까 생각하는데. 내가 행복하면 할수록."

토라키 유라의 친동생, 토라키 와라쿠가 내쉰 한숨은 담배 연기보다도 묵직하고, 하얗고, 그리고 가볍게, 이른 아침의 하늘로 사라졌다.

겨울의 추위는 그날을 떠올리게 만든다.

이 세상 것이 아닌 요귀에게 미래를 농락당한, 형과 동생의 무력했던 어린 모습을.

"오코노기 카지로우, 라고 했지."

와라쿠가 새 담배에 불을 붙이고 화제를 바꾸었다.

"그 다음에 금방 요시아키가 조사를 해줬어. 2과가 꽤 오래 추적하던 특수 사기범이라고 하던데."

"그랬었군."

"그런데 묘하다고 하더라고. 공안이나 경비부에서도 같은 이름으로 마크하고 있는 녀석이 있었다고 해. 동일인물인지 아닌지 확증이 없지만, 뭐 보기 드문 이름이잖아."

와라쿠가 품에서 꺼낸 메모장에는 『오코노기 카지로우(小此木 嘉治郎)』라고 적혀 있었다.

"꽤 고풍스런 한자 조합이군."

"기록을 거슬러 올라가면, 수십 년 전에 동유럽에서 같은 이름으로 행방불명 된 일본인이 있었어. 형이 본 그 녀석은 몇 살 정도였지?"

"아마, 서른 전후였다고 생각하는데."

"베를린 장벽 붕괴 직전에 오코노기 카지로우는 동유럽에서 소식이 끊어졌어. 그때가 30세. 그리고 홍콩에서 지명수배된 것이, 반환 연도였던 1996년이야."

"89년에 30세로 행방불명 된 것이 내가 만난 오코노기라면, 흡혈귀가 된지 30년 이상 됐군. 그렇게 강한 느낌은 아니었는데……."

"배경이 있는지, 단순히 고향에 돌아온 것뿐인지는 조사 중이야. 흡혈귀가 바다를 건너는 건 꽤 고생이니까. 그 녀석의 정보를 형에게 가르쳐준 건 아까 그 아가씨군. 정체가 뭐야?"

"암십자 기사단, 이라고 하던데. 성십자 교회에 그런 교파가 있다더라고. 어둠이라고 하는 건, 꽤나 이상한 물이 들었다고 생각했는데."

"광묘(光墓) 기사단이나 은독수리 날개 기사단이라고 번역되는 기사단도 있어. 나도 처음 들었지만, 조사해보지. 아니……."

"왜 그래?"

“조사 안 해도, 금방 정보가 호출을 할지도 모르지. 형이 깜빡 재가 되어서 『피의 각인』을 흘리고 왔으니까.”

“……아.”

토라키는 와라쿠가 말하는 정보에 짚이는 것이 있어서, 표정을 찌푸렸다.

“그쪽에서 뭐라고 했어?”

“지금은 아무 말 없지만, 내가 그 악취미적인 목걸이를 전달한 이유를 생각해봐. 그리 오래지 않아서, 뭐라고 한마디 하러 올게 틀림없어.”

와라쿠가 말하고, 토라키의 방 창문을 보았다.

“필요 이상으로 귀찮은 일을 끌어안기 싫으면, 저 애랑은 얼른 헤어져 두라고.”

“그럴 셈이야……. 아니 근데, 헤어져 두라는 건 또 뭐야? 특별한 관계 같잖아.”

“그녀는 형을 상대로는 평범하게 대화가 되잖아. 무슨 이유가 없으면 그럴 수 없지.”

“내가 흡혈귀니까 그렇다던데. 여차하면 죽이면 된다고.”

“반대로 걱정되는데. 저래가지고 『흡혈귀를 죽인다』 같은 일을 할 수 있을지…….”

짧은 시간밖에 만나지 않은 와라쿠도 같은 감상을 품은 모양이다.

“반대로 그게 꾸며낸 태도라면 대단한 거지. 혹시, 재가 된 형을 모아온 것도 그녀인가?”

"익숙하다던데."

"금 짚신[#3] 안건인지도 모르겠는데."

"좀 봐줘라. 언제부터 근처의 맞선 알선하는 아줌마 같은 말을 하게 된 건데?"

"나이를 먹었잖아. 젊은이의 앞날에, 필요 이상으로 신경 쓰게 된다니까."

와라쿠는 두 번째 담배를 반쯤 피우고서 재떨이에 넣었다.

"줄담배도 좀 관두고. 이제 아예 담배 끊는 게 어때?"

"이제 와서 끊어봐야 별로 달라질 것도 없어."

와라쿠가 말하고 웃었다.

"이야기가 길었군. 이제 새벽이야. 다음에는 좀 더 느긋하게 얘기하자구."

"그래. 요시아키한테 안부 전해줘."

와라쿠는 몸을 돌려서, 가볍게 손을 흔들고 아침놀이 드리운 조우시가야의 거리로 사라졌다.

토라키도 가까이 다가온 태양에게 쫓기듯 방으로 돌아가자, 아이리스가 나왔을 때 차림 그대로 토라키를 기다리고 있었다.

"할아버님, 화 안 났어?"

"아니, 괜찮아. 또 온대."

"그, 그래…… 가능하면, 다음에는 실례되지 않도록 노력

#3 금 짚신 일본의 속담. 연상의 아내는 금(속) 짚신을 신고서라도 찾아라. 결혼을 할 거면 튼튼하지만 무거운 신발을 신고서라도 찾아다니며 꼼꼼하게 살펴야 한다는 뜻. 결혼 상대를 검토한다는 의미가 있다.

할게."

"다음에 올 때까지 있는 게 전제냐."

한순간 흘려들을까 했지만, 일단 태클을 걸었다.

"뭐 됐어. 나는 이제 그만 잔다. 앞으로 10분이면 일출이야."

"그래, 알았어. ……그러고 보니 유라, 신경 쓰인 게 있는데……."

"아아, 그러고 보니 아이리스, 목욕은 벌써 했어?"

"이 집에는, 관이…… 어? 목욕? 샤워라면 어젯밤에 했고 말한 것처럼 청소도 했는데, 어째서?"

"내가 욕실에서 자니까. 오늘 밤까지 욕실은 못 쓰니까, 확인해둬야지."

"뭐?"

아이리스가 눈이 동그래졌다.

"아아, 알고 있겠지만 우리 집은 욕실이랑 화장실 별개니까, 화장실 걱정은 없어."

"아니, 그게 아니라, 욕실에서, 자?"

"내가 재가 됐을 때 메모에도 욕실에 놔두라고 적혀 있었잖아?"

"그건 방이나 관을, 재로 더럽히기 싫어서 아니었어?"

"뭐? 관?"

"그야, 흡혈귀는 관에서 자잖아?"

아이리스가 묻자, 토라키는 뭘 모른다는 듯 어깨를 으쓱거렸다.

"아~ 그렇군. 아이리스, 관에서 자본 적 없구나."
"있는 인간이 훨씬 적을걸."
"그런 자기 불편한 물건에서 자는 녀석이 있겠냐? 움직이지 않는 부처님#4을 담는 거니까, 뒤척일 수 없는 구조라는 건 알겠지? 자칫 손이라도 움직이면 뚜껑도 간단히 열리고."
흡혈귀의 입에서 부처님이란 말이 나왔다.
"관의 뚜껑은 열리지 않도록 된 거 아냐?"
"누가 밖에서 닫아준다면 그렇겠지."
"아."
"서양풍은 더 안 좋아. 일본에서 살 수 있는 서양풍 관은 아마 그거 장식용 오브제가 아닌가 싶거든. 일본에서는 기본적으로 매장을 못하니까. 대개 경첩 부분에 틈이 있어."
불교식이든 서양식이든 토라키가 관에서 자본 경험이 있는 것도 웃기지만, 아이리스가 가장 놀란 것은…….
"관이라는 거 그렇게 쉽게 살 수 있어?"
"요즘은 인터넷 쇼핑으로도 살 수 있어. 가격도 싸지."
사려고만 하면 관을 간단히 살 수 있다는 사실이었다.
"그래서, 다다른 결론이 이거야. 비치지 않은 재질의 문이 있는 창이 없는 목욕탕에서, 틈을 천으로 막고, 마무리로 문에 차광 커튼. 참고로 욕조가 아니라 그 옆의 바닥에서 자는 게 다소 느긋하게 쉴 수 있지. 흡혈귀로서는 약간 서늘한 공기도 딱 좋아."

#4 부처님 일본에서 고인의 시신을 이르는 표현 중 하나.

"상상만 해도 온몸의 관절이 박살 날 것 같은 잠자리네."

아이리스의 거짓 없는 감상이었다.

"이미 익숙해졌고, 우리 집 목욕탕은 이런 타입의 맨션치고는 넓어. 오히려 이 목욕탕이 있으니까 세면장이 없는 불편에 눈을 감고서 이 집으로 정한 거야. 남자 혼자 사는 거니까."

토라키는 말은 안 하지만 아이리스가 나가주길 바라는 마음을 담아서 남자 혼자 산다고 강조했지만, 아이리스는 흡혈귀가 맨션의 목욕탕에서 잔다는 것에 너무 놀랐는지 전혀 깨닫지 못했다.

"그래서, 나는 이제 그만 잔다. 오늘은 여러모로 사건이 많아서 정말 지쳤어."

토라키가 말하더니, 아이리스가 묵고 있던 방의 옆방에 들어가 끈이 달린 비닐봉지에 들어 있는 원통형의 부드러워 보이는 것을 꺼냈다.

"그건 뭐야? 베개?"

"에어매트. 아웃도어용. 아무래도 목욕탕 바닥에 직접 누우면 나도 힘들어. 굉장하다니까. 손으로 공기를 넣을 수 있고, 물로 씻을 수 있고, 게다가 싸. 옛날에는 침낭을 써보거나, 억지로 이불이나 쿠션을 깔아보기도 했는데, 결국 이게 종합적으로 만족도가 높아."

"……흐음."

흡혈귀의 라이프 해킹을 들어도, 아이리스로서는 그 대답밖에 못한다.

“그럼 잔다. 아…… 그렇지. 밥은, 있는 걸로 적당히 먹어.”

사실은 오늘 안으로 나갈 준비를 하라고 말하고 싶었다.

그러나 무라오카 앞에서 말도 못하고 계산대 앞에 우두커니 서 있었는데, 토라키의 가족인 와라쿠에게는 필사적으로 자기자신과 싸우며 홍차를 타주었다.

그 가상함 봐서, 앞으로 하루나 이틀 정도는 돌봐줘도 되지 않을까? 흡혈귀는 부처님과 같은 자비심을 발휘했다.

“고마워. 잘 자.”

“응…… 그래. 잘 자라.”

토라키가 목욕탕의 문 너머로 사라지더니 조금 엄중하게 목욕탕 문을 닫고, 덤으로 잠그는 소리가 났다.

아이리스를 경계하는 것이 아니라, 단순하게 잘못해서 열리는 걸 경계하는 것이리라.

들어가서 금방 잠드는 건가 싶었는데, 슈욱슈욱 공기를 넣는 소리가 들렸다.

펼쳤을 때 사이즈는 모르겠지만, 성인 남성이 드러누울 수 있는 에어 매트에 손으로 공기를 넣는 건 꽤 힘든 일 아닐까?

결국 그대로 30분 정도 공기 넣는 소리를 들은 아이리스는 그 소리가 안 나게 되자 드디어 토라키가 잠든 것을 이해했다.

“부디스트의 즉신불 같네.”

즉신불. 승려의 미이라를 만드는 법은, 살아 있는 승려가

즉신불용 굴에 틀어박혀서 종을 계속 친다. 그리고 그 소리가 안 들리게 되면 훌륭하게 열반에 들었다, 라는 상당히 무시무시한 메소드를 거친다.

아이리스도 설마 흡혈귀가 에어매트에 공기 넣는 소리를 들으면서 세계의 종교잡학을 떠올리게 될 줄은 몰랐다.

“…….”

귀찮게 만들고 있는 것은 자각하고 있었다.

지금도 분명히 토라키는 뭔가 말하고 싶었겠지만, 그것을 삼켜준 기색이 있었다.

가능한 빨리, 자립할 수 있도록 신변 정리를 해야 한다.

아이리스가 그렇게 홀로 결심했을 때였다.

“어라?”

어디선가 휴대전화의 진동이 울렸다.

토라키의 수면을 방해하면 안 되니까 서둘러서 소리의 발신원을 찾아보니, 빌린 방에 걸어둔 수녀복에서 들렸다.

“이런……!”

기사단의 업무용 슬림폰이었다.

황급히 꺼내자, 전용 앱을 통해 메시지가 착신되어 있었다.

메시지 제목은 『일본 지부 부임 수속에 대해서』.

요컨대, 암십자 기사단 일본 지부의 『도쿄 주둔지』에 부임 인사를 하러 갈 일정이 정해진 것이다.

받은 메시지를 읽고서, 일본 지부의 장소를 가리키는 지도가 첨부된 것을 보고, 아이리스는 살며시 가슴을 쓸어 내렸다.

물론 미리 장소에 대한 지시를 받았지만, 아이리스는 이미 지부가 있는 건물을 직접 눈으로 봐뒀다.

알고 있는 장소다. 게다가 여차하면 지금 있는 토라키의 집에서도 걸어서 갈 수 있는 장소니까, 아무리 그래도 이번에는 우츠노미야에 가버릴 일도 없다.

"선샤인60. 아무리 그래도 길을 잃지는…… 않겠지."

아이리스의 혼잣말에서는, 그녀 자신이 스스로를 전혀 믿지 못하는 것이 빤하게 느껴지고 있었다.

※

『부도심』이라고 불리는 이케부쿠로, 신쥬쿠, 시부야의 세 지역 가운데, 이케부쿠로는 가장 지리적인 특색이 강하다.

나머지 둘인 신쥬쿠와 시부야는 역을 중심으로 방사형으로 인구 밀집 지대가 펼쳐지고 있으며, 그렇게 확대해가는 상업권의 끝 부분이 인접하는 다른 상업권과 겹치고 있었다.

그러나 이케부쿠로는 철도의 노선, 그리고 역에 따라 동서가 완전히 분단되어 있고 각각 컬러가 완전히 다르다.

느낌에 개인차가 있긴 하지만 동쪽과 남쪽은 넓게 패밀리 구역. 서쪽과 북쪽은 좋게든 나쁘게든 어른 구역으로 발전을 이루어왔다.

결과적으로 동쪽과 남쪽은 밤에 약간 잠들고, 서쪽과 북쪽은 낮에 약간 잠드는 거리가 되었다.

어쨌든지 도쿄를 대표하는 일대 번화가를 품은 거리라는 것은 변함이 없다. 아이리스가 그런 번화가를 피하는 루트를, 슬림폰의 길 안내 앱으로 검색한 결과.

"우츠노미야에 가는 일은 없을 거라 생각하지만, 처음 타는 철도는 역시 긴장되네."

아이리스는 도덴 조우시가야 역에서 도덴 아라카와 선을 타고서, 동 이케부쿠로 4쵸메 역에서 하차했다.

아라카와 선은 노면전차이기 때문에 역의 입지가 개방적이다. 아이리스는 하차하자마자 목적지인 선샤인60을 올려다볼 수 있었다.

메인 스트리트 뒤쪽의 복잡한 골목을 빠져나가, 선샤인60의 바로 아래까지 파고들었다.

선샤인에 들어가자, 지상도 지하도 사람이 많아 떠들썩했다. 아이리스는 고개를 숙이면서 간신히 인파를 헤치고 나아갔다.

"괜찮아…… 아직, 해가 높으니까…… 괜찮아……."

스스로도 자각은 하고 있지만, 낮에는 꽤 괜찮은 편이다.

우츠노미야까지 가버렸을 때는 그야말로 전차 안에 수많은 남성이 있었고, 계속해서 바뀌어 가며 아이리스 옆에 서거나 앉기도 했다.

검은 수도복이 일본에서 눈길을 끄는 차림이라는 건 알고 있지만, 그래도 길 가는 대부분의 사람은 가까운 곳에서 기다리는 『자신의 용건』을 위해서 움직이고 있다.

따라서 다들 아이리스를 봐도 의식을 기울이지 않는다. 그녀와 연관되지 않는다.

"죄송합니다! 짐차 지나가요!"

"네, 네에!"

그래서 갑자기 누가 말을 걸어도 아슬아슬하게 패닉에 빠지지 않고 통로에서 비켜주고, 어딘가 가게의 직원을 먼저 보내는 재주도 부릴 수 있다.

문제는, 밤.

밤의 어둠 속에서 만나는 남성은 설령 아무리 밝은 길거리에서도 무섭다.

"……정말로 이쪽이겠지?"

길 안내를 따라 나아가자, 서서히 사람들이 줄어들었다. 아무래도 일반적인 쇼핑객이 들어가지 않는 사무동까지 들어온 모양이다.

급격하게 바깥에서 들어오는 빛이 적어지고, 사람들의 소란이 멀어진다. 주위에는 일본어 안내투성이라서 아이리스의 불안이 조금 늘어났지만…….

"앗."

"아! 죄, 죄송합니……."

앞을 제대로 보지 않아서, 갑자기 모퉁이에서 나온 누군가와 부딪혀 버렸다.

"괜찮으세요?!"

"네, 괜찮아요. 서둘러서 걷다 보니까…… 어머?"

아이리스가 부딪친 상대는 아이리스보다 머리 하나쯤 작은 몸집에 기모노를 입은 검은 머리칼의 여성이었다.

나이는 아이리스와 비슷한 모양이다. 그래서 아이리스도 차분하게 사과할 수 있었다.

"왜 그러시죠?"

"아뇨. 처음 생각한 것보다 젊은 분이라, 놀라서요."

"네에……?"

아이리스는 마음속으로 고개를 갸웃거렸다.

일본인의 연령은 연령보다도 어리게 보인다고 듣기는 했다. 하지만 아무리 높게 쳐도 이 여성이 자신을 「젊다」고 평가할 법한, 대여섯 살이나 열 살 정도 연상으로 보이지는 않았다.

"어쨌든, 서로 다친 곳이 없어 다행입니다. 다크 크로스 나이츠의 사무소는 저 모퉁이를 돌아간 곳에 있어요."

여성은 그렇게 말하고 인사하더니 아이리스 옆을 가볍게 빠져나갔다.

"아, 가, 감사합니다."

아이리스가 작게 인사를 하고 지나가는 그 순간.

"우츠노미야의 교자는, 맛있었나요?"

희미하게 깔보는 듯한 속삭임이 귀에 달라붙어서, 퍼뜩 뒤를 돌아보자,

"무슨 뜻……."

그곳에는 이미, 기모노 차림의 여성은커녕 사람의 모습 자

체가 없었다.

아이리스는 무심코 숨을 삼켰다.

다크 크로스 나이츠. 암십자 기사단.

토라키랑 계속 일본어로 대화를 하고 있던 탓인지, 일본식 억양으로 모국어를 쓴 것을 깨닫지 못했다.

몸을 감출 장소 따위 아무데도 없는 사무동의 복도에 오싹함을 느끼면서, 아이리스는 무심코 왼손이 허리에 찬 망치로 뻗어갈 것 같았지만…….

"일단은, 일을 해야죠."

마음을 가다듬고, 손에 든 슬림폰의 지도와 그 여성이 가리킨 방향이 일치하는 것을 확인했다.

그리고 거기서 20미터쯤 걸어갔다.

"……정말로 여기?"

암십자 기사단은 성십자 교도이지만 실무자 집단이기 때문에, 장엄한 교회를 가지고 있을 거라 생각하진 않았다.

그러나 투명한 유리 너머에 보이는 것은 컴퓨터가 설치된 자리 3개.

그 중 둘은 비어 있고, 안쪽에 보이는 문은 결코 그보다 더욱 안쪽에 광대한 뭔가가 있는 느낌이 아니었다.

그러나 하나 메워져 있는 자리의 컴퓨터를 보고 있는 것은 명백하게 나이가 있는 수녀였으며, 그 수녀는 아이리스를 발견하더니 일어서서 맞이해 주었다.

"어서 오세요. 시스터 예레이. 저는 암십자 기사단 일본 지부의 도쿄 주둔지 기사장, 나카우라 세츠코라고 해요."

"처음 뵙겠습니다. 시스터 나카우라. 부임 인사가 늦어서 정말 죄송합니다."

아이리스는 스커트 자락을 살짝 잡고서 무릎을 굽히는 인사를 하고, 나카우라는 가슴에 손을 대고 작게 인사를 하여 그것에 응답했다.

통통한 볼에 둥근 안경이 잘 어울리는, 수도복을 벗으면 일본 어디에 있어도 부자연스럽지 않은 여성이었다.

"일본어가 깔끔하네요. 자 들어오세요. 놀랐죠? 사무실이 작아서."

"아뇨. 기사단은 가벼움이 제일이라고 생각합니다. 다만, 조금 더 숨겨진 장소에 있을 거라고 생각했어요."

"예산이 없다 보니까, 작은 여행 대리점의 점포가 있던 곳을 설비째로 빌렸어요. 자 앉아요. 작은 주둔지니, 딱딱한 인사는 필요 없어요."

"실례합니다."

권해준 의자에 아이리스가 앉자, 나카우라는 카운터 테이블을 끼고 반대쪽에 앉았다.

그러자 확실히, 과거에 이곳이 여행 대리점이었다는 걸 잘 알 수 있었다.

"자, 드세요."

"감사합니다."

아이리스는 고상한 찻잔에 내어준 향이 풍부한 일본차를

한 모금 머금고 볼이 풀어질뻔했는데…….

"부임하자마자, 흡혈귀 하나를 격멸했군요. 수고하셨습니다."

"우에으호!"

하마터면 풀어지자마자 전부 뿜어낼 참이었다.

"흡혈귀 오코노기 카지로우의 재는 일본 경찰이 현장으로 달려가기 전에 회수하고, 성별처리를 시행하여 구속할 수 있었습니다. 결코 강력하지는 않았습니다만, 그만큼 교활한 흡혈귀였어요. 쓰러뜨리고자 해도 갖은 수를 써서 도망치다 보니 상당히 번거로웠죠. 그것을 목격자도 없이 격멸한 그 수완, 역시 본국에서 오신 수도기사군요."

나카우라는 미리 준비를 해둔 서류를 읽어보면서 웃으며 어제 사태를 평론했다.

"아, 아뇨, 네, 그게……."

아이리스는 온몸에서 식은땀이 흐를 것 같았다.

"오코노기는 대륙계 마피아와 연줄이 있다고 의심받고 있었어요. 당신이 부임하자마자 활약한 덕분에, 세계와 일본은 평화에 크게 다가섰어요. 기사장으로서, 감사합니다."

"…………황송합니다……."

설마 추종자 인간 남자에게 쫄았던 데다가, 난생 처음 보는 흡혈귀의 도움을 받았다고는 입이 찢어져도 말 못한다.

"본국에서도 들었을 거라 생각합니다만, 최근 일본에서는 흡혈귀뿐 아니라 많은 팬텀의 움직임이 활발해지고 있어요.

본국이나 전세계의 위험지역과 비교하면 아직 괜찮습니다만, 세계에서도 손꼽히게 평화로운 선진국인 일본의 치안이 만약 팬텀의 암약으로 흐트러지게 된다면, 각국의 정세는 한층 어려워질 겁니다."

"네, 그건 알고 있습니다."

"시스터 예레이. 보는 바와 같이, 일본 지부는 결코 커다란 조직이 아닙니다. 본래 조직의 성질상 커다란 주둔지를 가지고 있지는 않지만, 이 정도로 인구가 많은 나라이면서, 암십자 기사단은 삿포로, 센다이, 도쿄, 나고야, 후쿠오카의 다섯 도시에만 기사 주둔지를 전개하고 있어요."

그랬다.

이것은 아이리스 자신도 일본 부임이 정해진 다음에 알게 된 것이지만, 기사단의 일본 국내 전개도는 지극히 편향적이었다.

서일본의 주둔지는 후쿠오카 말고는 존재하지 않으며, 나머지는 모두 토우카이 지방보다도 동쪽에 있다.

일본 제2의 상업도시인 오사카.

그리고 전세계의 관광객이 찾아오며, 일본의 역사에서 빼놓을 수 없는 오랜 도읍 교토. 이 두 도시에 주둔하지 못하는 것은 부자연스럽다고 할 수밖에 없었다.

"우리들 일본 지부의 기사단은 세계의 평화를 흔들려는 자들의 발걸음을 꺾어야 하는 책무를 지고 있어요. 부디 수도 기사로서 길을 어긋나지 않고, 팬텀이 불러오는 어둠에서 세계를 비추는 책무에 매진해 주세요."

"……알겠습니다."

아이리스는 진지하게 수긍했지만, 이것이 끝나면 팬텀이 목욕탕의 어둠 속에서 잠들어 있는 맨션에 돌아갈 예정이었다.

토라키에게도 말한 것처럼, 현대에는 팬텀 협력자를 가진 기사가 많다.

그러나 부임 첫날에 팬텀의 거주지에 굴러들어간 수도기사는 아마도 자신이 최초이리라.

"시스터 예레이?"

"앗, 아뇨. 네. 신께 맹세코, 수도기사로서 책무를 수행하겠습니다."

"좋습니다. 그러면 부임 축하와 더불어, 기사의 정식 장비를 지급합니다."

나카우라가 엄숙하게 말하더니, 카운터 아래에서 정교하게 조각이 된 작은 상자를 꺼냈다.

"당신의 『성총(聖銃)』입니다."

아이리스는 살짝 긴장하면서, 상자에 양손을 대고 뚜껑을 열었다.

피가 연상되는 붉은 비단 안에, 그 은색의 총이 들어 있었다.

"으……."

그것이 마치 피에 잠겨 있는 것처럼 보여서, 아이리스의 표정이 약간 파래졌다.

그러나 이것은 누가 뭐래도, 자신이 이 극동에서 제 몫을 하는 수도기사로 인정받고 있다는 증거이기도 한 것이다.

지금은 참아야 한다.

망치와 마찬가지로 조각이 세공 된 작고 아름다운 총을 손에 집고, 조금 서둘러서 상자 뚜껑을 닫았다.

여성인 아이리스의 손바닥에 쏙 들어가 버릴 정도의 소형총.

장전할 수 있는 탄환은 두 발뿐이다. 그러나 그 두 발은 동서고금 모든 팬텀을 멸하는 순은의 탄환이었다.

성망치 리베라시온과 함께, 성총 데우스크리스는 팬텀을 상대하는 전투에서 빼놓을 수 없는 신의 무기다.

그러나 신의 무기라고 해도 히스로 공항이나 나리타, 하네다의 입출국 심사가 총을 통과시켜줄 리 없으니, 총의 수령은 이렇게 부임지에서 하는 것이 관례였다.

"고맙습니다. 분명히, 받았습니다."

"네, 확인했습니다. 그런데 일본에 온지 사흘째입니다만, 어젯밤까지는 어디에 잠복하고 있었나요?"

"우엣?!"

"……왜 그러죠?"

"아아, 아뇨, 수…… 숙박 시설에……."

한순간 야외에서 지냈다고 말하려다가, 어젯밤 토라키의 집에서 샤워를 한 것을 떠올리고 반사적으로 비교적 근사치의 거짓말로 전환했다.

일본에 오는 것이 처음이라는 것은 나카우라도 알고 있을 거고, 그렇다고 해서 토라키의 집을 이야기할 수도 없었다.

한순간 말을 망설인 것을 깨닫지 못했는지, 나카우라는 전혀 표정을 바꾸지 않고 수긍했다.

“그런가요. 체크아웃을 할 때는 영수증을 잊지 말고 받으세요. 너무 비싼 호텔은 경리가 시끄러우니, 쓰지 말아 주세요?”

“아, 네…….”

진상이 밝혀지면, 고급 호텔이 귀엽게 보일 정도로 비싸게 먹힐지도 모른다.

“조금 지나면, 일본 지부의 기사들과 만나보도록 하죠. 우리들의 성무는 앞날을 알 수 없는 것이지만, 그렇다고 잠들 틈이 없을 정도로 긴장할 정도는 아닙니다. 당신의 환영파티를 하고 싶어요.”

“네. 기대하고 있겠습니다. 아, 그러고 보니…….”

아이리스는 퍼뜩 깨닫고, 입구를 돌아보았다.

“저, 어쩌면 일본 지부의 선배를 만났을 지도 몰라요.”

“네?”

“기사라고 해도 언제나 수도복을 입고 있는 건 아니죠. 일본에서는 눈에 띄니까요……. 방금 전 바깥 복도에서, 기모노를 입은 젊은 여성과 만났어요. 여기에 사무소가 있다고 가르쳐 주셨어요. 혹시 그 분은…….”

“아이리스 씨! 그 여자에게 뭔가 당한 건가요?!”

“어, 네?”

지금까지는 어떤 의미에서 사무적으로, 시스터 예레이라고 부르던 나카우라. 그녀가 갑자기 자제심을 잃고 일어서더니 카운터에서 몸을 내밀었다.

아이리스는 깜짝 놀라면서도…….

"뭔가……라뇨? 모퉁이에서 부딪쳐서, 서로 사과를 했을 뿐인데요……."

심플하게 있었던 일을 말하자…….

"그랬……나요……."

나카우라는 안도하며 자리에 앉았다.

"그 여자에 대해서도 언젠가, 이야기를 하게 되겠죠. 당신의 다음 성무는 이미 준비가 되어 있습니다만, 그것이 끝날 때까지는 신경 쓰지 말아주세요."

"네……."

그렇게 말하면 괜히 더 신경 쓰이는데, 당장의 상사인 나카우라가 그렇게 말한다면 어쩔 수 없다.

거기까지 생각하고, 아이리스의 머리에 문득 두 가지 상관없는 기억이 이어졌다.

"어라? 하지만 혹시…… 나를 우츠노미야에 가는 전차에 태운 건……."

"우츠노미야?"

"아, 아아, 아뇨. 아무것도 아니에요."

우에노 역에서 길을 물어본 여성도 기모노를 입은 젊은 여성이었고, 방금 전의 여성도 처음 만난 아이리스에게 우츠노미야가 뭐라고 속삭였다.

그러나 어쨌거나 아이리스에게는 처음 만난 여성이란 생

각밖에 안 들었고, 단순히 성무를 앞두고 잘못해서 우츠노미야까지 가버린 끝에 교자 파티를 해버렸다고는 입이 찢어져도 말을 못한다.

“시스터 예레이.”

나카우라도 뭔지 모를 충격에서 재기했는지, 아이리스 앞에 몇 장의 서류를 내밀었다.

“이것이 다음 성무입니다. 사실은 다른 기사가 담당했어야 하는데, 조사를 하다가 적에게 들켜서 큰 부상을 입고 말았어요.”

“윽…….”

아이리스는 교자의 기억을 지우고, 진지한 표정으로 등을 쭉 폈다.

“경우에 따라서는 경찰에 맡겨도 되는 케이스였기 때문에, 종기사 급인 아이가 조사를 진행하고 있었습니다만, 대상 팬 주변에 잠입한 것이 노출되어 공격을 받아 중상을 입었기 때문에, 임무 속행이 불가능해졌답니다.”

이 경우 대상 팬은, 대상 팬텀의 약자였다.

“종기사라고 하지만, 전투 능력이 뛰어난 아이였어요. 어설픈 흡혈귀에게 당할 아이는 아니죠. 대상 팬은 본국의 정기사가 담당하기에 부족함 없는 레벨로 경계해 마땅한 상대입니다. 부디 신속하게 성무에 착수하여, 가능하다면 대상 팬을 확보해 주세요.”

“알겠습니다. 시스터 나카우라. 전력을 다하겠어요.”

"이것이 판명되어 있는 데이터입니다. 머릿속에 넣어 두세요."

아이리스는 나카우라가 가리킨 서면을 손에 집지 않고 응시하여 암기했다.

잘못해서 정보가 외부에 노출되지 않도록, 모든 기사는 대상 팬에 대한 데이터를 머릿속에 넣어두는 훈련을 받는다.

"……어."

그러나 아이리스는, 대상 팬의 주요 잠복처 정보를 보고 표정이 굳어졌다.

"시스터 예레이?"

나카우라의 의문스런 소리가 안 들릴 정도로, 얼굴에 식은 땀이 맺혀 있었다.

"저기, 시스터 나카우라. 이건, 정말로?"

"네. 말하자면 이 주둔지의 코앞이라 한심스런 이야기지만, 그만큼 급속하게 정세가 변화했다고 생각해 주세요……."

그렇다고 해도 어째서, 주요 조사처가 이런 장소인 안건이 자신에게 오는 것일까?

자신이 가진 성질과 궁합이 기이하게 나쁘다.

그리고 그것을 제쳐두더라도, 명백하게 정보가 너무나 부족하다.

"저기, 대상 팬의 이름과 잠복처밖에 적혀 있지 않은 것 같은데, 다른 정보를 모으기 위한 인원의 보조는……."

"네?"

뭐가 『네?』일까.

“저기, 잠복처 말고 다른 정보가 거의 없으니, 예를 들어 대상 팬의 협력자나, 잠복처 건물의 겨냥도 따위…… 혹시 지금 없으면 정보를 모으기 위한, 서포트 종기사나…….”

“아아아…….”

“아뇨, 아아아, 가 아니라.”

아무리 그래도 한 마디 나왔다.

“……괜찮습니다. 본국에서 온 우수한 기사의 힘이라면, 분명히 잘 될 거예요. 신의 가호가 있기를. 그리고 경비는 너무 쓰지 말아주세요. 아무래도 예산이 아슬아슬해서요.”

“아니…….”

이번엔 아이리스가, 그렇게 신음할 수밖에 없었다.

선샤인60의 바깥으로 나온 아이리스는 앞으로의 일을 생각하고 망연자실해졌다.

일본의 노동환경은 개개인의 능력에 의존하며 발본적인 개혁이나 변화를 거부하는 경향이 있다고 듣기는 했었지만, 나카우라의 태도는 과연 일본인 기질 탓인 걸까? 일본 지부의 경향일까?

어쨌든, 이대로는 아이리스 혼자서 절대 새로운 성무를 달성할 수 없다.

동 이케부쿠로 4쵸메 역에서 도덴 조우시가야 역까지 짧은 거리를 아라카와 선을 타고 가면서, 멍하니 앞날에 대해

고민하던 아이리스는 한 가지 결론을 내렸다.

※

목욕탕의 암흑 속에서 토라키는 하품을 하며 깨어났다.

하품을 하면서도 목욕탕 벽 너머로 집 안에서 누군가가 움직이는 소리가 들리니까, 아이리스는 아직 있으리라.

그것은 예상하고 있었다. 굳어져 삐걱대는 온몸을 뻗으면서 목욕탕을 나왔는데,

"유라! 부탁해! 협력해줘!"

아이리스가 아름다운 금색의 뒤통수를 보이면서, 토라키의 발치에 엎드려 있었다.

"……말해두지만, 도게자는 딱히 성의를 호소하는 포즈 같은 거 아니다. 실제로는 지나쳐서 성의를 의심하게 되는 녀석이야……."

"당신밖에 의지할 사람이 없어!"

아이리스는 토라키의 말을 끊으며 비명에 가까운 소리를 질렀다.

"네 경우는 그거 진짜로 말 그대로지. 무슨 일인데?"

"지령이 왔어! 긴급도가 높은 팬텀…… 흡혈귀를 담당하게 됐어!"

"호오, 잘 됐네. 아니, 긴급도가 높다면 치안면에서는 좋지 않겠지만, 아이리스의 능력이 높게 평가를 받고 있다는

거 아냐."

"그, 그게…… 상대의 주요 잠복처가, 이케부쿠로 역 서쪽 출입구 근처의 번화가야."

"호오, 서쪽 출입구 번화가……."

"그래서…… 확정된 잠복처의 조사를 해야 하는데, 지하 라이브 하우스라서……."

"호오, 지하의 라이브 하우스……."

"목표 팬텀이 나타나는 건 오후 7시 이후야."

"호오, 오후 7시 이후……."

"……혼자서, 갈 수가 없어……."

"일 관두지 그래?"

"부탁해, 유라! 같이 싸워달라고는 안 해! 사전 조사만이라도 좋으니까! 부탁해! 밥 사줄게! 입장료 같은 게 있으면 낼게, 같이 가줘!"

"싫어."

일단 거절하지만, 아이리스가 그 정도로 물러나지 않을 것은 알고 있었다.

토라키는 상상했다.

최근 이케부쿠로 역 서쪽 출입구의 번화가는 세간에서 일반적으로 품고 있는 이미지보다도 압도적으로 치안이 좋아졌다. 적극적으로 위험한 곳에 뛰어들지 않는 한, 보통은 트러블에 휘말리는 일은 적다.

그러나 아이리스는 빈 말이 아니라 미인이며, 과장을 빼고서도 중증의 남성 공포증이 있다.

흡혈귀는커녕 흡혈귀가 조종하고 있는 인간에게도 저항하지 못할 정도니까, 호객이나 헌팅에 저항하지 못하고 묘한 장소에 끌려갈 가능성도 있다.

그런 일이 일어나면 잠자리가 뒤숭숭해지고, 반대로 그 탓에 암십자 기사단 수도기사의 힘을 발휘하여 대소동을 일으킨 끝에 그녀가 경찰에 찍히게 되었을 경우…….

"최악의 경우, 나한테도 경찰이 찾아오겠지……. 하아……."

지금 아이리스는 기특하게 고개를 숙이고 있지만, 토라키는 자기 지갑이나 소지품 중에서 그 『재가 되었을 경우의 미아 메모』가 돌아오지 않은 것을 깨닫고 있었다.

아이리스가 돌려주는 걸 잊었는지 의도적으로 가지고 있는 건지는 모른다. 그러나 만에 하나 무슨 일이 있어서 아이리스가 누군가에게 붙잡혔을 경우, 아이리스를 붙잡은 조직의 손길은 틀림없이 토라키에게도 닿을 것이다.

"……그래, 그래. 알았어. 조사하는 것까지는 도와줄게."

"정말?!"

"그 대신 내 미아 메모 내놔. 나는 네 메인 일은 절대로 안 돕는다."

"고마워! 고마워, 유라! 조사가 끝나면 반드시 메모도 돌려줄게."

역시 이 녀석, 메모를 의식해서 확보해뒀군.

그리고 흡혈귀인 토라키의 귀는 일본어가 능숙한 아이리

스의 미묘한 어휘 선택을 결코 놓치지 않았다.

"어디서 조사가 끝날 때까지라고 해석의 여지를 두고 있어! 한 번이다! 하루뿐이야!"

"부탁해애애!! 이 은혜는 다음 생에도 안 잊을게에에에!!"

"성십자 교도면서 다음 생이 어쩌니 같은 소리 하지 마아아아! 나도 일이 있단 말이다아아!!"

한 번이다. 한 번이 아니다. 소모적인 말다툼은 이 뒤로 토라키가 출근할 때까지 이어졌다.

그리고 최종적으로 아이리스가 토라키를 편의점까지 쫓아와서 취식 공간에 눌러앉았다. 그것을 본 무라오카에게 또 온갖 말을 듣게 되었을 때, 토라키가 꺾이게 되었다.

※

새삼스럽지만, 아이리스가 수도기사라는 이야기는 거짓말이 아닐까? 토라키는 생각하기 시작했다.

도쿄 메트로 부도심 선의 조우시가야 역과 이케부쿠로 역은 바로 옆이었다.

개찰구를 나와서 토부 백화점 쪽으로 올라간 다음에 지상으로 나왔다. 패밀리 구역, 젊은이들 구역의 이미지가 강한 동쪽 출입구와 달리 어른들의 번화가란 이미지가 강한 구역.

밤 9시. 토라키와 아이리스는 이케부쿠로 서쪽 출입구 쪽의 번화가를 걷고 있었다.

아이리스는 토라키의 왼팔에 자기 팔을 얽고서, 토라키에게 딱 붙어서 걷고 있었다.

얼핏 보면 번화가의 분위기에 취한 커플로 보일 것이다. 그러나 실체는 길 가는 사람들에게 하염없이 겁을 먹은 아이리스가 제대로 걷지 못하기 때문에, 토라키가 지탱하여 걷고 있는 상황이었다.

"……윽."

때때로 아이리스가 토라키의 왼팔을 강하게 끌어당긴다. 손님을 부르는 점원이나 호객을 하는 호스트와 눈길이 마주쳤을 때다.

명백하게 겁먹은 반응이지만, 길을 걷고 있다가 우연히 누군가와 눈길이 마주치는 것 따위 누구든지 있는 일이다. 가게 앞에서 손님을 부르는 건 번화가가 아니라도 어느 상점이든 하는 곳은 한다.

"너 그러면서 일상생활은 용케 할 수 있구나."

팬텀의 잠복처를 조사하는 것이니까, 오늘 아이리스는 사복으로 보이는 하얀 블라우스와 검은 살로펫 스커트 위에 타탄체크 무늬의 코트를 걸치고 있었다.

타탄체크는 스코틀랜드의 민족의상이었을 텐데. 그 안에 입은 것도 수도복과 무슨 차이가 있는 건지 토라키는 알 수 없었다. 하지만 그런 것보다도 문제는, 아이리스의 용모가 토라키의 상상 이상으로 사람들의 이목을 끈다는 사실이었다.

조사할 곳에서 눈에 띄어 버린다는 염려에 더해서, 번화가의 호객꾼이 괜히 말을 걸어댄다.

그리고 아이리스는 누가 말을 걸 때마다, 움찔 몸을 떨면서 토라키를 끌어당긴다.

잘게 떨리는 진동이 팔에 전해진다.

"……괜찮아? 오늘은 관두는 편이 좋지 않아?"

아이리스의 이것은, 남자를 싫어한다는 것보다 훨씬 심각한 사정에 뿌리를 내린 남성 공포증이라고 해야 할 반응이었다.

이 정도로 반응이 격렬하다면 흡혈귀 오코노기의 부하들에게 당한 것도 수긍이 되지만, 그 이전의 문제로 영국을 나설 때와 일본에 입국할 때 입국 심사의 대화는 괜찮았던 걸까?

흡혈귀나 그 밖의 팬텀이라면 괜찮다고 했고, 실제로 토라키는 괜찮지만, 토라키의 가족이며 공격성이 전무한 와라쿠 앞에서마저 그 꼴이었다.

이번에 아이리스가 담당하게 됐다는 새로운 팬텀이 잠복하는 지하 클럽까지는 이제 금방이지만, 길거리에서조차도 토라키와 떨어지지 못하는데 잠복처에 쳐들어가 봐야 어떤 조사를 할 수 있다는 걸까?

"야, 괜찮아? 곧 도착하는데."

"으, 응……."

아이리스가 수긍하고, 결사적인 기색으로 고개를 들었다.

『Stage Bar Crimson Moon』

지하에 내려가는 계단의 입구에는 네온의 간판으로 그렇

게 적혀 있었다.

토라키와 아이리스가 나란히 내려갈 수 없을 정도로 좁고 급한 계단.

건물의 규모를 봐서는 그렇게까지 좁은 지하실이 아닌 것 같지만, 그래도『스테이지』라고 간판을 내건 이상 손님이 자유롭게 움직일 수 있는 구역이 그렇게 넓지는 않을 것이다.

입구의 보드에는 아마도 스테이지에 오를 거라고 생각되는 뮤지션의 이름이 나열되어 있었다.

계단의 벽에는 그야말로 젊고 표준적인 밴드팀부터 메탈 분위기가 느껴지는 밴드 팀까지 포스터가 비좁게 붙어 있었다. 이 가게가 어떤 경향의 뮤지션을 초대하는지는 대강 상상할 수 있었다.

계단 위에 서자, 지하에서 스피커를 통한 중저음이 올라오는 것이 들리는 것이다.

만약 무대에 오르는 뮤지션의 열광적인 팬이 가게를 가득 메우고 있다면, 아이리스는 가게에 들어서지도 못하는 게 아닐까?

"헤비메탈 정도로 격렬하지는 않은 것 같지만, 클래식 같은 고상함도 없는 모양인데. 오늘은 가게 장소를 파악한 걸로 하고 돌아가는 편이 좋지 않을까?

"그, 그, 그렇네, 그거면 될지도."

진심이냐? 돌아보면서 태클을 걸려고 했을 때였다.

"으엑."

거기서 익숙한 얼굴을 발견하여 토라키가 놀라고 상대도 놀랐다.

"토라키 씨?"

"아카리?!"

요전의 심야와 딴판으로 화려한 차림새를 한 무라오카 아카리가 어색한 표정으로 그곳에 서 있었다.

※

스테이지 위에서 토라키는 듣도 보도 못한 밴드가 격렬한 곡을 연주하고 있었다. 그들을 효과적으로 라이트업하기 위한 스모크의 냄새가 열광과 인간의 기척과 약간의 술과 담배 냄새에 강렬하게 블렌딩되어 있었다.

"설마 이런 곳에서 부모님 지인과 마주치다니. 아~."

라이브 하우스의 바 카운터에서 빨대를 꼽은 콜라 잔을 손에 들고, 아카리가 떫은 표정을 지었다.

"아니, 이쪽도 설마 이런 곳에서 아카리를 만날 줄은……."

토라키로서도, 아이리스를 도와 흡혈귀 조사를 하러 왔더니 무라오카의 딸과 만날 줄은 상상도 못했다.

"있지, 서로 못 본 걸로 하지 않을래? 토라키 씨도 데이트 하는 중이잖아."

아카리는 귀찮다는 어조로, 토라키를 끼고서 반대쪽에 있는 아이리스를 보았다.

"데, 데, 데이트 같은 거 아니에요! 일이에요!"

"어? 일?"

"아니, 뭐, 데이트야."

토라키는 예상대로 반응하는 아이리스의 모습에 한숨을 쉬면서, 아카리의 말을 긍정했다.

"그러면, 나는 방해되잖아. 그러니까, 이제부터 상관없는 사람이면 되지?"

"아~ 아니, 잠깐만."

"……왜? 설마 설교할 셈이야? 아니면 아빠라도 부를 거야?"

아카리는 붙잡으려는 토라키에게 확실하게 적개심을 보였다.

"그건 아니야. 안 그런다니까."

토라키로선 지금 아카리와 떨어지면 여러 가지로 난처하다.

단순하게 고교 1학년인 아카리가 혼자서 이런 곳을 어슬렁거리는 걸 방치할 수도 없다. 그리고 아카리가 있는 덕분에, 아이리스도 수도기사의 정신이 비슷한 마음을 품은 건지 평정심을 유지하고 있었다.

아카리의 현황을 파악하는 것은 토라키의 고용주인 무라오카가 마음의 평온을 유지할 수 있는 지와 연관되어 있고, 아이리스가 평정을 유지하며 이 자리에 있을 수 있는가 없는가는 토라키의 이후 생활이 평온할 수 있는지와 연관돼 있었다.

"이 가게 얘기를 좀 해줘. 우린 처음 왔거든."

"……잠깐, 유라?"

"……됐으니까, 입 다물고 들어봐."

놀라는 아이리스를 타이르고, 토라키는 괜히 더 밝은 표정을 만들며 아카리에게 물었다.

"아카리는 여러 번 왔었어?"

"……그걸 물어봐서 어쩌려고. 아빠한테 이를 거야?"

전혀 신용하지 않는 것 같지만, 도움의 손길이 뜻밖의 방향에서 왔다.

"오늘로 세 번째였나?"

"어, 잠깐 사가라 씨!"

카운터 안에서 남성 점원이 말을 걸었다.

아카리에게 사가라라고 불린 점원은, 일본인치고는 드물게 T셔츠 소매에서 뻗은 팔에 새긴 트라이벌 타투[#5]가 잘 어울리는, 드레드 헤어[#6]의 남성이었다.

"아카리, 이럴 때는 섣불리 반발하기보다 순순히 얘기해버리는 편이 좋아. 우리 가게로서도 출입하는 미성년 손님에 대해 누군가 물어보면, 솔직히 대답할 수밖에 없으니까."

"하지만……."

"두 사람은 가족이나 학교의 선생님처럼 보이진 않는데, 친척 부부 같은 건가요?"

"부, 부, 부, 부, 부?!"

#5 트라이벌 타투 폴리네시안의 부족사이에서 전승된 토착신앙 타투. 검은색 잉크를 사용하며 현대에는 좀 더 캐쥬얼한 디자인까지 포함해서 일컫는다.

#6 드레드 헤어 곱슬 머리를 길게 길러 여러 갈래로 땋거나 뭉쳐 만든 머리 스타일. 흑인 문화에서 유래되었으며, 레게 머리라는 표현으로 더 친숙하다.

남성과 대화를 못하는데 부부라는 단어가 튀어나오자, 아이리스는 당장이라도 질식할 것처럼 새빨개졌다.

"제가 아카리 아버지한테 고용된 몸이거든요. 오늘은 여친을 따라왔어요. 아카리랑 만난 건 우연이고."

"아아, 그렇군. 그건 서로서로 여러모로 타이밍이 안 좋았네."

점원 사가라가 사람 좋아 보이는 표정으로 쓴웃음을 지었다.

"하지만 그러면 형씨들도, 조금은 먼저 다가가야죠. 아무것도 주문 안 하고 사정만 물어본다고 하면, 아이들은 신용하질 않거든요."

그렇군. 분명히 그럴지도 모른다.

"그러면, 진 토닉 둘…… 응?"

토라키가 주문하는 소리에 항의하듯, 아이리스가 토라키의 소매를 끌어당겼다.

"혹시 술, 안 돼?"

"……일본에서 마셔도 되는 나이가 아냐."

"아~ 진 토닉이랑 콜라."

"네에. 진의 취향은?"

"어?"

놀라서 고개를 들자, 사가라가 카운터에 늘어선 술병을 가리키며,

"여기서부터 여기까지, 전부 진."

"그렇구나. 진의 차이는 잘 모르는데…… 응?"

또 아이리스가 옷을 끌어당겼다.

"……파란 병."

"파란 병?"

"아아, 폼페이 사파이어 말이구나. 알겠습니다."

색에 반응한 사가라가 네모난 파란 술병을 손에 집었다. 익숙한 손놀림으로 필스너 글래스에 진과 토닉 워터를 따르고 간단히 스터하더니, 마지막에 커팅된 라임과 민트 이파리를 곁들여 카운터에 놓았다.

토닉 워터를 따른 서버에서 아이리스의 콜라도 추출하여, 커팅된 레몬을 꼽아 카운터에 나란히 놓았다.

"자, 그러면 건배하고, 바깥 세상에 대한 건 일단 잊고, 화해하죠."

""""……. """"

제각각 복잡한 표정을 지으면서도, 사가라의 미소를 거스르지 못하고 아카리도 토라키와 잔을 마주쳤다. 아이리스의 콜라에는 닿지 않았다.

"응, 오오."

깊은 생각 없이 한 모금 마신 진 토닉은 토라키가 아는 것보다도 깔끔하고 깊은 맛이었다.

"맛있네."

"여친의 초이스 덕분이네. 폼페이 사파이어. 좋은 진이에요."

"여, 여여여여여…… 하후."

"흐음, 이 정도까지 변하는 거네요. 진을 골라본 적이 없었거든요."

아이리스가 괜한 말을 하기 전에, 토라키가 끼어들어 감상을 말했다.

"……토라키 씨도 술 마시네."

"집에서는 별로 안 마셔. 이럴 때만 마시지."

"토라키 씨도 집에서 발포주나 소주 같은 거 마시는 사람일줄 알았어."

"……뭐, 마신 적이 있기는 해."

어쩐지 구체적인 모델이 있을 법한 술을 선택하는 아카리의 이야기를 토라키는 흘려들었다.

"사가라 씨. 폼페이 뭐라는 건 뭐야?"

"진이라는 술의 브랜드야. 폼페이 사파이어. 고집해서 즐기는 사람이 생기는 타입."

아카리의 물음에 드레드 헤어가 선반에서 집어 든 술병을 보여주며 대답했다.

"진의 본고장은 영국인데, 언니는 혹시 영국인인가요?"

"저, 저, 저는, 저……."

"아직 좀 일본어를 잘 못하거든. 뭐 그쪽 사람이야."

아카리의 등장으로 잊을뻔했지만, 일단 오늘은 잠입 조사를 하러 왔다.

모든 것을 솔직하게 말하는 게 좋다고 할 수 없다.

"그래서. 아카리. 이 가게는 자주 와?"

"……이 가게라기보다, 이벤트. 가영차전이 나오니까."

"아카리가 좋아한다는 밴드였지. 이런 곳에서 하는구나. 어?

그러면 이 다음에 어디서 라이브 티켓 값을 지불해야 하나?"

"아아, 그건 괜찮아요. 우리 가게 이벤트는 기본적으로 무료. 음료수 하나 주문해주면 그걸로 OK니까요."

아카리 대신 사가라가 대답했다.

"허어…… 배포가 좋은데."

라이브 하우스에서 이벤트를 열 경우, 티켓 요금에 라이브 하우스의 음료수 요금이 사실상 세트라서, 티켓을 끊어 라이브 하우스가 준비한 토큰 따위와 음료수를 교환하는 방식이 일반적이었다.

"이 이벤트는 룸웰의 아미무라 씨가 지휘를 하고 있어서, 뉴 튜브의 수익을 환원하는 이벤트야. 그래서 티켓 대금이 없어도, 편하게 참가할 수 있어."

"윽!"

"……호오, 룸웰이라는 건, 밴드 이름이야?"

룸웰의 아미무라.

이 말에 아이리스의 표정이 험악해지고, 토라키도 조금 목소리에 긴장감이 흘렀다.

"원래는 밴드도 했었는데요. 지금은 이 이벤트를 지휘하고 있어서, 이벤트 회사의 이름 같은 게 됐어요. 사실 저도 이 라이브 하우스가 아니라 룸웰 쪽 사람이죠. 이거 괜찮으면 한 번 보세요. 우리 쪽에서 하는 이벤트의 동영상 코드입니다."

사가라가, 슬림폰의 카메라로 인식되는 특수 코드가 인쇄된 카드를 내밀었다.

토라키가 애매한 대답을 하며 받아 들었을 때, 마침 스테이지 쪽이 소란스러워졌다.

"시작됐어! 나 갈게! 바이바이, 토라키 씨!"

반 이상 남은 콜라를 남겨두고, 아카리가 훌쩍 카운터를 벗어나서 열기가 폭발할 법한 스테이지로 달려가 버렸다.

"지금 하는 게 아카리가 좋아하는 가영차전이에요."

"……흐음."

토라키는 딱히 음악에 조예가 깊은 것은 아니지만, 가영차전의 곡은 너무 화려하지 않고 빤하지도 않은, 보편적으로 좋은 곡이라고 느꼈다.

백 명은 넘지 않을까? 리듬을 타며 열광하는 관객들 사이에서 아카리의 옆모습을 발견하고, 그녀가 진심으로 라이브를 즐기고 있다는 것도 이해했다. 그날 밤에 봤던, 메마르고 쓸쓸한 느낌은 보이지 않았다.

슬림폰으로 가영차전을 검색해봤다. 활동을 시작한지 2년째이며, 동영상 사이트 등을 중심으로 인기가 퍼지고 있는 아마추어 밴드라는 것이 작은 음악 정보 사이트에 적혀 있었다.

"이게, 무료라……."

그렇기에, 마음에 걸렸다.

고교생인 아카리가 번화가의 라이브 하우스에 출입하는 것의 옳고 그름은 제쳐두고, 사가라의 대응이나 회장의 분위기를 봐도 이 이벤트에서 비합법 요소의 기척은 느껴지지 않았다.

젊은이와 번화가의 조합을 단순하게 풍기가 흐트러지는 것과 직결시키는 경향이 있지만, 아직 밤은 깊지 않다. 미성년에 대한 알코올 제공은 엄격하게 금지하고 있으며, 손님층의 9할 이상이 여성인 것을 보면 남녀의 풍기가 흐트러질 일도 그다지 없어 보였다.

"……야, 정말로 여기야?"

"……그럴 거야."

정말로 이 이벤트를 지휘하며, 암십자 기사단이 긴급하게 대응해야 하는 흡혈귀가 존재하는 걸까?

가영차전의 순서는 세 곡으로 끝났지만, 그 다음에도 몇 개의 밴드가 교대로 등장했다. 두 시간 정도 토라키와 아이리스도 카운터에 앉은 채 모르는 곡을 듬뿍 들어 버렸다.

모든 출연자의 연주가 끝나고 마지막 밴드의 보컬이 관객의 박수에 인사를 하자, 그 옆에서 양복 차림의 남자가 단상에 올라왔다.

『오늘도 수많은 손님이 찾아와 줬네요. 정말 고맙습니다! 다들! 오늘도 즐거우셨나요?!』

양복 차림의 남자가 외치자, 다시 회장이 끓어올랐다.

"저 사람이 우리 대표인 아미무라죠."

"흐음."

사가라의 말에 토라키는 딱히 반응하지 않았지만, 눈은 분명히 양복 차림의 남자를 주목했다.

이벤터라는 직업의 이미지를 배신하지 않을 정도로 밝은 색조의, 그러나 아슬아슬하게 경박하단 말은 안 들을 정도의 양복과 머리색, 그리고 안경.

단정하면서 붙임성 있는 생김새와 풍부한 표정. 다른 사람의 눈에 비치는 자신의 모습을 계산하는 타입이다.

아미무라 카츠세.

그가 암십자 기사단 도쿄 주둔지가 아이리스에게 맡긴 대상 팬. 흡혈귀라고 한다.

『그러면 기다리셨습니다! 즐거운 투표 타임!』

아미무라의 말에 이끌린 것처럼, 음악을 듣고 있던 관객이 스테이지 위의 아미무라를 향해서 뭔가 건네는 모습이 보였다.

아미무라 자신 또한 동성인 토라키가 봐도 단정한 용모를 가지고 있어서, 마치 몰려드는 관객이 모두 아미무라의 팬인 것 같은 착각을 일으켰다.

"저건 뭐야? 팬레터일까?"

스테이지에 쇄도하는 거의 모두의 손에 들린 것은, 무슨 봉투였다.

평범하게 생각하면 아이리스의 그 감상이 올바르지만, 토라키는 위화감을 느꼈다.

아카리도, 주변의 손님과 같은 봉투를 아미무라에게 건네고 있었다.

그 순간은 토라키도 긴장했지만, 아미무라는 미소를 지은 채 다른 손님과 마찬가지로 아카리의 봉투를 받고 작게 고

NOVEL
드라큘라 야근! 1권
발매 기념 초판 한정 특전
[NOT FOR SALE]
©Satoshi Wagahara 2020
Illustration : Aco Arisaka
KADOKAWA CORPORATION

NOVEL
드라큘라 야근! 1권
발매 기념 초판 한정 특전
[NOT FOR SALE]
©Satoshi Wagahara 2020
Illustration : Aco Arisaka
KADOKAWA CORPORATION

개를 끄덕였다.

봉투는 아미무라의 손 안에서 점점 두께가 늘어났다. 이윽고 한손으로는 다 들지 못해서, 다른 직원이 트레이 같은 것을 가지고 와서 봉투를 받았다.

"아니…… 저건 아마……."

"응?"

"……아니, 아무것도 아냐."

토라키는 뭔가 깨달았지만, 여기는 바로 옆에 사가라가 있는 카운터다.

그 밖에도 룸웰이란 곳의 직원이 어디 있을지 모르니까, 섣불리 말을 꺼낼 수 없다.

그러나 아카리가 『투표』를 마치고 고양된 옆모습을 본 순간, 토라키의 뱃속에서 작은 분노가 타올랐다.

잠시 지나, 방금 전에 트레이로 봉투를 가지고 간 직원이 아미무라에게 무슨 메모를 건넸다.

『그러면 집계 결과가 나왔습니다! 역시 강하다! 오늘도 가영차전에 50만 포인트 이상! 평소처럼, 누계 최다 투표자 분에게는 등록한 어드레스로 연락을 할게요! 다들 오늘도 고마워요!』

환성과 박수. 그리고 가영차전이 『투표』의 답례인지, 다시 한 번 무대에 올라서 관객에게 몇 번씩 인사를 했다.

『오늘 이벤트도 회원 여러분에게만, 아카이브에서 스트리밍을 할 테니까 한 번 더 봐줘! 다음 이벤트 고지 동영상도 잊지 말고 좋아요 부탁해!』

마지막까지 자리를 띄우고 띄운 아미무라와 가영차전의 멤버가 스테이지에서 사라져도, 플로어의 열기는 식지 않는다.

"……돌아가자."

"어?"

"이벤트 자체는, 오늘은 이제 끝난 거죠?"

토라키가 사가라에게 물어보자, 사가라는 드레드 헤어를 만지작거리며 조금 생각하는 모양을 보였다.

"응~ 뭐 스테이지는 그렇죠. 이 다음에 출연자가 플로어에 와서 팬들과 놀기도 하니까, 완전히 끝난 건 아니지만."

"그렇군. 하지만, 이제 시간도 10시니까요."

"……아아."

"저도 이런 곳에서 그렇게 못난 말은 하고 싶지 않지만, 사가라 씨도 말한 것처럼 『타이밍이 나쁘게』 만나버렸으니까. 나중에 여러모로 들켜서, 모가지를 당하긴 싫단 말이죠."

"그러면 어쩔 수가 없구만. 하지만, 너무 소동이 일어나지 않도록 데려가요. 못난 짓이니까."

"그래요. 가자."

"어, 어어. 어, 자, 잠깐, 어디 가는데."

카운터에서 떨어진 토라키에게 이끌려서, 아이리스도 떨어진다.

토라키는 출구가 아니라, 흥분이 식지 않은 스테이지 쪽으로 성큼성큼 나아간다.

태반이 여성 손님이라지만, 개중에는 남성도 드문드문 있어서 아이리스는 조심조심 나아가는 모양새였다. 그러나 토라키가 아카리를 향해 똑바로 걷고 있다는 걸 깨닫더니 체념하고 따라갔다.

"아카리, 돌아가자."

"뭐? 무슨 말이야. 이제부턴데!"

"내가 아카리의 부모라면 OK를 내줄 수도 있지만, 장소가 이런 곳이잖아. 법으로 아슬아슬한 23시까지 방치해서, 아카리가 경찰 신세를 지게 되는 일이 생기면 무라오카 씨한테 미안하거든."

"아빠는 상관없잖아!"

아카리의 험악한 분위기에 주위가 술렁거리기 시작한 가운데…….

"여기서 아빠가 상관없다고 잘라 말하게 되면, 너는 너를 두고 나가 버린 엄마랑 아무것도 다를 바가 없게 되는데."

"윽!!"

흥분한 아카리가 손을 들어 올리려고 한순간, 그 손을 아이리스가 직전에 억눌렀다.

"사가라 씨도, 데려가도 된다고 했어. 여기서 소동을 일으키는 건 너도 바라는 바가 아니잖아."

"……!"

아카리는 충격을 받은 것처럼 카운터 바를 보지만, 타이밍이 나빠서 거기에는 사가라의 모습이 없었다.

"……아빠한테 이를 생각은 없어. 하지만 그건, 아카리가 세상이 허용하는 범위를 빠져나가지 않았을 경우에만 한정되지. 더 이상은, 허용범위 밖이야."

"……세상 같은 거, 시시해! 어른의 허용 범위 같은 건 모르거든!"

분노를 삼키듯 말하면서도, 아카리는 아이리스의 손을 떨쳐내고 어깨를 들썩이며 출구로 걸어갔다.

아이리스가 그것을 따라가고, 토라키는 다시 한 번 스테이지를 돌아보았다.

마침 그때, 출연자가 몇 팀 나타나서 홀이 다시 끓어올랐다.

출연자에게 쇄도하는 손님이 그들에게 내미는 봉투는 『투표』 때와 딴판으로 화사한 색색깔의 봉투들이었다.

"……젠장."

"유라……."

토라키가 라이브 하우스를 나서자, 아이리스가 난처한 기색으로 토라키에게 도움을 청했다.

돌아보자, 아카리가 출구 옆에서 입이 댓발 튀어나온 채 쪼그려 앉아 있었다.

"안 돌아가."

"어?"

"안 돌아가. 절대 안 돌아가!"

"……아니 그래도."

"집으로 돌아가도 아무것도 안 변하잖아! 어차피 아빠는 일하느라 없고, 엄마는 안 돌아왔어! 혼자서 위험하다면 여기 있어도 집에 돌아가도 다를 거 없어!"

"……아카리."

"유라…… 그녀의 집은……."

"내가 일하는 편의점 오너의 딸이라는 얘기는 안에서 했지? 사실은 최근에 어머니가 증발하듯이 가출을 했다고 하거든……."

"……그랬구나."

아이리스가 이해했다는 듯 수긍했다.

"잠깐, 나한테 맡겨줄 수 있을까?"

"어?"

"이래 봬도 수도사야. 본국에서도 가정에 문제를 안은 아이들 상대를 수도사가 맡는 경우가 많아. 지금 당장 해결되지는 않겠지만, 마음을 좀 풀어주는 정도는 할 수 있을 거야."

"……알았어, 맡길게. 미안하네."

토라키가 뭐라고 말해 봐야 무라오카의 그림자가 서려 있을 거고, 동성이고 외국인인 아이리스가 뜻밖에 말이 통할지도 모른다.

"아카리, 라고 했지?"

"……."

"노는 거 방해해서 미안해. 실컷 놀고 싶을 때는 누구나 있지. 이해해. 오늘 나도 그랬으니까."

그렇게 말하더니 아이리스는 주머니에서 카드 같은 것을 꺼내 아카리에게 내밀었다.

"어? 진짜? 수녀님이야? 어쩐지 그래 보이는 차림이라고 생각은 했지만."

수도사 고유의 신분증이라도 있는 걸까? 한순간 솟아 오른 의문을 삼키고 토라키는 상황을 지켜보았다.

"그래. 수녀라도, 라이브를 보러 오기도 해."

뭘 보여줘서 아카리에게 수녀라고 납득을 시켰는지는 모르겠지만, 이렇게 몸을 낮추고 소녀에게 다가서서 이야기를 하는 모습을 보니, 도무지 입에 카레를 묻히고서 묘한 포즈를 취하고 있던 사람과 동일인물 같지 않았다.

"하지만, 나도 유라도, 당신을 보고 어두운 망설임을 발견했어. 이런 거리에는 그런 어둠과 망설임에 파고드는 그림자가 잔뜩 있어. 당신이 진심으로 라이브를 즐기고 있었다면 좋겠지만, 분명히, 당신의 망설임이, 당신에게서 만사를 순수하게 즐기는 기분을 빼앗고 있어. 그 망설임이나 고민을 함께 짊어져서 무게를 나누는 것이, 우리들이 있는 의미야."

무게를 나누어 짊어진다. 이런 식의 표현은 평생 생각해도 토라키의 입에서는 나오지 않는 말이다.

어쩌면 주변에 널려 있는 어른과 똑같은 설교를 토해내서 점점 더 아카리가 완고해졌을지도 모른다.

토라키는 아마도 처음으로, 아이리스의 직업 적성을 인정하고 그녀의 경력에 존경의 마음을 품은 것 같았다.

"집으로 돌아가기 싫은 애는, 평소 같으면 교회나 수도원에서 하룻밤을 보내자고 하겠지만, 나는 일본에 온지 얼마 안 돼서 그럴 수도 없어. 그러니까, 어쩔래? 오늘 밤에는 우리 집에 묵을래?"

"……언니네, 집."

"어?"

"좁고 아무것도 없지만, 따끈한 홍차 정도는 대접할 수 있어."

"어? 어? 이상하네, 야 아이리스, 잠깐 기다……."

"오늘 라이브 꽤 재미있었으니까, 선배로서 이것저것 가르쳐주지 않을래? 동영상도 웹에 올라와 있지? 함께 볼까?"

"……알았어."

"……그래."

정리가 되어 버린 이야기를 이제 와서 막을 수도 없다. 토라키는 아이리스가 택시를 불러서 아카리를 태우는 것을, 멍하니 보고 있는 수밖에 없었다.

※

"흐음~. 언니는 우리 집이랑 가까운 곳에 사는구나."

"어머, 그랬니? 아카리 집이 가깝구나."

"응. 우리 집도 조우시가야. 토라키 씨네 집도 조우시가야지?"

"아…… 응…… 뭐~."

"응? 어라? 둘 다 조우시가야에 살고, 둘이 함께 라이브에 와서…… 나 혹시, 엄청 방해꾼 아냐?!"

당연히 이런 반응이 나올 것이다.

블루로즈 샤토 조우시가야 104호실로 돌아왔으니까.

"후후, 유감이지만 나랑 유라는 그런 관계가 아냐. 라이브에 둘이서 간 것도 처음이야. 그가 따라온다고 해서."

"………………………………."

"흐음~, 토라키 씨가. 흐음~!"

"……뭔데?"

"아니, 딱히. 그냥, 귀여운 부분이 있구나 싶어서."

"……그건 고맙다."

당장이라도 아이리스를 초크 슬리퍼로 격침시키고 싶은 기분이 가득하지만, 아이리스가 아카리의 마음을 잘 유도하고 있기 때문에 섣불리 반발할 수가 없다.

결과적으로 이야기를 맞춰주는 수밖에 없지만, 점원인 사가라가 여친이라고 불렀을 때는 그렇게 동요했던 주제에 지금 보여주는 여유는 대체 뭘까?

"아니 그래도 조금 토라키 씨를 다시 봤어. 토라키 씨, 어쩐지 언제나 메마른 느낌에다가 수수했으니까. 이런 미인 언니랑 라이브를 보러 갈 사람으로 안 보였거든."

"아니, 뭐……."

아카리의 통찰은 완전히 맞아 들었다. 아이리스를 만나지 않았다면 라이브 하우스 따위 평생 가지 않았을 거다.

"어린애가 어른들이 모르는 비밀을 가진 것처럼, 어른도 어린애한테 안 보여주는 여러 가지 얼굴이 있는 거야. 자, 유라는 됐어. 라이브 동영상은 벌써 올라가 있을까?"

"올라가 있긴 할 텐데, 이 방 Wi-Fi 있어? 그리고, 물건이 전혀 없는데."

"그~게…… 나도 이제 막 이사를 온 참이라서, 그게, 저기~."

아이리스의 시야 구석에서 토라키가 고개를 옆으로 저었다.

"……내 폰으로 같이 보자."

한순간 망설인 다음에, 아이리스는 자신의 슬림폰을 꺼냈다.

그리고 그대로 정말 아까 전의 라이브 영상을 보기 시작했다.

어깨와 얼굴을 모으고 작은 화면을 보면서, 아이리스와 아카리가 진심으로 즐겁게 이것저것 대화를 나누며 웃고 있었다.

"……허, 참."

토라키는 어깨를 으쓱거리고, 방해가 되지 않도록 안쪽 방에 틀어박혔다.

그리고 몇 시간 동안 두 사람이 이것저것 이야기하는 소리가 들렸지만, 이윽고 그것이 아이리스를 재우고 있는 방으로 이동했다.

그리고 잠시 지나서 목소리가 문득 끊어졌을 때.

"기다렸지."

아이리스가 고개를 내밀고 손짓을 했다. 보러 가자, 옆방에서 아카리가 이불을 덮고 잠들어 있었다.

"미안, 덕분에 살았어."

"헤에. 더 화낼 줄 알았는데."

"아카리를 거기서 데리고 나왔으니까. 나 혼자서는 절대 이렇게 못했을 거야."

토라키는 문을 닫고서 주방의 의자에 앉아, 커다란 한숨을 쉬었다.

"너, 정말로 수녀였구나. 대단하네."

"뭐라고 생각했는데?"

아이리스는 싫지 않은 기색으로 웃더니, 요전에 산 얼 그레이의 티백으로 두 사람이 마실 홍차를 타기 시작했다.

"……어머님이 가출해버린 거, 상당히 충격인가 봐."

"……그렇군."

"아카리가 중학생이 됐을 즈음부터, 부부 사이에서 싸움의 빈도가 늘었다고 해. 그게, 아버님의 편의점 경영이 궤도를 타기 시작할 무렵이었대."

"마침, 내가 무라오카 씨랑 알게 된 무렵이군."

토라키 앞에서는 한심한 모습을 보이는 일이 많은 무라오카지만, 그래 보여도 경영자로서 실력은 확실하다. 동 이케부쿠로 5쵸메점 말고도 두 점포, 편의점을 프랜차이즈 경영하고 있다.

동 이케부쿠로 5쵸메점이 무라오카가 경영하는 1호점이니까 거기에 있는 일이 많지만, 다른 두 점포를 돌아보는 일도 자주 있다. 남의 일이지만, 가정을 돌아볼 시간이 적었을 거라고 생각하고 있었다.

“아카리의 피아노 콩쿠르는 그저 계기일 뿐이고, 아버님이 가정을 돌아보지 않는 것에 어머님은 상당히 화가 나 있었던 모양이야.”

“아카리가 말했어?”

벽 너머에서는 그저 밝게 잡담을 하는 것처럼 들렸는데, 역시 수도사라고 해야 할까?

“그래. 그때 아카리는, 아버님 편을 들어줬다고 해. 그게 어머님을 몰아붙이게 되어서, 어머님이 가출해 버려서, 그래도 일을 최우선으로 집에서도 거의 아카리랑 대화를 안 하는 아버님을 보고, 어째서 이해한다는 듯이 편을 들어줬을까, 후회를 했다고 해.”

그때 무라오카의 가정이 실제로 어떤 분위기였을지 알 수 없다.

다만 아카리로서는 부모님의 파국의 직접적인 계기를 자신이 만들어버린 것이 아닐까하는 생각을 씻어낼 수가 없어서, 그것이 괜히 더 어른에 대한 반발로 나타났으리라.

“라이브도 말이지. 전부터 종종 간 적이 있다고 하는데, 그때까지는 그걸 몰랐던 아버님이랑 말다툼을 해버렸다고 해.”

일밖에 모르는 아버지에게 정이 떨어져서 가출한 어머니.

편을 들어줬는데도 그걸 이해 못하고, 그러긴커녕 거의 집에 없는 주제에, 딸의 취미에는 잔소리를 하는 아버지.

지긋지긋할 정도로 어디에나 있을 법한, 그러면서도 당사

자들에게는 더할 나위 없이 어렵고 괴로운 상황이다.

"그때 어머님이 옳다고 말을 해줬다면 어땠을까……. 그러면서 울더라고."

옆에서 보기에는 세 사람 중에서 누구도 잘못하지 않았다.

그저 각자의 올바름이 맞물리지 않아서, 가정이 돌아가지 않게 된 것이다.

그리고 아카리는 그것을 누구에게도 털어놓지 못한 채, 갈 곳 없는 마음을 바깥에서 찾았다.

그 라이브 하우스의 이벤트는 아카리에게는 자신을 지키기 위한 비밀 기지와 다름없었다.

그러나.

"그 이벤트는, 위험해."

"무슨 뜻이야?"

"아미무라가 흡혈귀인지 아닌지는 상관없어. 아카리가 그 이벤트에 드나드는 걸 막아야 해. 이대로 가면 언젠가 아카리가 경찰 신세를 지고, 무라오카 씨 집은 돌이킬 수 없을 정도로 망가질 지도 몰라. ……뭘 하면 되지?"

"어?"

"……그 흡혈귀를 붙잡는데 협력해주겠다는 거야. 뭘 하면 돼?"

"어? 유라?! 가, 갑자기 왜 그래?!"

"나는 그릇이 작은 사람이야. 세상을 위해서 남을 위해서. 그런 것보다는 자신이 어떻게 하고 싶은가로 판단하지. 아는 사람이 위험해질지도 모르는데, 아무것도 안 하는 게 싫거든. 아카리한테 네 집이라고 말한 이상, 이 일이 끝날 때까지는 여기 있어도 된다."

"……유라, 응, 고마워!"

"그 대신, 이 일이 끝나면 그때야말로 꼭 나가줘야겠어."

"물론이야!"

대답은 잘하는 아이리스에게 일말의 불안이 느껴지긴 하지만, 아카리와 무라오카에게 위험한 그림자가 다가가고 있다면 무시할 수는 없다.

토라키는 진심으로 기뻐 보이는 아이리스에게 쓴웃음을 지으면서 물었다.

"확인하고 싶은데, 수도기사에게 『담당』을 배당해주는 암십자 기사단이라는 건, 단순히 안건을 알선하는 것뿐이야? 아니면 실천만 기사에게 맡기고, 정보를 어느 정도 조사해서 조사 결과를 가지고 있나?"

"사실은 최소한의 조사는 해줘. 다만, 현지에서 팬텀과 싸우는 건 우리들 기사니까, 마지막 마무리 조사는 우리가 하도록 되어 있어."

빨리도 『우리』라고 팀 결성을 기정사실로 말하지만, 지금은 그런 건 됐다.

"그러면, 이벤트를 기획하고 있는 『룸웰』이라는 조직에 대해서 확인하고 싶은 게 있어. 이벤트가 끝나고 아미무라가 모은, 그 봉투에 관련된 거야."

“봉투? 팬인 아이들이 건넨 팬레터?”

“내 예상이 옳다면, 그건 팬레터가 아냐.”

토라키는 씁쓸한 기분으로 아카리가 자고 있는 쪽 방을 보았다.

“무슨 소리야? 대체 뭘 조사하려는 건데?”

아이리스의 물음에 대한 토라키의 대답은 이제부터 흡혈귀와 대치하려는 팀의 일원으로서는 기묘한 것이었다.

“룸웰의 회사 조직 등기 정보랑, 가능하면 작년도 회사의 매상. 그리고…… 경찰이든 뭐든 좋아. 공적 수사 기관이 마크하고 있지 않은가를, 조사해줘.”

제 3 장 흡혈귀는 감시받고 있다

DRACULA YAGEUN!

토라키에게는 이튿날 아침.

보통 사람에게는 『진작에 저녁』이라고 할 수 있는 시간대.

토라키가 눈을 뜨고 목욕탕에서 나오자, 방 안에는 아이리스의 모습도 아카리의 모습도 없었다.

일단 어젯밤에 아카리가 잠들어 있던 방의 장지문을 노크하고서 들여다봤지만 아무도 없고, 아이리스의 수도복은 행거에 걸린 상태였다.

"아, 그렇지."

어젯밤에 일시적이지만 협력하기로 결정했으니, 토라키와 아이리스는 드디어 서로의 연락처를 교환했다.

어쩌면 슬림폰에 메시지나 메일이 와 있을 지도 몰라 체크해 봤다. 메시지 앱 『ROPE』에, 어제 등록한 아이리스의 계정에서 메시지가 와 있었다.

『아카리를 바래다주고서, 그대로 나갔다 옵니다. 냉장고에 아침밥. 냄비에 클리어 수프가 있어요.』

무심코 냉장고를 열자, 베이컨 에그가 랩으로 포장되어 있었다.

"클리어 수프라는 건 뭐지?"

고개를 들어보니, 분명히 오늘 아침에 잘 때는 없었던 작은 냄비가 가스레인지 위에 있었다.

뚜껑을 열어보니, 안에는 잘게 썬 양파와 베이컨이 들어간 금빛의 콩소메 수프가 있었다. 대략 절반쯤 들어 있으니, 아마 아이리스와 아카리도 이걸 먹었으리라.

토라키는 곧장 슬림폰으로『콩소메 수프 영어』라고 검색했다.

“콩소메 수프라는 건 일본식 영어…… 오오.”

토라키는 고마운 마음으로 불을 붙여 냄비를 데웠다. 어쩐지 모르게 수프가 데워질 때까지 멍하니 레인지 앞에 서 있다가, 문득 깨닫고 환기팬을 돌렸다.

“환기팬 청소, 해야겠네.”

낡은 팬 타입의 환기팬을 올려다보면서, 피어오르는 콩소메 수프의 향기를 들이쉬었다.

혼자 살기 시작했을 때 산 국그릇에 영국인이 만들어준 콩소메 수프를 넣고, 그 다음에야 드디어 냉장고 안의 베이컨 에그를 데워야 한다는 게 생각났다.

요령이 부족한 자신에게 쓴 웃음을 지으면서 전자레인지를 열었더니.

“……하하.”

안에, 편의점 식빵이 비닐에 들어간 채 들어 있었다.

세 장으로 잘라 한 입에 먹을 수 있는 사이즈의, 토라키가 일하는 프론트 마트에서 다루지 않는 상품.

이걸 토스트해서 먹으라는 것이리라.

“수고하셨습니다.”

이 자리에 없는 아이리스를 위무하면서, 베이컨 에그와 토스트가 데워질 무렵에는 수프가 조금 미지근해져 버렸다.

평소의 토라키라면 그대로 먹어버리겠지만, 어쩐지 냄비에 다시 부어서 데우고 새로 담았더니 모두 딱 좋은 온도가 되었다.

"잘 먹겠습니다."

어렸을 무렵과 변함없는 습관.

만들어준 식사 앞에서 손을 마주 대고 잘 먹겠습니다.

수프는 약간 싱겁지만, 토라키의 취향에 맞는 편이다.

베이컨 에그는, 토라키의 취향보다 다소 소금기가 강할까?

만들어준 사람의 취향과 맛이 반영된 아침식사.

"……키미에 씨가 죽은 뒤 처음, 인가."

깔끔하게 먹어 치우고, 토라키는 식기를 정성스레 씻어서 탈수대에 정리했다.

토라키는 마지막으로 ROPE에『잘 먹었습니다』라고 보냈다.

그리고 시계를 확인하고, 평소에 출근할 때보다 15분 일찍 집을 나섰다.

서둘러서 출근하자, 계산대 안쪽에 있던 무라오카가 토라키를 발견하고 손을 흔들었다.

"안녕? 오늘은 일찍 왔네? 무슨 일이야?"

결코 나쁜 짓을 한 건 아니지만, 어제 무라오카의 딸을 부모에게 무단으로 집에 재운 것이 약간 죄책감이 되어 얼굴에 드러나 버린다.

“아아, 아뇨. 무라오카 씨 오늘은 이제 퇴근이죠? 좀 물어보고 싶은 게 있는데요. 오늘 POSA 카드 얼마나 나갔어요?”

“POSA? 뭔데. 경찰이 뿌린 그거 신경 쓰여? 평소랑 비슷했다고 생각하는데.”

“그런가요……. 그러면, 이거랑 같이 카드를 사간 사람은?”

토라키가 계산대 근처의 문구 선반에서 봉투를 집자, 무라오카가 조금 생각에 잠긴 다음 찰싹 손뼉을 쳤다.

“아아, 그건 꽤 많았어. 대여섯 명 정도인가? 한두 명이라면 신경 안 쓰는데, 비슷한 나이의 젊은 사람이 토라키가 오기 1시간 전쯤에 몇 번 왔어.”

“1시간 전…… 그런가요. 고맙습니다.”

가게 안의 시계를 보자, 시간은 오후 5시 45분.

1시간 전이면 얼추 5시 전후.

“공연 시작 전에 가볍게 뭘 좀 먹고, 6시에 공연 시작. 10시에 끝, 그리고 교류…… 4시간은 조금 기니까, 중간에 휴식을 끼우고 하루에 두 번 공연…… 그런 느낌인가.”

“왜 그래? 무슨 일 있어?”

무슨 일이 있었다.

어젯밤, 아니다. 정확하게는 그 전날에 아카리가 가게에 와서, 1,500엔 POSA 카드와 함께 봉투를 사갔을 때부터.

그러나, 지금 그것을 무라오카에게 말할 수는 없었다.

“아뇨. 어쩐지 요즘 들어 그 조합이 많다고 생각해서요.

다른 사람이 일할 때는 어떤 건가 생각한 것뿐이에요."

토라키의 부자연스러운 변명에도 무라오카가 딱히 신경 쓰는 기색은 없었다.

"그러면, 나는 이만 돌아갈게. 밤에 집에서 자는 거 오랜만이야."

말하면서 빨리도 하품을 하는 무라오카가 직원실로 들어가는 것을 배웅했다. 그리고 아카리와 이야기를 할 시간이 있는지, 어젯밤 아이리스와 이야기를 한 덕분에 아카리에게서 무라오카에 대한 마이너스 감정이 흐려지지 않았을까, 멋대로 상상을 해버린다.

그리고 그때, 아카리가 심야에 그 물건을 산 것을 떠올리고 그리 간단히 좋은 방향으로 굴러가진 않을 거라고 생각을 고쳤다.

옆에서 보면 부자연스러운 조합으로만 보이는 물건도, 사는 사람에게는 제각각 따로따로 사는 목적이 있는 법이다.

무라오카가 기억하고 있는 다섯 명도, POSA 카드와 봉투가 다른 이유로 필요했던 손님도 있었을 것이다.

그러나 그런 손님이 극히 짧은 시간대에만 다수 케이스 집중되면, 그것에서 위화감을 느끼지 않을 수 없다.

그런 것을 생각하는 틈에.

"죄송합니다, 봉투 있나요?"

토라키가 들어간 계산대에, 한손에 POSA 카드를 들고서 가게 선반의 상품에 대해 질문하는 손님이 나타났다.

"봉투는 그쪽 문구 선반에 있습니다. 거기 없으면 내일 입하될 때까지는……."

"알았어요. 그럼 이것만."

그렇게 말하고, 젊은 여성 손님이 내민 것은 3,000엔짜리 POSA 카드와 지불용 5,000엔 지폐였다.

"……승인 버튼에, 터치를 부탁드립니다."

지금 토라키는, 차근차근 업무를 수행하는 것밖에 못한다.

"아, 저기…… 토시마 경찰서에서, POSA 카드를 이용한 사기가 늘고 있다는 연락이 있었어요……. 이용하실 때 주의해 주세요."

"네에……."

도회지의 편의점에서 점원이 업무가 아닌 걸로 갑자기 말을 걸자 젊은 여성 손님은 의문스런 표정을 지었다. 하지만 별다른 반응 없이 토라키에게 거스름돈과 카드를 받고서 발빠르게 가게에서 나가버렸다.

"그야 그렇겠지."

편의점 직원이 쇼핑이 아닌 것에 대해 말을 걸면, 누구든지 그런 표정을 짓는다.

그때 교대하는 것처럼 낯익은 얼굴이 가게에 들어왔다.

처음 만났을 때 입고 있던 검은 옷하고는 또 다른 디자인의 검은 양복을 입고서, 숄더백을 어깨에 걸고 있었다.

아무리 살펴봐도 해외에서 방문한 일류 엘리트 비즈니스맨이다.

수도복 때도 그랬지만, 입 다물고 서 있으면 아름다움과 유능함의 아우라가 풍긴다. 하지만 일단 한 번 실체를 알아버리면 숨길 수 없는 것을 숨길 수는 없다.

"또 실례되는 생각하고 있지 않아?"

"전직 활동이라도 하는 줄 알았지."

아이리스는 한순간 눈썹을 찌푸렸지만, 마음을 바꿔먹고 이야기를 계속했다.

"낮에는 꽤 괜찮으니까 어제 그 라이브 하우스 주변을 돌아보고, 그 다음에 또 주둔지에 한 번 들렀어. 덤으로 당신이 말했던 것에 대해서, 뭔가 정보가 없는지 물어봤어."

"그래서? 어땠는데?"

"큰 줄거리는 당신 상상이 맞았어. 아무래도 일본의 경찰과 마주치게 될 모양이야."

아이리스는 진지한 표정으로 토라키를 보았다.

"유라. 당신, 그냥 숨은 팬텀 아냐?"

"그냥 숨은 흡혈귀야. 무라오카 씨가 안쪽에 있으니까 너무 큰 소리로 말하지 마."

"그냥 숨은 흡혈귀가, 어째서 경시청의 움직임을 구체적으로 아는 거야?"

아이리스는 결코 힐문하는 것이 아니지만, 그래도 토라키에게 강한 의문을 보내고 있었다.

"구체적으로 아는 건 아냐. 조금 지식이 있으면 그 정도는 상상할 수 있지."

"내가 오늘 들은 이야기는, 그런 수준의 이야기가 아니야."

"길어진다면 돌아간 다음에 해도 될까? 조금 노력해서 『철야』해볼 테니까."

"꼭이야. 그런데 이거, 뭐야?"

아이리스는 계산대 옆에 있는 편의점 카페 메뉴를 가리켰다.

"로열 밀크티라니. 들어본 적 없어. 일본의 홍차야?"

"그래. 스튜드티를 말하는 거야. 나도 아까 알았어."

클리어 수프를 조사했을 때, 이 로열 밀크티에 대한 기술도 있었다. 일상 속에 흩어져 있는 꽤 많은 해외발 음식물에 일본식 영어 이름이 붙어 있다는 기사였다.

"헤에, 그러면 그거 줘."

"네가 싫어한다던 달콤한 홍차인데."

"뭐든 시험해 봐야지."

"그러세요. 200엔입니다."

"놀랄 정도로 싸네. 아, 그렇지."

아이리스가 진심으로 놀라더니, 금방 뭔가 생각났는지 활짝 표정을 밝히고서 숄더백 주머니에서 카드 케이스를 꺼냈다.

"지불은 스이카로 부탁해."

"오오!"

토라키는 그만 감동해 버렸다. 새로운 카드 케이스에서 살짝 보인 것은, 이 또한 새로운 교통계 IC 카드였다.

"너, 쇼핑이 가능했구나."

"당신의 그 실례되는 말에도 익숙해져 버렸어. 런던에도 오이스터 카드라는 교통계 결제 카드가 있어."

"그렇구나아. 그러면, 이쪽에 터치를 부탁드립니다."

한순간 토라키의 뇌리에 돈이 제대로 충전되어 있을까 불안이 스쳤지만, 분명히 5,000엔 충전되어 있었다.

토라키는 영수증을 아이리스에게 건네고 알코올 소독액을 손에 분무한 다음, 전용 컵과 서버로 로열 밀크티 M사이즈를 추출하여 카운터 너머의 아이리스에게 건넸다.

"뚜껑과 추가 밀크는 이쪽에서 자유롭게 추가해 주세요."

"알았어. ……응, 향은 나쁘지 않아. 그러면 나는 먼저 돌아갈게. 일찍 잘 거니까 돌아오면 깨워줘."

"알았어. ……아, 그리고, 아이리스."

익숙지 못한 손놀림으로 카운터에 구비된 테이크아웃용 플라스틱 뚜껑을 컵에 씌우려는 아이리스에게, 토라키가 말했다.

"『아침밥』, 고마워. 오랜만에 그런 제대로 된 아침을 먹었어."

아이리스는 조금 뜻밖이란 듯 눈을 크게 떴지만, 금방 밝게 웃었다.

"응. 이럴 때는 변변찮았습니다라고 하는 거였지?"

"요즘엔 그런 표현 별로 쓰는 사람 없어. 조심해서 돌아가."

"네~에. 그럼 간다. 일 열심히 해."

조심조심 컵에 뚜껑을 씌운 아이리스는, 작게 손을 흔들고 가게를 나섰다.

자동문이 닫힌 순간…….

"앗뜨!"

아무래도 홍차의 뜨거움에 당했는지 비명이 들려서, 토라키는 쓴웃음을 지어버렸다.

역시, 아이리스는 어쩐지 나사가 빠져 있다.

그런 생각을 하면서, 계산대로 돌아가려는데,

"토~라~키."

등 뒤에서, 고용주의 원망스런 원념이 몰래 다가왔다.

"여친이랑 사이가 좋아서 참 좋으시겠사옵니다요~."

"뭔 캐릭턴데요 그거?"

"오늘도 아침 식사를 만들어줬구나. 헤~ 헤~ 헤~."

"재워주고 있으니까 그 정도는 당연하죠!"

"그럼 안 돼~. 토라키. 당연하다고 말하면 안 돼……. 나처럼 파트너가 도망쳐 버린다……?"

"당신 진짜 귀찮아!"

섬세한 자신의 상황마저 활용해서 원념을 뿜어내는 무라오카에게 가차 없이 그렇게 말하고, 토라키는 문득 진지한 표정을 지었다.

"그런 식으로 말하다간, 아카리도 정떨어집니다."

"……그 시기 여자애는, 아빠한테 정떨어져 있는 게 표준이야."

"그건 가정에 눈 돌리기 싫은 아버지의 어리광입니다! 아카리가 이상하게 비뚤어지면 어떡할 건데요? 시답잖은 걸로 종업원 놀리지 말고, 얼른 돌아가서 딸이랑 대화를 좀 하세요."

NOVEL

드라큘라 야근! 1권
발매 기념 초판 한정 특전

[NOT FOR SALE]

"……."

연하의 종업원이 이상하게 파고들어서 얘기를 했으니 화낼 거라고 생각했는데, 무라오카는 어안이 벙벙한 표정으로 토라키를 보았다.

"어쩐지, 실감이 담겨 있는데?"

"어? 앗, 아니 그런 건 아니고요!"

수십 년 전, 동생 부부와 조카가 그런 상황이었던 것을 떠올렸다는 건 입이 찢어져도 말 못한다.

말 못하지만, 뭔가 느낀 건지 무라오카의 원념이 아카리의 이름 앞에서 위축되어…….

"그렇, 겠지. 응. 할 수 있을지 모르겠지만, 그래 볼게."

어깨를 축 늘어뜨리고 터벅터벅 가게에서 나가 버렸다.

"……가만 생각해 보면, 무라오카 씨의 트러블이 없었으면 내가 아이리스한테 협력할 이유도 없었단 말이지."

그런 의미에서도, 부디 무라오카의 가정이 다시 원만해져야 한다.

어젯밤에 묘하게 의기투합했던 아이리스와 아카리였다.

아이리스를 상담할 수 있는 상대라고 생각한 아카리가 빈번하게 쳐들어오는 일이 생기면, 토라키는 아무리 시간이 지나도 아이리스의 주박에서 벗어나지 못하게 된다.

"……이 부조리는 대체 뭐야."

오지랖을 부리는 자신의 기질도 원인이라는 건 알고 있지만, 그래도 어쩐지 석연치 않은 것을 느끼지 않을 수 없는 토라키였다.

※

석연찮은 마음을 품으면서도 그날 일을 마치고, 토라키가 집으로 돌아온 것은 오전 4시 40분.

동쪽 하늘도 아직 하얗게 번지지 않은 시간대였지만, 베란다가 반지하 상태인 104호실의 창에는 불빛이 들어와 있었다.

"이런, 잠을 안 잔 건가?"

집에 들어서자, 장지문을 열고서 약간 지친 기색의 아이리스가 얼굴을 내밀었다.

"밤 샌 거야?"

"그렇지. 사실 그 다음에 또 사정이 바뀌었어. 오늘 밤에 아미무라를 확보하게 됐어."

"그게 뭐야! 상당히 급한데!"

토라키가 눈썹을 찌푸리자, 아이리스도 주방으로 나와서 고개를 끄덕였다.

"당신의 염려가 적중했어. 경찰이 내일 그 라이브 하우스를 조사하거든. 아미무라의 체포영장도 나왔다고 해."

"뭐야. 벌써 거기까지 움직인 건가?"

"그래. 아, 이야기하기 전에, 뭐 먹을래? 아침 남은 게 조금 있는데."

"아니. 이제 곧 일출이니까 됐어. 자기 전에 뭐 먹으면 일어나기 힘들어."

흡혈귀도 유기생명체라는 것을 증명하는 몸 상태 표현을 하고서, 토라키는 코트를 아무렇게나 의자의 등받이에 걸어 놓고 자신은 앉아서 테이블 위에 몸을 던졌다.

"내가 근무 시작하기 전에 다섯 건. 내가 시작한 다음에도 다섯 건, 카드를 봉투와 세트로 사려는 젊은 손님이 왔어. 뭐 좀 큰 길이랑 떨어져 있는 우리 가게도 그 정도 오고 있으니, 여기저기서 찾아오는 거겠지."

"그래. 그걸 물어보고 싶었어. 유라, 당신 그때 아카리나 관객이 아미무라에게 건넨 봉투 알맹이가 그 POSA 카드라는 걸 어떻게 알았어?"

"뭐, 여러 가지 일이 뒤엉킨 결과야."

Crimson Moon에서 개최된 음악 이벤트는, 토라키와 아이리스가 본 범위에서 명확한 위법행위가 이루어진 낌새는 전무했다.

암십자 기사단에서 중상자가 나왔다. 그 이야기도, 까놓고 세상에는 드러나지 않은 일이다.

그러나 아미무라나 사가라의 말, 팬의 행동, 이벤트 참가가 무료인 이유, 그리고 토시마 경찰서에서 내려온 POSA 카드 사기의 주의환기 포스터에 아카리의 행동.

그리고 본국에서 좌천된 폐급 신임 기사에게 제대로 된 정보도 주지 않고 안건을 떠넘긴, 암십자 기사단의 동향으로 추측한 것뿐이다.

"또 지금 실례되는 생각 하고 있지?"

"너 내 표정 읽는 거 잘 한다. 나 좋아하냐?"

"무슨……!!"

무라오카가 잔뜩 놀린 탓도 있어서 무심코 그런 말이 튀어나왔지만, 아이리스는 노골적으로 당황했다.

"무, 무슨 바보 같은 소리를 하고 있어! 수도기사가 팬텀을 좋아할 리 없잖아!!"

"으음."

얼굴을 붉히고 있긴 하지만, 수치심 절반, 혼란 3할, 나머지 2할은 혐오였다.

좀 잘못된 방식으로 놀렸다는 걸 짐작한 토라키는 귀찮은 일이 이어지지 않도록 이야기를 시작했다.

"뭐 어쨌든, 네 쪽에서 긴급으로 붙잡고 싶다는 건 이유가 두 가지밖에 없어. 아미무라가 터무니없는 극악 흡혈귀라서 내일 당장이라도 권속을 100명쯤 만들려고 하거나. 그게 아니면, 다른 쪽에서 아미무라를 붙잡으려고 하는 걸 눈치 챘거나."

어젯밤 아이리스와 아카리가 라이브의 영상을 보고 있을 때, 토라키는 현장에서 약간 들은 정보를 토대로 인터넷에서 그 이벤트 정보를 검색해봤다.

그러자 스테이지 영상 모음이 동영상 사이트에 대량으로 업로드되어 있고, 아미무라 자신이 연주자로 등장하고 있는 영상이 무려 4년 전의 것이라는 걸 알 수 있었다.

암십자 기사단의 종기사가 조사에 실패한 것은 극히 최근이었을 텐데.

아미무라가 언제부터 흡혈귀로서 포착되었는지는 알 수 없지만, 적어도 4년 이상 아미무라는 라이브 하우스에서 그 활동을 계속하고 있었다.

더욱이 말하자면 아이리스 자신도 실제로 아미무라와 접촉하기까지 아직 시간이 있을 거라는 태도를 보이고 있었다.

이 정도 정보가 모이면, 아미무라가 긴급하게 아이리스에게 배당된 이유와 부임 이틀 뒤인 오늘밤에 긴급 확보라는 무모한 오더가 내려온 이유는 상상하기 어렵지 않다.

"움직이고 있는 건, 조직범죄 대책과랑 국세청 아냐?"

"맞았어. 내일 모레인 일요일, 아미무라가 이벤트를 하고 있는 라이브 하우스를 모두 조사할 거야. 그 전에 암십자에서 아미무라를 확보하고 싶어."

"일단 물어보자. 선량한 일개 시민으로서는, 나쁜 놈을 붙잡는 녀석은 암십자 같은 수수께끼의 조직보다도 경찰이 좋거든. 아미무라도 계속 인간사회에 녹아서 살아온 이상, 조사를 시작한다고 해서 갑자기 송곳니를 드러내며 경시청을 통째로 흡혈귀화하는 짓은 안 할 거야. 그럼에도 굳이 암십자가 확보하고 싶은 이유는 뭐지?"

"지금, 유라 자신이 말했잖아. 경시청의 조직범죄 대책과가 움직이고 있어. 아미무라의 배경을 조사했더니 대륙계 범죄조직이랑 이어져 있었다고 해."

"점점 더 경찰에게 부탁하고 싶은 안건인데, 그래서?"

"그 중에 팬텀이 조직한 그룹이 있어. 그 말단인 아미무라는, 말하자면 그 녀석들의 앞잡이야. 조직적인 팬텀의 움직임은 암십자가 억누르고 싶어. 경찰이 붙잡아도, 놈 자신은 가벼운 죄밖에 드러나지 않으니까. 불기소는 아니겠지만, 그 탓에 뒤로 이어져 있는 팬텀을 추적할 수가 없게 돼."

"호……."

"상해나 홍콩, 마카오 쪽에는 인간 사회에 해를 끼치는 팬텀도 일본과 비교가 안 되게 잔뜩 있어. 그들의 동향은 유럽의 팬텀에게도 영향을 끼치고 있어. 말단이라고 해도, 아미무라는 그 전모를 이해하는 커다란 힌트가 될 거야."

"내가 모르는 사이에, 세계에는 어둠의 세력이 차근차근 세력을 넓히기 시작했었구나."

"착각하지 마. 대부분의 팬텀은 당신처럼 평범하게 살고 있는 사람들이야."

"일부 눈에 띄는 바보 탓에 무고한 전체한테 민폐가 되는 건, 어느 세계든 마찬가지란 거군."

"반대로 이쪽이 묻고 싶은데, 국세청은 왜?"

아이리스의 물음에, 토라키는 POSA 카드를 가리켰다.

"이 녀석들은 POSA를 써서 이벤트의 수익을 얼버무리고 있어. 이 녀석들의 동영상을 몇 개 봤는데, 이 녀석들 이벤트에 등장하는 뮤지션의 인기투표를 열고 있어. 그 투표권이 POSA 카드인 거지. 3,000엔으로 한 표. 5,000엔으로 두 표. 1만엔으로 다섯 표란 느낌이네. 한 번에 투표할 수 있는 건 최대 3만엔, 15표까지라고 하던데. 검색해 보니까 누구든지 볼 수 있는 팬의 블로그에 전부 적혀 있었어."

아미무라가 프로듀스하고 있는 이벤트는 『VOTE YOUR TUBER』라는 제목을 붙여놓고 있었다.

형식은 아마추어 밴드가 교대로 연주하는 평범한 라이브하우스와 다를 바 없지만, 아미무라는 팬을 이용해서 『득표율』이 높은 밴드나 출연자를 특별 프로모션한다고 선전하고 있었다.

"개인의 투표수는 누적되고, 잔뜩 투표한 팬은 이벤트 안에서 우수한 후원자로 발표돼. 투표수가 쌓인 팬은 운영자 측에서 『최애』와 악수를 하거나 사진을 찍는 등의 특전을 받을 수 있어. 이건 다른 팬보다 우위에 서려는 녀석에게 히트를 쳤지."

"그런 거 들어본 적은 있어. 하지만 특전을 노리고 잔뜩 돈을 쓰는 건 흔히 있는 일 아냐? 일본에도 그런 아이돌이 있잖아?"

"그건 아무리 그래도 현금으로 CD나 책 같은 올바른 대가의 상품을 구매한 덤 같은 취급이야. 그러나 아미무라에겐 돈이 지불되지 않고 있어. 어디까지나 POSA 카드의 중요한 한 측면…… 그러니까 기프트 카드의 선물밖에 되지 않고 있지."

POSA 카드는 도서권이나 맥주권 같은 것과 마찬가지로 선물로 이용되는 일이 많다.

또한 기본적으로, 이런 상품권의 양도는 현물 양도로 취급되어 세금이 안 붙는다.

"다시 말해서 팬 애들은 출연자에게 『과금』을 했는데, 팬과 운영자 사이에서는 금전의 흐름이 전혀 발생하지 않는다는 거야? 그러면 아미무라는 어디서 이익을 얻는 거야?"

"그 대답은, 이거야."

토라키가 슬림폰에 표시하여 내민 것은, 속칭 『플리마켓 사이트』라고 흔히 불리는 경매 앱이었다.

그곳에 무수한 POSA 카드가 다른 상품명으로 출품되어 있었다.

상품에 따라서는, 카드의 액면가 이상으로 경매가 되고 있는 케이스도 적지 않았다.

"이건 대체 뭐야? 5,000엔의 카드를 일부러 경매에 걸어서 5,000엔 이상의 가격을 붙여서, 사는 사람이 있어?"

"그런 케이스도 있어. 어떤 이유가 있는지는 알고 싶지도 않아. 그러나 아미무라의 경우, 무리하게 액면 이상으로 할 필요가 없어. 누가 뭐래도 이 되팔이 상품의 입수 가격이 실질적으로 공짜니까."

이 『투표권』은 팬이 멋대로 준비해서 양도해준 것이다.

이벤트장의 대여비나 설비비, 프로모션 비용 따위도 있으니까 아미무라가 비용 부담을 지지 않는 건 아니겠지만, 이벤트가 최소한 4년 이어지고 있다는 걸 생각하면 그런 러닝

코스트는 흑자 예산 안에서 순환하고 있을 것이다.

“예를 들어 우리가 본 이벤트에서 100명의 손님이 투표한 평균이 5,000엔이라고 하면, 얼추 50만엔. 그때는 최대 득표가 50만 포인트라고 했으니까, 실제로는 더욱 많을 거야. 그걸 다수의 장소에서, 최소한 4년이야. 푼돈이라도 현금화한 시점에서 거액의 카드가 마구잡이로 거래됐겠지.”

“……상당한 액수가 되겠네. 그때는 평일이었는데도 그 정도 사람이 들어 왔으니까……. 하지만, 예를 들어서 그게 사기가 되진 않아?”

“어렵겠지. 손님 한 명 한 명이 카드를 선물했을 뿐이야. 투표를 강제한 것도 아니고, 프로모션을 받고 있는 녀석들의 동영상은 일단 잔뜩 업로드되어 있는 것 같고……. 그러니까 2과 쪽에서 나서지 않는 걸 거야.”

사기 따위의 죄로 입건하는 건 어렵다.

그보다도 명백한 부정 회계와 반사회 조직에 대한 자금 유출 따위로 조사를 해왔으리라.

여기까지 이야기를 정리하고, 토라키가 문득 말했다.

“역시 경찰에 맡기는 편이 좋지 않아?”

“이쪽으로서도, 그 자금이 해외의 팬텀 조직으로 유출되었을 경우에 대비해서 움직여야 한단 말야. 인간에게 적대적인 팬텀의 활동이 활성화되면, 단순하게 희생자가 늘어나. 금전적으로도, 생명적으로도. 물론 아미무라를 붙잡아서 조사가 진행된 결과, 단독으로 움직이는 흡혈귀라면 감시를 계속하면서 사법기관에 넘기는 경우도 있어. 다만, 그것도 접촉한 다음에 판단해야지. 경우에 따라서는…….”

“죽이는 상황도 있을 수 있다고 생각하는 게 좋다는 거군.”

“저항이 격렬하다면, 말야. 그런 일이 없도록 하고 싶지만.”

아이리스는 뒤숭숭한 말을 하면서, 왼팔을 쓰다듬었다.

그 동작에서 괜한 부담은 느껴지지 않지만, 흡혈귀 오코노기에게 얼마나 꼴사납게 당했었는지를 생각하면 그런 전개가 되지 않으면 좋겠다고 토라키는 생각했다.

“어쨌든지. 일이 오래 끌리지 않도록 괜한 귀찮은 일이 일어나지 않는 것과…… 그리고, 오늘 밤 움직이기 전에 내 『변신 용품』이 도착하기를 기도해야겠네.”

“변신 용품? 그게 뭐야?”

“아미무라가 어느 정도 힘을 가진 흡혈귀인지도 모르고, 전투가 일어날지도 모르잖아. 그러면 나도 흡혈귀로서, 나름대로 대책을 세워야지.”

그렇게 말하더니, 토라키는 슬림폰의 화면을 바꾸어 또 아이리스에게 내밀었다.

아이리스는 자연스럽게 그 화면을 봤지만, 거기에 표시된 것이 뭔지 이해하자마자 표정이 굳어졌다.

“어, 이게 뭐야.”

“뒤처리는 너도 도와라.”

“엑…….”

아이리스가 당황하면서도 슬림폰의 화면을 보고 눈썹을

찌푸렸다.

토라키가 표시한 것은 인터넷 쇼핑 사이트였다. 게다가 거기에는, 아이리스가 보기에는 지극히 받아들이기 어려운 그로테스크한 것이 표시되어 있었다.

"인터넷으로, 이런 것도 살 수 있어?!"

"의외로 간단히. 게다가 선택의 여지도 있지."

아이리스가 믿을 수 없는 것을 본 눈으로, 화면을 뚫어져라 보았다.

"유라…… 도우라니…… 설마 이거, 먹는 거야?"

"까놓고 대부분 네가 담당해야지. 난 별로 안 좋아하거든."

"에엑?! 나는 이런 거 듣도 보도 못했어! 그걸……."

"그것도 필요경비 중 하나라고 생각해. 그만큼 사용한 돈도, 보수에 더해서 받을 거다."

그때, 실내가 사람의 눈으로 봐도 확실하게 한층 밝아졌다.

"우와! 일출까지 5분밖에 없어!"

토라키가 황급히 주위를 둘러보았다.

"아이리스! 매트 좀 갖다 줘!"

"어, 어, 어어, 이거였지?"

"그래 그거! 잠옷도…… 아아, 잠옷은 됐어. 아아 그리고, 만약 내가 자는 사이에 택배가 오면 죽을 각오로 수령해. 그거, 오늘 15시 이후에 도착하니까."

"에에엑?!"

"짐을 수령하는 것뿐이야. 그 정도는 노력해. 이틈에 너도 자둬라. 그럼 잔다!"

"앗! 잠깐 기다려 유라! 오늘 실행 계획 이야기를 아직……!"

"앗 뜨거! 무리야! 난 이제 목욕탕 간다!"

일출 시간이었다.

칸토 평야와 도쿄 부도심의 빌딩이 뒤덮은 지평선에서, 태양이 아침의 빛을 쏟아 붓기 시작했다.

토라키는 햇빛을 쬐기 전에 에어매트를 안고 황급히 목욕탕으로 뛰어 들어가서, 문을 닫고 말았다.

"유라!"

"무리야……. 빛을 쬐지 않아도…… 아침이 되면 엄청 졸려……. 안 돼…… 매트 부풀릴 기력도……."

"철야해준다고 했잖아!"

아이리스가 문을 두드렸지만, 안에서 들리는 토라키의 목소리가 점점 작아졌다. 이윽고 매트를 부풀리는 소리보다 먼저, 풀썩 묵직한 것이 바닥에 떨어지는 소리와 코골이 같은 것이 들렸다.

아이리스는 문을 두드리는 걸 멈추고, 목욕탕 문에 기대어 주르륵 바닥에 주저앉았다.

"……이래가지고, 일이 잘 풀릴까."

반지하 104호실에 들어오는 겨울의 아침 해는, 그런 아이리스의 불안한 마음을 전혀 안심시켜주지 못했다.

※

토라키가 눈을 뜨자, 아이리스가 식탁 의자에서 새하얀 재가 되어 있었다.

"노력했구나."

테이블 위에는 알맹이가 텅 빈, 냉장포장으로 도착했을 때 특유의 약간 두께가 줄어든 작은 골판지 상자가 있었다.

"사인…… 하라고 했어……. 죽는 줄 알았어."

건드리면 무너질 것 같은 아이리스의 모습에, 사실은 오히려 그녀가 흡혈귀가 아닐까 착각하게 된다.

"오~ 전에 샀을 때랑 패키지가 다르네."

냉장고 안에 있는 문제의 물건을 손에 들고 이리저리 만져 보면서, 재가 된 수도기사 쪽을 보지도 않고 물었다.

"일단 물어봐도 될까?"

"말하기 싫어."

"그래. 그럼 됐어."

"……됐어?"

"그 대신, 그 탓으로 트러블에 빠져도 도와줄 수 있을지 장담 못 해."

아이리스의 남성 공포증이 뭔가 표면적인 이유가 원인이라면, 의식이 어긋난 부분을 가볍게 남과 공유하여 사고방식을 바꾸어 어떻게든 되지 않을까 생각해 봤지만, 아무리 그래도 그렇게 쉽지는 않은 것 같다.

"그런 일이 없도록 여러모로 상담하고 싶었는데…… 철야 해주질 않았잖아."

아이리스가 입을 삐죽거렸다.

분명히 오늘 이제부터 임무에 나선다면, 목욕탕에 틀어박힌 다음에도 조금 참는 게 좋았을 거라고 토라키도 생각은 했다.

"미안해. 요전에 오랜만에 능력을 썼으니까 요즘 들어서 정말로 아침에 졸립다고."

"능력…… 앗!!"

아이리스가 큰 소리를 내더니, 똑바로 토라키를 가리켰다.

"당신! 내 피, 마셨지!!"

"이제 와서?!"

오코노기를 쓰러뜨린 것은, 피의 실 술법으로 상처를 입은 아이리스의 이마에서 튄 피를 토라키가 입에 머금고 능력을 썼다는 것이 큰 활약을 했다.

"나, 나, 나 흡혈귀가 되는 거야?!"

"안 되거든! 너 일단은 전문가잖아! 이론에서 수석이었다는 이야기 어디 갔어!"

"전공은 워어 울프랑 고스트였어!"

"물리 전공이라도 포유류랑 파충류의 구별은 되잖아!"

"비유가 알기 어려워!"

"그 정도로 기초적인 이야기란 거다!"

토라키는 이마를 짚고 기가 막힌 듯 고개를 옆으로 저었다.

"흡혈귀에게 피를 빨린 것으로는, 인간이 흡혈귀화하지 않아."

"어?!"

아이리스에게 그 이야기는 놀라운 내용이었다.

"그, 그건 당신이 나한테서 튄 피를 마셨으니까, 그런 거야?"

"아니야. 더 자세히 말하면 지금 네 목덜미를 깨물고 피를 마셔도 그 정도로는 흡혈귀화되지 않아. 그 경우…… 다만, 아이리스가 다치고 최악의 경우 죽을 뿐이지. 흡혈귀가 인간을 흡혈귀화하려면『되돌리는』작업이 필요해."

그렇게 말하더니, 토라키는 자신의 목덜미에 손가락 2개를 세웠다.

"아이리스 너, 인간이 흡혈귀화 하는 순간 본 적 있어?"

그것은 인간 세계에서 살아가는 한, 말을 하는 것도 말을 듣는 것도 있을 수 없는 질문이었다. 설령 듣는다고 해도 결코 긍정할 수 없는 물음이었다.

그러나 여기에 있는 것은 흡혈귀와 수도기사다.

"……있어."

기껏 돌아온 안색이 다시 희미하게 창백해지면서, 아이리스는 고개를 끄덕였다.

"그러냐. 송곳니가 빠진 구멍에서, 피가 나오든?"

아이리스는, 흉흉한 그 기억을 불러일으켰다.

"……안, 나왔어."

"상처가 났는데 피가 안 나온다는 건 무슨 뜻일까?"

토라키가 말하면서, 현관 옆의 붙박이장을 열었다.

그는 녹색의 십자가 페인팅되어 있는 상자를 꺼냈다.

"이제, 상처는 괜찮아?"

그렇게 말하고 아이리스에게 내민 것은 대형 반창고였다.

아이리스는 퍼뜩 이마에 손을 댔다.

"피가 안 나오는 건…… 상처가, 막혔으니까?"

"그거야. 그냥 피를 마시기만 한다면 그런 일을 안 해도 되지. 그렇지만 상대를 흡혈귀화하려고 하면…… 피를 빤 다음에 『그 용도』의 타액선에서, 상처를 막는 액체를 주입해야 하는 거야. 뭐, 모기랑 똑같지."

모기는 사람을 찌를 때, 혈액의 응고를 막기 위해 특수한 타액을 주입한다.

모기에 물렸을 때 가려운 것은 이 타액물질에 대한 알러지 반응으로 일어나는 것이다. 흡혈귀의 경우도 그것과 같다고 할 수 있었다.

"우리는 모기랑 다르니까 피의 응고는 걱정 안 해도 되지. 그냥 빨기만 하는 거면 구멍을 뚫고서 그냥 마시기만 하면 돼. 그러나 상대를 흡혈귀화시킬 거라면 확실하게 조치를 취해야 하는 거야. 모기처럼 상처를 막고, 몸을 다시 만들기 위한 것을 송곳니를 통해 주입한다. 그것도 딱히 누구든지 바꿀 수 있는 게 아냐."

"유라. 물어봐도 돼? 당신은 어째서 그걸……."

알고 있는지.

"너는 나를 선량한 사람이라고 생각해주는 모양인데."

토라키는 슬픈 기색으로 웃었다.

"이 세상에, 인간의 피를 빨아본 적이 없는 흡혈귀 따위, 한 명도 없어."

"윽……!"

아이리스는 목을 떨면서, 살짝 물러섰다.

그리고, 물러선 자신을 깨닫고 표정이 굳어졌다.

토라키는 그것을 단순하게 받아들이고 수긍했다.

"아는 것처럼 나는 본래 인간이었어. 그런 녀석은 괜히 그렇지. 그러니까, 너무 흡혈귀를 신용하는 것도, 잘 생각해볼 일이라는 건 알아두는 편이 좋아."

토라키가 말한 순간.

『너무 흡혈귀를 신용하지 않는 게 좋아.』

아이리스의 뇌리에, 과거에 같은 말을 했던 다른 남자의 목소리가 기억 속에서 되살아났다.

『인간은 인간들끼리도 서로 이해를 못하는데, 종족이 다른 흡혈귀랑 어떻게 서로 이해하라는 거야? 인간에게 흡혈귀는 적이야. 그리고 흡혈귀에게도 인간은 적이다. 그 전제를 잊으면, 서로 불행한 결과를 맞이하게 되지.』

그 말을 들었을 때, 아이리스는 아직 너무나도 어렸다.

세상을 몰랐다. 인간도, 흡혈귀도 몰랐다.

그런데도, 아는 체하고 있었다.

그리고.

"나…… 인간이, 흡혈귀가 되는 순간을 본 적이 있다고, 말했잖아."

"그래."

"그거 말야. 우리, 엄마였어."

"……그러냐."

"그러니까, 알고 있어. 나. 당신들 흡혈귀가 어떤 존재인지. 그 이상으로, 인간이 어떤 존재인지."

"아이리스?"

"……나도 말야. 기사니까, 단순히 사명감이 없다고는 안 해. 하지만, 아카리 이야기를 듣고서, 지금까지는 존재하지 않았던 의욕이 새롭게 솟았어. 나도 당신이랑 같아. 세상을 위해서, 남을 위해서. 그런 것보다 아는 애를 위해서라고 생각하는 편이, 의욕이 생겨."

아이리스는 토라키에게 다가가서, 그의 손을 이끌어 테이블에 앉혔다.

"커다란 것은, 생각해야 할 때와 아닐 때가 있어. 지금 우리가 생각해야 하는 건, 흡혈귀가 살아가는 방식을 판단하는 그런 커다란 게 아냐. 사회의 룰에 반하고 있는 눈앞의 흡혈귀를, 어떻게 붙잡을까 하는 거야."

그리고 대체 어느새 준비했는지, 그 라이브 하우스의 겨냥도를 테이블 위에 펼치고 결심하며 말했다.

"서로 말할 수 없는 과거가 있는 건 마찬가지야. 그렇지만, 아는 애가 더 이상 이상한 일에 말려들지 않기를 바라는 건 같아. 그러니까, 괜한 건 따지지 말고, 지금은 내 임무에 집중해줘."

아이리스가 말하고, 허리춤에서 성망치 리베라시온을 꺼내 겨냥도 끄트머리를 찔렀다.

"일단 잠입 경로와 도주 경로의 확보부터 생각하자. 스테이지 뒤나 대기실 조사를 못하는 이상, 보이는 부분에서 어떻게 행동할지를 정하고 그 다음에……."

"아이리스……."

"왜? 아직 더 할 말 있어?"

"……아니, 너 말야. 그 망치로 또 테이블 두드렸잖아."

"아."

토라키가 나무 테이블에서 도망치듯 몸을 빼는 걸 보고, 아이리스는 무심코 웃어버렸고…….

"후후, 미안해."

"웃을 일이 아니거든."

토라키도, 무심코 거기에 이끌려 웃어버렸다.

※

라이브 하우스 특유의 배에 울리는 중저음을 느끼면서, 토라키는 Crimson Moon의 문을 통과했다.

안은 전에 왔을 때와 다를 바 없이 성황이었다.

그리고 지난번 왔을 때는 깨닫지 못했던, 손님의 기묘한 행동도 금방 깨달았다.

"다들, 애지중지 봉투를 갖고 있네."

손님인 젊은이들 중에서 절반 정도가, 흐르는 음악에 몸을 맡기면서도 좌우 한쪽 손으로 부자연스럽게 주머니나 가방을 누르고 있었다.

아마도 그곳에, 카드를 넣은 봉투가 들어 있을 것이다.

"어라? 형씨 요전에 왔었죠? 오늘은 혼자네요."

바 카운터에 앉자, 그곳에는 역시 변함없는 그 드레드 헤어의 점원 사가라가 있었다. 아무래도 토라키의 얼굴을 기억하는 모양이다.

"오늘도 가영차전이 나오니까, 아카리 와 있어요."

"……진짭니까."

토라키는 다음 일을 생각하고 한순간 표정을 찌푸렸지만, 어떻게 할 수 없다는 건 예상을 했기 때문에 금방 표정을 꾸몄다.

"저는 딱히 그녀의 보호자가 아니니까요. 요전에도 정말 우연히 만난 것뿐이고, 그리고 오늘은 혼자니까, 스토커라고 생각하는 것도 싫단 말이죠. 가만히 있을 겁니다."

"그래요. 뭐 마실래요? 오늘도 진 토닉이면 돼요?"

"아아, 그럼 그걸로."

그러자 사가라는 그 파랗고 아름다운 병을 손에 집더니 진 토닉의 글래스를 내밀었다.

지난번에 뭘 마셨는지도 기억하는 모양이다.

"용케 기억하네요. 내가 어느 진을 부탁했는지."

"술도 바텐더의 실력도 딱히 특별하질 않으니까요. 그만큼 체인점 선술집이랑 차이를 벌릴 거면 이런 부분이죠. 저는 이래 봬도 사람 얼굴을 기억하는 게 특기라서요."

그건 그거대로 지금의 토라키에게는 위험한 성질이지만, 오늘을 마지막으로 다시는 이곳에 올 일이 없을 테니까 딱히 문제가 되진 않으리라.

"오늘도 천천히 듣고 갈게요."

"네~에. 그럼 편히 보내요."

사가라는 다른 작업을 하려는지 토라키 옆에서 떨어졌다.

토라키는 카운터에 기대면서, 공간을 채우는 음악에 잠시 몸을 맡겼다.

지금 흐르는 곡이 아카리가 좋아하는 가영차전의 『프렌드쉽』이라는 곡인 모양이다.

검색해보니 과거의 이벤트 라이브 영상을 발견했다.

재생수는 3만 조금 넘는다. 평가는 호평이 저평가의 반쯤 되고, 코멘트에는 기존의 인기 그룹을 흉내 냈을 뿐이라 좋은 평가를 하기 어렵다는 취지의 비판이 치졸한 말로 적혀 있었다.

"흉내든 뭐든, 아무것도 안 하는 것보단 낫잖아."

실제로 라이브 회장에는, 순수하게 그들의 팬 같은 반응을 보이는 젊은이도 약간이지만 있다.

가영차전에게도 그들의 팬에게도, 이 이벤트는 서로 소중한 것을 나눌 수 있는 얼마 안 되는 자리인 것이다.

그거면 되지 않을까? 그들이 음악의 메이저씬에 갈 재능과 행운이 있는지 없는지는 아무도 모른다.

그래도, 좋아한다는 것을 형태로 바꾸는 노력을 게을리 하지 않는다.

그것만 해도, 인간의 짧은 인생이 얼마나 빛난단 말인가?

적어도.

"사람다운 일을 모조리 포기해버린 나보다는, 훨씬 살아 있지."

자조적으로 중얼거리고, 토라키는 슬림폰의 시계를 보았다.

토라키가 가게에 들어온 지 30분.

이제 곧 오늘의 스테이지가 끝나는 것을, 토라키는 분명히 파악하고 있었다.

이 다음에 그『투표』가 시작되고, 그것을 마치고 손님이 줄어들기 시작하면 행동 개시 예정이었다.

그러나 가영차전의 마지막 곡이 끝나기도 전에, 가게 안을 귀에 거슬리는 화재경보기의 소리가 가득 채웠다.

"어?!"

토라키는 입에 머금고 있던 진 토닉을 뿜을 뻔했고…….

"불이야!!"

동시에 누군가가 외쳤다.

그것을 떠미는 것처럼, 토라키가 기대고 있던 카운터 안쪽.

가벼운 요리를 조리하는 주방이 있는 공간에서 평소에 들을 일 없는 파열음이 연속해서 나고, 검은 연기가 단숨에 라이브 하우스의 천장을 뒤덮었다.

"이, 이게 뭐야!"

토라키는 당황했다.

예정된 시간보다 이르다.

게다가 정말로 불길이 오르고 있다.

"불!"

"뭐야! 폭발?!"

"꺄아아아아아!"

"야 비상구 어디야!"

"이야~ 착오겠지. 진정해진정해."

"넌 뭔 소리야 가게가 타고 있는데!"

비명과, 혼란과, 어째선지 불길이 오른 카운터 쪽으로 슬림폰을 들어 촬영하려는 수많은 손님이 혼연일체가 되어 대혼란을 일으켰다.

수많은 번화가의 지하 라이브 하우스에는 손님의 출입구가 그대로 비상구나 화물 반입구로 쓰이는 일이 많다.

만약 다른 비상구가 준비되어 있어도, 라이브 하우스 안에 있는 200명 가까운 사람이 한 번에 도망칠 수 있는 넓은 통로 따위 확보하지 못한다.

"젠장! 뭐가 어떻게 된 거야!"

토라키와 아이리스의 계획은 지극히 단순했다.

이벤트가 끝나고 손님의 태반이 빠진 타이밍에 토라키가 흡혈귀의 능력으로 아무도 모르게 화재경보기를 울리고, 발연통을 다수 지펴서 화재 소동을 일으킨다.

손님이 빠진 다음이라면 라이브 하우스 안에 남아 있는 건 출연자와 라이브 하우스의 직원과 이벤트 스탭, 그리고 아미무라를 포함해도 30명이 안 된다.

실제로 화재를 일으키는 것도 아니며, 혼란을 틈타 아이리스가 쳐들어와서 아미무라를 확보한다.

만약 방해하는 사람이 있을 경우는 토라키가 격퇴한다.

그런 지극히 단순한 계획이었다.

그러나 소동은 출입구가 도망치려는 손님으로 막혀버릴 타이밍에 일어났고, 실제로는 피어오를 리 없는 불길이 올랐다.

이 정도로 화려하게 연기가 오르면, 일산화탄소 중독으로 희생자가 나와 버릴 것이다.

"젠장! 아카리!"

"어?! 토라키 씨?! 왜 또 있는 거야?!"

"그건 이쪽이 할 말이야! 오늘도 투표하는 거야?! 돈이 용케 유지되네!"

"그, 그런 건 지금은 됐잖아! 그보다도 도망쳐야지!"

POSA 카드로 투표하는 방식에 아카리도 적지 않게 의문이 있었을까?

추궁에서 벗어나고자 하얀 연기가 번지는 홀에서 출구와 반대 방향으로 가려고 했다.

"아냐! 출구는 이쪽이야! 가자!"

조금씩 차올라 시야를 가로막는 연기 안에서, 토라키는 아카리가 눈치 못 챌 정도로 어둠을 내다보는 흡혈귀의 안력을 발동했다.

"꺄아악!"

"야 멈추지 마!"

"장난치냐. 얼른 올라가!"

그러나 여기서 더욱이 안 좋은 사태가 발각됐다.

수많은 손님이 앞다투어 토라키가 들어온 통로의 출입구를 써서 지상에 올라가고자 했지만, 피난하려는 가운데 누군가가 올라가지 못하고 걸려 있는 것이다.

"이게 뭐야! 야, 어째서 앞으로 안 가는 거야!"

"누가 계단에 막혀 있어! 야 밀지 마!"

그런 주위의 대화를 들으면서, 토라키는 표정을 찌푸렸다.

"설마, 손님 중에도 팬텀이 있는 건가."

라이브 하우스의 출입구 계단 통로에는 팬텀이 지나가지 못하도록 아이리스가 성망치로 결계를 쳤다.

통로의 양 옆, 라이브 하우스 특유의 포스터투성이인 벽에 성망치 리베라시온으로 나무못을 박아 넣었다. 팬텀은 지나갈 수 없는 보이지 않는 그물을 설치한 것인데, 보통 사람이라면 아무 문제없는 것이다.

그러나 이 피난 행렬 앞에 보이지 않는 그물에 걸려 있는 누군가가 있고, 수많은 손님이 지상으로 올라가지 못하고 있는 모양이다.

아이리스도 예정에 없는 사태를 파악하고 있겠지만, 예정에 없는 사태가 일어난 경우 팬텀이 아니라 민간인의 피해를 최소한으로 한다고 정해두었다.

"토라키 씨! 불이! 연기가……!"

아카리의 비명에 돌아보자, 아무래도 연기에 이어 불꽃이 천장에 인화된 모양이다.

연기 속에서 축적된 공포가 불꽃으로 단숨에 불타올라, 아카리뿐 아니라 대부분의 손님이 패닉에 빠지고 더욱 출입구 쪽에 사람의 압박이 강해진다.

"젠장! 이런 타이밍에서 쓸 생각 없었는데!"

토라키는 주머니에서 부드러운 플라스틱제 작은 병을 꺼내서, 뚜껑을 비틀더니 안의 액체를 단숨에 마셨다.

검붉은 액체가 가득한 그 병에는, 무척이나 일본풍인 디자인으로 『자라의 피』라고 적힌 스티커가 붙어 있었다.

"토라키 씨, 이럴 때 뭐 하는 거야!"

일본에서 합법적이며 간단하게 흡혈귀가 피를 마실 방법

은 달리 없었다.

인터넷 쇼핑이 발전된 이후로는 그 이전과 비교도 안 되게 입수가 쉬워졌다.

물론 인터넷 쇼핑으로 보내는 피는 식중독 방지를 위한 처리가 되어 있으니 순수한 피는 아니지만, 그래도 피는 피다.

토라키의 감각이지만, 인터넷으로 사는 자라의 피는 인간의 피와 비교해서 능력의 위력과 지속력이 모두 4할쯤 된다.

"뭐, 충분해! 아카리! 잠깐 손 놓는다! 잠깐 눈 감고 있어!"

"앗! 싫어! 토라키 씨 손 놓는 거 싫어!"

두고 갈 거라 생각했는지 아카리는 강하게 토라키의 손을 쥐었지만, 그 감촉이 손 안에서 갑자기 사라졌다.

"응?"

그 순간 토라키의 온몸이 검은 안개가 되더니, 출구에 쇄도하는 손님들 사이를 빠져나갔다.

"토라키, 씨?"

토라키의 안개는 손님들 사이를 빠져나가 나무 말뚝이 박힌 장소까지 이동했다. 그리고 실체화하지 않은 채 계단 통로의 좌우에 박혀 있는 나무못을 뽑아냈다.

곧장 선두에 있던 남자가 고꾸라지더니, 뒤에서 밀치는 사람들에게 깔릴 뻔했다.

『흡혈귀인지 아닌지는 모르지만, 인간이 아닌 건 너구나.』

이런 긴급 피난 상황에서 넘어진 사람이 뒤에서 밀치는 사람에게 밟혀서 피해가 커지는 것은 초등학생도 학교에서 배우는 것이다.

『확보해두는 편이 좋겠지.』

"으, 악!"

토라키는 남자의 목과 허리에 검은 안개를 둘러서, 일단 지상의 출구까지 끌어올렸다.

그대로 인접한 건물 사이에 끌고 들어간 토라키는 자신을 실체화 시켜서…….

"잠깐 자라."

목을 졸려서 눈물짓고 있는 남자의 눈을 들여다보며, 붉은 빛을 보냈다.

오코노기도 썼던 흡혈귀의 기본 능력, 최면의 응용이다.

토라키와 비교해서 현저하게 저항력이 약한 흡혈귀, 혹은 다른 팬텀이었을까?

토라키는 한순간에 정신을 잃은 남자를 빌딩 배관 뒤에 숨겼다. 그리고 다시 검은 안개가 되어 가게 안으로 돌아와, 계단 아래에 주저앉은 아카리를 발견했다.

조금 연기를 들이마셨는지, 기침이 나오는 모양이다.

"아카리!"

"콜록, 우엑……. 토라키 씨, 어디 갔었어……!"

"미안! 피난 경로를 찾아봤어! 이제 괜찮아! 이쪽이다, 도망치자!"

"으, 응."

아카리의 손을 이끌어 밖으로 나오자, 아무래도 대부분의 손님은 밖으로 나온 모양이다. 멀찍이 떨어져서 라이브 하우스가 있는 빌딩을 슬림폰 너머로 보고 있었다.

"태평하네……. 아카리, 괜찮니?"

"우에에, 목이, 기분 나빠……. 콜록."

"안 좋네……. 꽤 들이마셨나."

토라키는 눈물지으며 구역질을 하는 아카리의 등을 쓰다듬으며, 검은 연기가 오르기 시작하는 라이브 하우스의 입구를 보았다.

"야야야! 아이리스 그 녀석은 무사한 거냐!"

완전히 예상을 넘어선 진짜 화재다.

흡혈귀인 자신은 그렇다 치고, 인간인 아이리스가 지하 공간의 이런 화재 장소에서 무사할 수는 없었다.

그 뒤로 구급차가 도착할 때까지 5분이 토라키는 무한히 길게 느껴졌다.

달려온 구급대원에게 아카리를 맡긴 토라키는…….

"……이 애 좀, 부탁해요. 무슨 일 있으면 여기로 연락해 주세요."

구급대원에게 연락처를 건넸다.

"토라키 씨……. 싫어. 가지 마, 무서워. 같이 있어줘……!"

"미안, 아카리. 저 안에 아직 그 녀석이 있어."

"……어?"

"구급대원한테 연락처 가르쳐줬어. 너는 혼자가 아냐. 하지만, 그 녀석은 지금 혼자야. 구하러 가야 돼."

"……그 녀석?"
"병원에서 만나면 차분하게 대화를 해봐. 그럼 간다."
토라키는 딱 한 번 강하게 아카리의 손을 쥐고, 몸을 돌려 연기가 타오르는 라이브 하우스의 건물로 달려갔다.
다들 타오르는 불꽃과 검은 연기만 주목하는 가운데, 아카리만 그걸 보았다.
"……토라키 씨?"
한순간, 검은 연기에 뛰어들어 안 보이게 된 줄 알았다.
그러나 토라키의 모습은 지금 틀림없이, 구급대원이 서 있는 장소에서 사라지더니 검은 안개가 되어서 그대로 검은 연기가 휘몰아치는 지하계단으로 내려갔다.

※

"대체 이거, 무슨 일이야……!"
아이리스는 끝이 안 보이는 복도를 달리고 있었다.
라이브 하우스 홀의 이상사태는 아이리스도 물론 확인했다.
토라키보다 늦은 20분 뒤에 가게에 들어온 아이리스는 스테이지에서 끓어오르는 팬에 뒤섞여, 조금씩 직원 전용의 문을 자연스럽게 살필 수 있는 위치로 이동했다.
타깃인 아미무라는 스테이지 옆에서 살짝 고개를 내밀면서, 출연자 입장의 서포트를 하는 것 같았다.
이케부쿠로의 라이브 하우스치고는 비교적 큼직한 무대였

지만, 그래도 빌딩의 규모를 생각하면 무대 뒤의 대기실이 그렇게 광대할 리 없었다.

손님이 빠지고 화재경보기가 울리면, 거의 목격자도 없이 성총 데우스크리스스를 한 발 쏘아 아미무라를 확보할 수 있으리라 짐작했다.

그러나 무대 뒤의 대기실에는 그보다 『뒤』가 있었다.

명백하게 지상의 건물 범위를 넘어서는 지하공간이 펼쳐지고 있었다.

"이런 거, 시시한 탈세 그룹이 준비할 수 있는 규모가 아니야. 나중에 유라에게 무슨 말을 들을지……."

총격전을 벌이고 있는 건 아니지만, 단순하게 모퉁이가 많이 나오고 여기저기에 안 어울리는 작은 방이 있다. 명백하게 침입자를 예상한 구조였다.

형광등 같은 알기 쉬운 불빛이 아니라, 바닥에 오렌지색 라이트가 간신히 보일 정도로 배치되어 있었다.

그리고 당연하게도, 슬림폰의 전파는 안 닿는다.

과거에 이케부쿠로 뿐 아니라 많은 번화가에 반사회 세력이 활개를 펼치고 있었는데, 그 무렵의 흔적일까?

"이거 벌써, 도망친 거 아닐까……."

세 번째 문을 지나 허둥지둥 움직이는 쥐를 보았을 때, 아이리스는 곧장 다리에서 힘이 풀릴뻔했다.

그러나,

"……거기, 너!!"

그 쥐와 눈이 마주쳤다.

시간은 1초도 안 된다. 그러나 어둠의 생물에 대해 숙지하고 있는 아이리스는 그 미약한 시간이 있으면 충분했다.

문으로 들어오는, 낮은 위치의 오렌지색 빛.

그것이 땅바닥을 달리는 시궁쥐의 그림자를 높은 벽에 드리우고 있었다.

"시궁쥐는 인간을 보고서 멈춰 서지 않거든!!"

손에 있는 나무못을 공중에 던지더니, 그것을 모두 드리운 그림자에 리베라시온으로 박아 넣었다.

"끄, 으윽!!"

그림자에 못이 박힌 쥐는 새된 소리를 지르며 그 자리에 굳어버렸다.

"어, 어째서……."

그리고 그 새된 목소리는 인간의 말이었다.

"쥐랑 박쥐는 팬텀이 변신하는 인기동물 랭킹에서 매년 상위에 들어가지만, 그런 것치고 제대로 생태를 아는 사람이 적어. 쥐로 변신할 거면, 시궁쥐의 생태를 제대로 공부해야지."

아이리스는 입가를 부자연스럽게 올리면서, 쥐에게 한 발 다가갔다.

"카츠세 아미무라. 암십자 기사단입니다. 신의 창 앞에 고개를 숙이세요. 그리하면 자비가 내릴 것입니다."

『자비, 라고.』

쥐의 눈이 붉게 빛났다.

『그러면서 동서양을 막론하고, 인간과 양립할 수 없다는 일방적인 판단을 내려놓고 용케 그리도 제멋대로 말하는군!』

"여기서 당신이 신에게 용서를 구할 거라고 생각하진 않아요. 당신은 이제부터 재가 되어서, 암십자 기사단으로 호송됩니다. 여태까지 한 일을 회개하고, 용서받을 수 있기를 바라세요."

『……그렇군.』

쥐의 수염이, 움찔 움직였다.

『빌어먹으라지.』

아이리스는 뒤통수에 다가오는 기척을 깨닫고 몸을 돌렸다.

폭력적인 바람이 얼굴을 스치고, 다음 순간에 검은 그림자가 아이리스와 쥐 사이에 끼어들었다.

그리고 그곳에는 아이리스의 기억에 있는 얼굴이 있었다.

"이런, 언니야. 역시 그런 사람이야?"

토라키보다도 키가 큰, 드레드 헤어의 남자.

라이브 하우스의 카운터 바에서 진 토닉을 만들어준 점원, 사가라였다.

"힉……."

"이상하다고 생각은 했지. 지금까지 본 적 없는 어른이 두 번 연속으로 오다니."

"이, 이, 이이이이이이이……."

"뭐라고?"

이쪽은 전혀 이상하다고 생각 못했다. 라고 말하고 싶지만, 체격이 좋은 사가라가 손에 쥔 찌그러진 파이프를 보고 아이리스의 목이 말라버렸다.

식은땀이 나오고, 공포로 안색이 하얘지고, 다리가 떨린다.

“어라? 뭔가 겁먹었어? 이야아. 나도 겁먹은 귀여운 여자애를 때리는 건 싫은데. 요전 일로 벌써 학을 뗐어.”

그러나 그 말을 듣고, 아이리스에게 미약하지만 긴장이 돌아왔다.

“요, 요, 요, 요전……?”

“요전에도 있었거든. 일본인이었지만, 우리들을 눈엣가시로 보는 기사라고 했던 애. 괜히 찍히고 싶지는 않아서 적당히 때려주기만 했는데, 그것도 좀 지나쳤던 걸까?”

사가라는 아무것도 아니란 것처럼 말하고, 파이프를 아무렇게나 휘둘렀다.

그걸로 벽에 박혀 있던 나무못을 전부 뽑아내자, 드레드헤어의 등 뒤에서 아미무라가 사람의 모양으로 돌아왔다.

『……사가라, 미안하다.』

“괜~찮아. 나야말로 계~속 너한테 신세를 졌으니까. 이럴 때는 제대로 은혜를 갚아야지.”

사가라가 준비운동처럼 어깨를 떨자, 아미무라가 사가라의 그림자에 숨는 것처럼 그 자리에 웅크리고 앉았다.

“그럼, 언니야. 혹시 남친도 조금 특수한 사람이야?”

“……그, 그, 그게 뭔가, 사, 사사사, 상관있어?”

“아니, 그쪽이 없다고 생각한다면 없는 대로 괜찮은데…….

만약 그렇다면, 같이 오는 편이 좋았다는 건 말해둘게…….
미안하지만…….”

다음 순간이었다.

“나도 평범하지 않거든!”

그렇잖아도 체격이 좋은 사가라의 온몸이 오렌지색 빛 속에서 격렬하게 요동쳤다.

그 흉흉한 기척을 깨달은 아이리스가 커다랗게 뒤로 뛰어 물러나자, 지금까지 아이리스가 있던 공간을 몇 줄기 빛의 궤적이 찢어버렸다.

이미, 변신이 끝나 있었다.

온몸이 강철 같은 검은 체모로 뒤덮이고, 날카로운 송곳니와 손톱을 번득인다. 훨씬 높은 곳에서 아이리스를 내려다보는, 목 안쪽에서 굶주려 으르렁대는 2족보행의 괴물.

“워어 울프……!”

웨어 울프, 베어볼프, 늑대인간.

흡혈귀와 나란히 전세계에서 존재가 확인된 대표적인 팬텀의 일종.

흡혈귀처럼 마술적 능력은 없지만, 파워, 스피드, 그리고 잔인함에서 메이저한 전승으로 전해진다. 그것도 무리가 아닌 광폭하기 짝이 없는 팬텀이다.

『미안하지만 아미무라를 잡아가게 둘 수는 없거든! 언니야 예쁘니까 유감이지만, 요전의 일을 반성해야 하잖아. 그러니까 언니야는, 여기서 죽어줘!』

위어 울프가 되어서도 어쩐지 사람 좋아 보이는 음색이 남아 있는 사가라의 두 앞다리의 발톱이 말과 함께 공간을 찢었다.

아이리스는 피했다. 그러나 통로와 방을 구분하는 벽은 사가라의 발톱에 충격을 받고, 마치 쿠키처럼 너덜너덜하게 부서져 떨어졌다.

『아미무라! 가!』

『미안하다!』

아미무라는 다시 쥐의 모습으로 변하더니, 부서진 벽의 틈으로 통로를 향해 뛰쳐나갔다.

"큭!"

아이리스는 그것을 추적하고자 했지만…….

『못 간다고 말했잖아!!』

물론 사가라의 발톱이 그것을 용납해주지 않는다.

"하앗!!"

다가오는 발톱과 주먹을 리베라시온으로 튕겨내고자 했지만, 아무래도 체격의 차이가 너무 크다.

힘겨루기마저 되지 못하는 기세로 밀려나고, 아이리스는 벽에 부딪혔다.

"크학!!"

온몸을 덮치는 충격에 의식이 흔들리지만 아이리스는 필사적으로 이를 악물었다.

도망치기만 하는 아미무라 따윈 신경 쓸 수조차 없는 강함이다.

사가라를 상대로 조금이라도 집중력이 흐트러지면, 그때 아이리스의 목숨이 사라진다.

『언니야. 쫄았던 주제에, 뜻밖에 제법이네!』

"워어 울프는…… 전공과목이었어! 하아아앗!!"

봐주면서 이길 수 있는 상대가 아니다.

사가라는 알 리 없었지만, 아이리스는 인간 사가라보다 워어 울프 사가라와 더 냉정하게 싸울 수 있었다.

아이리스는 벽에 부딪힌 자세 그대로 왼쪽 손목을 가볍게 스냅했다.

그 신호로 왼팔에 장치해둔 성총 데우스크리스가 튀어나오고, 아이리스는 모든 팬텀을 평등하게 멸하는 은의 탄환을 주저 없이 사가라에게 쏘았다.

『우웃?!』

성별된 은 탄환의 기척을 느꼈는지, 사가라는 비명을 지르며 아이리스와 거리를 벌리고자 했다.

『으엑!!』

아무리 민첩한 워어 울프라도, 지근거리에서 쏘아낸 총탄을 회피하거나 받아내는 건 불가능했던 모양이다.

물론 데우스크리스의 총탄은 설령 받아낸다고 해도 그 성스러운 성질로 닿은 팬텀에게 확실하게 대미지를 준다. 어쨌거나 아이리스에게 다가오는 죽음의 발톱 절반을, 데우스크리스의 탄환이 훌륭하게 분쇄했다.

D.C.K

『아으으…… 제법이네에.』

짐승의 눈동자에 약간의 놀라움과 커다란 분노를 담고서, 위어 울프 사가라는 아이리스를 노려보았다.

『보통 사람은 아니라고 생각했지만, 이 정도일 줄은 몰랐다구.』

"수도기사가 이 정도까지 할만한 일을, 아미무라가 저지른 거야. 신의 의사에 반한 것을 후회하도록 해줄게."

아이리스는 방심하지 않은 채 오른손에 리베라시온을, 왼손에 데우스크리스를 들고 상대가 눈치 못 채도록 호흡을 정돈하고자 했다.

『신이 뭐 어쨌다고! 네놈들 사정으로 남의 구역을 멋대로 휘젓고 다니는 녀석이, 잘난 듯이 말하지 말라고!!』

포효와 함께 거대한 질량이 통로를 막으면서 아이리스에게 다가왔다.

"이제 그만해!"

『시끄러워!』

귀기 서린 포효에 아이리스는 가차 없이 사가라의 미간을 조준했지만, 사가라는 멈출 기색이 없었다.

『크아아악!!』

"큭!"

데우스크리스의 탄환은 두 발밖에 안 들어있다.

그러나 설령 리베라시온으로 급소를 아무리 구타한다고 해도, 사가라의 기세를 멈출 수는 없었다.

저 거구와 팔에 붙잡히면 끝장이다. 사가라가 절명하기 전에, 아이리스가 이 좁은 통로의 벽이나 천장에 부딪히는 미래밖에 안 보인다.

“정말!!”

어쩌면 아미무라의 동료 중에 흡혈귀가 있을지도 모른다고 상상은 하고 있었다.

그러나, 이 정도로 이질적인 팬텀들끼리 함께 행동하는 것은 완전히 예상 밖이었다.

『크악?!!』

본래는 태양이 없는 밤에 아미무라를 잿더미로 만들기 위해 꼭 남겨둬야 한다.

그러나 아이리스는 망설이지 않고 사가라의 뒷다리를 향해서 데우스크리스를 쏘았다.

자신의 힘을 과시하듯 한껏 몸을 펼치며 다가오는 사가라의 몸 어딘가에 탄환을 맞추는 것은 쉬운 일이었다.

사가라의 거구가 몸부림치면서 쓰러지고, 남아 있는 발톱이 아이리스까지 앞으로 몇 센티미터 남았을 때 바닥에 박혔다.

“투항하도록 해. 탄환은 관통하지 않았어. 아무리 강인한 위어 울프라도, 데우스크리스의 탄환이 몸 안에 남아 있으면 목숨이 위태로워.”

『장난, 치나.』

“벌써 아미무라는 진작에 도망쳐 버렸겠지. 아무리 그래도 쥐가 되어 번화가를 도망쳐 다니면, 이렇게 시간이 지나서는 추적할 수단이 없어. 당신을 포획하는 걸로, 이번 성무는 마무리하게 될 거야."

『으, 크크…… 뭐야? 설마 경찰이나 뭔가가 나를 체포하러 온다는 거야아?』

사가라의 눈은 아직 아이리스를 사냥감으로 인식하고 있지만, 총탄을 맞은 오른발이 전혀 움직이지 않는 모양인지 버둥버둥 거구를 비트는 것밖에 못하는 것 같았다.

"그렇게 생각하면 돼. 어쨌든지 당신은 이제, 다시는 본래의 생활로 돌아갈 수 없어."

『본래의 생활…… 큭큭큭, 무슨 말을 하시는 건가 했더니만…… 선조 대대로 우리들에게…… 본래의 생활이라는 건, 아무데도 없었는데…….』

사가라가 온몸의 털을 곤두세우고, 남은 왼쪽 발톱이 박힌 바닥을 움켜쥐어 부수었다.

『너희들 같은 놈들이, 우리를 훨씬 옛날부터 밤의 구덩이 바닥에 가둬놓고 있었잖아아아!!』

무시무시한 용력이었다.

왼팔의 악력만으로 통로를 막고 있던 사가라의 거구가 튀어 오르고, 아이리스의 가녀린 몸을 향해 칼날처럼 송곳니가 늘어선 아가리가 다가왔다.

갑작스런 움직임에 아이리스의 반응은 한순간 늦어졌다.

아이리스의 뇌리에는 자신의 방심을 후회하는 것과 동시

에, 몇 초 뒤에 흩어질 자신의 피바다 속에 왼손의 데우스크리스가 가라앉는 모습이 선하게 보였다.

그것도, 나쁘지 않다.

분명히 자신은, 그렇게 될 운명이었던 것이다.

그 날부터.

자신이 나아가는 길 앞에는 자신이 무참하게 살해당하고 피바다 속에 잠기는 미래가 있다고, 어렴풋이 생각하고 있었다.

그것이 설마 이렇게 빨리 찾아올 거라고는 생각도 못했지만.

"……아~아."

자신의 죽음이 보인 순간, 입에서 나온 것은 그런, 아무 의미도 없는 감탄사뿐이었다.

"…………?"

그러나 자신의 몸을 찢어내야 할 충격이 덮치지 않는 것을 깨닫고, 어느샌가 감고 있던 눈을 떴다.

한심하게 엉덩방아를 찧은 자세로 눈을 뜨자, 예상도 못한 도약을 보인 사가라의 육체가 힘없이 바닥에 쓰러져서는 입에서 거품을 뿜으며 움찔움찔 경련하고 있었다.

"뭘 그렇게 쉽사리 포기하는 거야? 멍청아."

그리고 요 며칠, 아니, 아이리스에게는 몇 년 사이 가장 귀에 익숙한 남성의 목소리가 자신의 눈앞에 내려섰다.

검은 안개가 공중에서 응어리지고, 기절한 사가라의 목 위에 올라탄 남자의 모습을 취했다.

"네가 죽으면 네가 쓴 돈 어디에 청구하면 되는데?"

쥐로 변신했을 때의 아미무라보다도 선명하고 흉흉한 붉은 빛을 뿜어내는 눈동자는 희미하게 노여움을 띠고 있었다.

그러나 신기하게도 아이리스는 안도해 버렸다.

"미안해, 유라. 아미무라, 놓쳐 버렸어."

"그러냐. 사실 아미무라는 흡혈귀가 아니라 늑대인간이었습니다. 가 아니었구나."

눈동자가 흉흉해도, 검은 안개로 변화하는 이능을 쓰고 있어도, 토라키 유라는 토라키 유라 그대로였다.

"내가 알고 있는 흡혈귀는 흡혈귀가 아닌 녀석과 손을 잡지 않는데 말이지. 그 밖에도 팬텀이 있다는 정보를, 암십자는 모르고 있었나."

"……이 녀석 말고도 누가 있었어?"

"아미무라나 오코노기보다도 잔챙이 흡혈귀나, 그게 아니면 권속이 있더라. 결계에 걸려서 손님들 피난을 방해하고 있더라니까. 일이 완전 커졌다고."

"결계는, 유라가 풀어준 거야?"

"덕분에 화상 입었어."

그렇게 말하더니 토라키는 불만스럽게 아이리스의 눈앞에 양손을 펼쳤다.

성스러운 나무못의 결계는, 검은 안개의 모습으로 뽑긴 했어도 결국 토라키가 육체를 구사해서 뽑은 것은 변함이 없다.

토라키의 손바닥이 검게 타 들어가 있었다.

"너 우리 집의 테이블을 이런 식으로 만들어 놓은 거지? 정말 좀 봐주라."

"……후후, 미안해."

아이리스는 사과하면서 웃어버렸다.

"대체 어떻게 한 거야?"

"뛰어오른 걸 후려치고서 목 뒤를 콱 밟은 것뿐이야. 짐승이 씐 녀석 상대도 처음이 아니니까. 뭐……."

토라키는 사가라 위에서 내려오더니, 아이리스에게 손을 내밀었다.

아이리스는 그 손을 자연스럽게 잡았다.

"그래도 정면으로 인간이 상대하기엔 힘든 녀석이지. 역시 수도기사구만."

"전혀 칭찬 받은 기분이 안 들어."

아이리스는 낯간지러운 기색으로 수줍게 웃었다.

"뭔데? 기껏 순순히 칭찬해줬더니…… 어이쿠."

그때 두 사람의 발치에서 사가라의 육체가 움찔거리며 움직이더니, 공기가 빠진 것처럼 수축하기 시작했다.

"어? 이 녀석이었구나."

사람의 모습이 카운터 바에 있던 드레드 헤어의 점원이었다는 것에, 토라키는 눈을 부릅뜨며 놀랐다.

"전혀 그런 낌새가 없었는데."

"사정이 있어서 아미무라랑 같이 행동했나 봐. 아마, 상당히 오래 손잡고 있었어. 아미무라는 놓쳤지만, 그를 붙잡으면 조금은 정보를 알 수 있을 거야."

"그래. 그러면 완전히 헛수고는 아니었다는 거군. ……그건 그렇고."

쓴웃음 짓는 토라키의 눈동자는, 어느샌가 인간의 색으로 돌아와 있었다.

"이 녀석 입장에선 쫄게 만들려고 늑대인간이 된 거겠지만, 변신 안 하는 편이 여유롭게 이길 수 있었다는 걸 알면 어떤 표정을 지을까?"

"그건 말하지 마."

아이리스가 얼굴이 빨개졌다.

"뭐 일단은 서로 무사해서 다행이네."

토라키가 허리에 손을 올리더니, 본래 온 방향을 돌아보았다.

"그럼, 어떻게 지상으로 올라간다. 아마 진작에 라이브 하우스는 소방관이랑 경찰이 들어왔을 테니까. 내 능력도 이제 곧 한계고……."

"글쎄…… 아."

아이리스도 데우스크리스를 소매 안으로 넣으면서 퍼뜩 말했다.

"그 화재는 대체 어떻게 된 거야? 설마 유라, 정말로 불을 붙인 건 아니지?"

"때린다."

"그, 그치만 이런 타이밍에 그런 일이 일어나다니, 아미무라가 우리들의 움직임을 감지한 게 아니면 대체 누가……."

"그 오만함. 그야말로 성십자 교도가 할 법한 말이군요."

토라키도 아이리스도, 그리고 아미무라도 사가라도 아닌 목소리가 긴 통로에 울렸다.

곧장 반응한 토라키와 아이리스가 바라보는, 쓰러진 사가라의 몸 너머.

손에 철컥철컥 소란스러운 소리를 내는 새장을 든, 기모노 차림의 여성이 서 있었다.

"당신……은……."

아이리스는 그 여성을 본 기억이 있었다.

전에 만났을 때도 좁은 통로였다.

그때와 다른 것은 여성이 손에 들고 있는 새장과, 그녀가 등에 지고 있는 일본도의 존재.

"나카우라 수녀에게는 일이 거칠어지지 않도록 해달라고 부탁을 했는데…… 결국은 주둔지의 기사장 클래스. 본부의 명령은 거스를 수 없었다는 걸까요?"

여성이 한 걸음 앞으로 나섰다.

그것만으로 아이리스는 무심코 한 걸음 물러섰다.

사가라하고는 전혀 다른 이질적인 존재감과 압력.

어째서, 선샤인60에서는 이 기이한 기척을 눈치 못 챈 것일까?

"그렇군요. 감각은 제 몫을 하는 거군요."

그리고 여성은, 아이리스가 이미 그 기이한 기척을 느낀 것을 깨닫고 있었다.

"뭐 암십자의 성무에 대해서는 여기서 뭐라고 해도 어쩔 수 없겠죠. 어쩔 수 없지만, 그래도 용서하기 어렵군요……."

아이리스는 등골이 오싹해져서, 탄환이 안 들어 있는 데우스크리스를 여성에게 겨누었다.

사가라의 발톱이나 송곳니하고는 전혀 다르다.

단 한 번 눈을 깜빡이는 사이에 칼날을 심장에 찔러 넣을 것 같은, 그런 공포가 아이리스를 덮친 것이다.

그리고 쏘아내는, 칼날의 언령.

"당신들의 그 역겨운 성무에, 제 사랑하는 토라키 님을 끌어들이다니, 만 번 죽어 마땅해요."

"…………어?"

미약한 정적 사이로 흐른 것은, 그녀가 손에 들고 있는 새장 속의 소리뿐이다.

자세히 보니 새장 안에는 그 아미무라가 변신한 쥐가 있었고, 새장의 빛은 어슴푸레한 이 지하 통로 안에서도 확실하게 은색의 빛을 뿜고 있는 걸 알 수 있었다.

"제사랑하는토라키님?"

방심할 수 없는 상대에게서 터무니없는 일본어가 튀어나오자, 아이리스는 일본어 능력이 상실된 것처럼 기모노 여성과 토라키를 번갈아 보았다.

토라키는 진심으로 싫다는 듯 표정을 찌푸리면서, 그 자리에서 머리를 감싸 쥐었다.

"네. 저와 토라키 님은, 피보다도 짙은 인연으로 맺어져 있답니다."

"너 말야. 그 흡혈귀 개그, 재미없으니까 관두라고 몇 번 말하냐? 미하루."

드디어 그제서야, 토라키가 입을 열어서 여성의 이름 같은 단어가 나왔다.

토라키와 이 미하루라는 여성은, 아는 사이인 걸까?

"토라키 님에 대한 저의 종족을 넘은 사랑의 증거라고 언제나 말씀 드리고 있잖아요?"

"……저기…… 유라…… 어떻게 된 거야? 누구야?"

방심할 수 없는 기척을 뿜어내고 있지만, 아무래도 이야기의 전개가 삐딱하게 이상하다.

등에 진 칼로 지금 당장이라도 공격할 것 같지도 않았기 때문에 토라키에게 물어보자…….

"이래서 서양인은 꼴 보기 싫어요. 대체 누구 허락을 받고서, 토라키 님을 그렇게 부르는 거죠? 용서 받을 수 없는 행위랍니다?"

미하루라고 불린 여성에게서, 여태까지 느낀 것 중에 최대의 노여움이 아이리스에게 향했다.

"토라키 님. 그 여자는 토라키 님의 평온을 흩어놓는 적입니다. 신의 이름을 내세우면 뭘 해도 된다고 생각하는 야만인 따위와 함께 다니면, 토라키 님에게 도움이 되지 않아요."

"……과거의 역사를 여기서 논할 생각은 없지만, 남의 신앙에 상당히 잘난 듯 말을 하는 당신은 대체 얼마나 높으신

분인 거야?"

자신의 일본어 능력이 허용하는 한 최대한의 비아냥을 듬뿍 담아서 물어봤을 때였다.

토라키의 등 뒤 쪽에서 수많은 사람이 소란스럽게 대화하는 기척이 느껴졌다.

아마도 라이브 하우스에 돌입한 소방관과 경찰이 이 지하 통로를 발견했을 것이다.

"이대로는 귀찮아지겠어요. 그 여자는 어떻게 되든 상관없지만, 토라키 님이 경찰에 붙잡히게 된다면 와라쿠 님께도 폐가 될 테니까요."

"어?"

뜻밖의 이름이 나왔다.

"당신은 유라의 할아버님도 알고 있어?"

자신도 만난 적이 있는 토라키의 가족의 이름이 나오자 놀라는 아이리스에게, 이번에는 미하루가 놀라는 기색을 보였다.

"할아버님? 당신, 무슨 말을 하는 거죠?"

"어, 그, 그치만, 와라쿠라고……."

"……하하아아앙, 흐응, 그런가요. 헤에에에."

그러자 미하루는 뭔가를 깨닫고 씨익, 뭐라 표현하기 어려운 승리를 뽐내는 웃음을 짓지 않는가?

"당신은, 토라키 님에 대해, 아아아무것도 모르는 거군요?"

"……무슨 뜻이야?"

뭘로 승리를 뽐내는 건지는 모르겠지만, 바보 취급 받는 건 알 수 있었다.

"와라쿠 님은, 토라키 님의 할아버님이 아니세요. 와라쿠 님은 틀림없이, 토라키 유라 님의 동생이십니다."

"어?"

아이리스가 숨을 삼켰다.

"동……생? 무슨, 뜻이야?"

"당신도 토라키 님께 들러붙은 수도기사라면, 토라키 님이 흡혈귀가 된지 오래되었다는 것은 알고 있겠죠?"

미하루는 못난 학생을 타이르는 교사처럼, 차근차근 말을 자아냈다.

토라키로서는 등 뒤에서 점점 경찰 같은 목소리가 들리고 있으니, 그런 얘기는 장소를 바꾸고 나서 하자고 하고 싶었다.

그러나 흥이 오른 미하루는 자기가 하고 싶은 대로 할 때까지 멈추지 않는 것을, 토라키는 잘 알고 있었다.

"와라쿠 님은 토라키 님이 흡혈귀가 되신 뒤부터 계속해서 오랫동안, 형님을 지탱해 오신 분이랍니다. 그리고……."

미하루는 의기양양하게, 자신의 목에서 작은 목걸이를 꺼냈다.

일본식 전통 복장에 목걸이를 안 하는 것은 아이리스도 알고 있었지만, 그래도 아이리스는 미하루가 목에 건 그것을 본 적이 있다는 걸 깨달았다.

"그거…… 유라랑 같은……."

토라키와 만난 날의 밤.

재에서 부활한 토라키의 전라에는 없었던 목걸이가, 편의점 아르바이트를 마치고 돌아왔을 때는 목에 걸려 있었던 것을 아이리스는 깨닫고 있었다.

남이 착용하는 장식품에 대해서 일일이 흥미를 가지지 않는 아이리스는, 흡혈귀가 피를 굳힌 것처럼 뒤틀린 십자 모양의 붉은 펜던트탑의 목걸이를 하고 있는 것에 대해 아무것도 캐묻지 않았다.

"저와 토라키 님은, 결코 떨어질 수 없는 운명의 붉은 실로 이어져 있답니다."

미하루의 목에 있는 것은 토라키의 것과 같은 붉고 뒤틀린 십자의 목걸이.

"……어쨌든, 미하루. 너 반대쪽에서 들어왔지? 여기 있으면 트러블이 생길 거고, 네 말대로 와라쿠한테도 폐를 끼칠 거야. 이야기는 일단 여기서 나간 다음에 해도 될까? 어차피 아까 그 화재도 너희들이 연관된 거지?"

"네. 토라키 님이 그렇게 말씀하신다면. 그 여자는 두고 가도 될까요?"

"될 리가 없잖아. 당연히 데리고 가야지. 일단은 내가 스스로 한다고 말하고 고개를 들이민 안건이야. 마지막까지 지켜볼 책임이 있어."

"알겠습니다. 토라키 님이 그렇게 말씀하신다면."

미하루라는 여성은 토라키가 하는 말은 순순히 따르는 모양이다.

“아아, 그리고 이 녀석도 데리고 갈 거야, 미하루. 이 녀석은 늑대인간이야. 경찰에 넘길 수는 없어.”

토라키가 아직도 기절해 있는 사가라의 몸을 대충 들어 올려 어깨에 들쳐 메자, 미하루는 흥미 없는 듯 고개를 끄덕일 뿐이다.

“뜻대로 하세요. 그러면 두 분 다 이쪽으로. 제 수하가 이 지하 통로의 출구를 감시하고 있습니다.”

수수께끼의 위압감을 남긴 채 미하루가 몸을 돌렸다. 그리고 마치 백주대로를 평범하게 걷는 것처럼, 사뿐사뿐 짚신 소리를 경쾌하게 울리면서 그 기이한 지하 통로를 나아갔다.

아이리스는 리베라시온과 데우스크리스를 집어넣지도 못한 채 미하루 뒤를 따르려다가…….

“그 뒤숭숭한 건 넣어주실 수 없나요? 이 앞 지상의 출구는, 평범한 상업 빌딩의 점포로 이어져 있으니까요.”

“…….”

“아니면, 제가 무서운가요? 암십자 기사단의 수도기사, 아이리스 예레이 씨.”

“……시스터 나카우라는, 당신을 두려워하고 있었어. 대체 정체가 뭐야?”

“당신의 바람을 들어주는 건 역정이 나지만, 서로 이름과 입장을 모르는 것도 귀찮군요. 길 가면서 자기소개를 하겠습니다.”

미하루는 아이리스를 보지도 않고, 세상 이야기처럼 말했다.

“제 이름은 히키 미하루. 당신과 같은 생업을, 당신보다도 훨씬 오래도록 이어받고 있는 자입니다.”

“히키, 미하루…… 히키…… 히키?! 당신, 히키 패밀리의 인간이야?!”

“역시 제 가문은 알고 있는 모양이군요. 그렇다면 일개 수도기사 따위가, 저에게 가벼운 말투를 쓰는 의미도, 알고 있는 거겠죠?”

“아이리스, 너, 미하루의 집을 알고 있어?”

“오히려 당신이 히키 패밀리와 접촉하고 있는 것에 놀라고 있어.”

아이리스는 망연하게, 미하루의 뒷모습을 보았다.

“히키 패밀리…… 일본의 팬텀…… 요귀를 토벌하고, 인간사회의 안녕을 쌓아온, 반인반요의 일족…….”

아이리스는 희미한 경외를 담아서, 말했다.

에인션트 팬텀
“미하루, 당신은…… 고요(古妖) 야오비쿠니의 피를 이은, 불로 일족의 인간이구나.”

“그 이름을 입에 담는다면, 우리 가문과 암십자 기사단의 관계성도 알고 있겠죠? 그렇다면, 섣부른 말은 하지 않는 편이, 신상에 좋답니다?”

분명히 아이리스는 『히키 패밀리』에 대해 신학교 시절에 배웠다.

미하루가 말한 것처럼, 수도기사의 입장에서 섣부른 말을 하면 아이리스와 미하루의 개인 간의 문제라고 넘길 수 없을 가능성이 있다는 것도 알고 있었다.
그러나, 그것을 모두 알면서도…….
"나 지금, 유라의 집에 신세지고 있어."
무심코 툭, 그런 말을 해버리고 말았다.
그 한 마디가 어떤 효과를 가지는지는, 그때까지 여유로운 태도로 걷고 있던 미하루가 갑자기 발을 헛디뎌 넘어질뻔한 것만 봐도 명백했다. 폭탄 발언이었다.
"어지간히도…… 어지간히도, 목숨이 필요 없어, 보, 보, 보이네요."
아이리스 자신도 어째서 자신이 그런 말을 했는지 몰랐다.
모르지만…….
"좀 봐달라고……."
귀찮다는 기색으로 어깨를 축 늘어뜨린 토라키와 미하루의 한 마디에 담긴 희미한 감정을 감지하고, 작은 만족을 느끼며 코에서 힘차게 콧김을 뿜어냈다.

제 4 장 흡혈귀는 아침형이 될 수 없다 DRACULA YAGEUN!

“그러면 토라키 님. 저 여자의 목을 쳐서 본국에 냉장배송으로 돌려보내도 되겠죠?”

“넌 또 무슨 고대 중국의 왕 같은 말을 하고 앉았냐.”

“어머나. 토라키 님쯤 되시는 분께서 공부를 좀 안 하셨네요. 고대 중국에는 냉장배송이 없었답니다?”

“냉장배송이라고 해서 그런데 유라, 냉장배송으로 온 그거, 소비기한이 별로 안 길었어. 얼른 돌아가서 먹자.”

“너도 조금은 공기를 읽고 입 다물어주지 않을래?”

“공기를 읽는다는 게 뭐야? 나 그런 일본어 몰라.”

“어머나아. 타국의 문화를 존중하지 못하는 나라 출신다운 말이네요? 말을 할 생각이 없다면 그 혀를 제가 손수 뽑아드릴 수 있는데요?”

“선진국의 부잣집 아가씨가 설마 제네바 협약도 모를 거라고 생각 못했어. 언제부터 내가 전국시대 일본에 흘러 들어온 걸까?”

“어째서 자세하게 이야기할 사전준비 삼아서 사이가 틀어지려고 하는 건지 나는 전혀 모르겠다만!”

“그야 토라키 님.”

“그야 유라.”

""이 여자랑은 사이가 좋아질 수 없으니까.""

"사이 참 좋은데."

입을 모으는 금발 미녀와 야마토 나데시코가, 남자라면 눈 돌리고 싶어지는 현실을 들이밀었다.

"결코 아무 이유도 없이 이러는 게 아니란 것은 토라키 님도 아시잖아요? 일본은 구태여 성십자 교도의 힘을 빌리지 않아도, 오랜 역사 속에서 어둠의 주민들을 제어하고 있었습니다. 다른 나라, 타인의 구역에 억지로 들어와서 제집마냥 구는 자와 사이좋게 지낼 수 없는 건 당연하지 않을까요?"

히키 미하루가 조용한 표정으로 탄식하면서 말했다 싶더라니…….

"이 정도로 많은 사람과 물건이 갖가지 방법으로 이동하는 시대에, 에도나 토쿠가와 시대에 확립된 방법을 여태까지 완고하게 지키면서 사재를 착복해온 히키 패밀리 따윈 우리들이 보기에는 마피아나 마찬가지야. 인간사회를 지킨다고 말하면서, 인간사회에 널리 알려져 있는 것도 아닌 주제에."

아이리스 예레이는 양손을 펼치고 연설을 한다.

"오래도록 이어지는 명가가 재산을 쌓는 것은 당연한 일인데요?"

"그래, 그렇겠지. 이 선샤인60에서 도쿄의 거리를 내려다보는 건 참 기분이 좋겠어."

아이리스가 가리키는 방향에는 토라키의 신장을 훨씬 넘는 창이 있고, 그 앞에는 대지에 영원히 터지고 있는 불꽃놀

이처럼 야경이 펼쳐지고 있었다.

털이 긴 융단이 깔려 있고, 고급품이라는 싸구려 말로는 표현할 수 없는 장식품들이 무수히 많다.

무엇보다도 이 층의 이 방에 오기까지, 수많은 히키 미하루의『부하들』을 보았다.

아이리스와 비슷하거나, 어쩌면 연하로 보이는 히키 미하루의 재력이 아이리스가 상상할 수 있는 범위를 훨씬 벗어났다는 걸 잘 알 수 있었다.

"이 광경은, 히키 가문이 오랜 시간에 걸쳐 일본을 지켜온 결과입니다. 우리들이 지켜온 평화로운 일본이 있기에, 당신들이 이 빌딩의 테넌트를 빌릴 수 있지 않았나요?"

암십자 기사단의 도쿄 주둔지는 선샤인60의 지하층에 세를 들고 있었다.

"비즈니스에 대해서 말할 생각은 없어. 나는 딱히 암십자 기사단의 대표자가 아냐. 다만, 의문은 해소해두고 싶어. 유라."

미하루와 명확하게 대립하고 있던 아이리스가 워어 울프와 전투를 하느라 지저분해진 옷을 입은 그대로 가죽 소파에 몸을 파묻었다. 미하루와 얕지 않은 인연이 있다고 하는 토라키는 하릴없이 방의 한복판쯤에 서 있었다.

"흡혈귀인 당신이, 어째서 히키 패밀리의 일원이랑 아는 사이야? 어떤 관계야?"

아이리스는 중량감이 있는 집무 책상에 앉아 있는 모습이 어색함 없는 미하루에게 턱짓을 했다.

“평생을 약속한 사이입니다.”

“아무 말이나 좀 하지 마라.”

“흐응. 하긴 같은 액세서리를 하고 다닐 정도니까.”

“넌 또 뭘 납득하고 있어?”

“흥.”

아이리스는 콧방귀를 뀌었다.

“그냥 아는 사이야. 첫 대면 때는 미하루가 이런 입장에 있다고 알지도 못했어.”

“……흐응.”

“아까부터 대체 왜 그러는데?”

“아냐.”

“제가 토라키 님과 처음 만난 건, 지금으로부터 7년하고도 3개월 15일 전입니다.”

“너 말야. 내가 너랑 사귀기 싫어하는 거, 그런 점 때문이거든.”

토라키의 찌푸린 표정도, 미하루에게는 그다지 효과가 없는 모양이다.

“길거리에서 불한당에게 습격 받고 있는 저를, 토라키 님이 구해주신 것이 만남의 계기였죠.”

“……흐으으응.”

“그러니까 뭐!”

“아냐. 어디서 들어본 이야기다 싶어서. 유라는 여자애만 보면 누구든지 구하는구나.”

"아니, 그거야 구해야지. 그건."

"자연스럽게 저리 말씀하시는 심성과 힘을, 그 때부터 사모하고 있습니다."

"그거, 유라가 받아들였어?"

"토라키 님이 목에 걸고 계시는 그 펜던트가, 바로 그 증거입니다."

"흐응. 내 눈에는 그다지 받아들이는 것 같이 안 보이는데."

"가엾어라. 늑대인간과 격전을 벌인 탓에 시력이 안 좋아진 거군요. 저와 토라키 님 사이는, 와라쿠 님 공인인데."

"틈만 나면 싸우려고 하지 좀 마라."

토라키는 눈두덩이를 누르면서 한숨을 쉬었다.

"나랑 미하루의 관계는 다음에 얘기하자. 야, 미하루."

"네, 뭔가요?"

"네가 붙잡은 그 흡혈귀, 양보해줄 수 없을까?"

"그럴 수는 없어요. 그 흡혈귀는 우리들에게도 상당히 폐를 끼쳤습니다. 그가 수많은 어둠 속에 사는 자를 거느리고 세상의 치안을 휘저은 탓에, 바르게 살아가는 어둠의 주민들에게 해를 끼치고 있었습니다. 그 처벌을 내려야 합니다."

토라키의 요구를 미하루는 가볍게 거부했다.

"내일 밤 경찰이 강제 수사에 들어가기 전에 확보하여, 그들이 가진 어둠의 연결고리를 조사할 필요가 있었습니다. 그 지하 통로도 파악하고 있었으니 간단히 끝날 일이었습니다만, 그쪽의 기사님 탓에 상당히 여러모로 신경을 쓰게 되었어요."

"그 화재는, 역시 너희들 짓이었구나."

"소방대원과 경찰이 도착하는 타이밍을 재고서 한 일입니다. 도망치려는 손님의 피난이 늦어진 것은, 저 기사님이 설치한 것 때문이죠?"

"미하루."

"그들에게도 좋은 약이 되지 않았나요? 한정된 젊은 시간을, 그러한 무위한 것에 더 이상 소비하지 않게 됐으니까요. 그 자들이 그들에게서 금품을 갈취하고 있었다는 건 알고 계시죠?"

"그레이 존이었어."

"그렇지 않다고 인간사회가 판단했기에, 내일 경찰이 쳐들어가게 된 겁니다. 토라키 님. 그 기사님과 함께 한 작전을 방해 받은 노여움 탓에, 본질을 조금 잘못 보고 계신 것 같아요."

미하루는 차갑게 말했다.

"규율에서 탈선하도록 유도하고, 그럴 듯한 무대장치로 정도에서 벗어나게 될뻔한 젊은이들이 눈을 뜨도록 만들어준 겁니다. 그들이 이 기회에 조금이라도 사리분별을 거듭하는 것을 익힐 수 있기를, 절실히 바라고 있습니다."

"우리가 없었어도, 부상자가 나왔을지도 몰라."

"제 수하들을 잠입시켜 두었습니다. 만에 하나라도 그건 있을 수 없어요. 실제로 토라키 님. 당신이 기절시킨 흡혈귀의 권속도 저희들이 이미 보호했습니다."

"……."

토라키는 빌딩과 빌딩 사이에 숨겨둔 그 남자를 그제야 떠올렸다.

"서양에서 온 내객은, 예로부터 병원균만 제거하려고 합니다. 참으로 난폭한 방식이죠. 그토록 사회에 깊이 뿌리를 내린 자에게는, 그에 따른 대처법이 있는 것입니다."

"우리들도 아미무라의 배후를 조사하려고 준비했어."

"그런 것치고는, 늑대인간의 존재를 모르고 있더군요. 그 조직에서는 머리만 절개하고서, 남은 팔다리를 어떻게 할 셈이었나요?"

"……윽."

아픈 곳을 찔리자, 아이리스는 말을 끊었다.

"그가 없어지면, 그의 수하들이었던 어둠의 주민들이 갈 곳을 잃고 새로운 위협으로 성장할지도 모릅니다. 그래서는 문제의 근본적인 해결이 되지 않아요. 병은 원인이 아니라 둥지입니다. 퇴치를 해야 하죠. 그리고 딱히 죽이는 것만이, 유일한 치료 방법이 아니에요."

미하루가 말하더니, 방의 한쪽에 걸어둔 세계지도를 가리켰다.

그 세계지도는 일반적으로 보는 태평양을 중심으로 한 것이 아니라, 아이리스의 고향인 영국을 중심으로 그려진 것이었다.

그 지도에서 일본은 오른쪽 끝.

오래 전의 세계에서 『극동』이라고 불리는 장소에, 작게 그려져 있었다.

"궁지에 몰린 자들이 취하는 행동은 마지막에 반드시, 자신과 주위를 끌어들이는 파멸로 이어집니다."

아이리스와 별 다를 바 없는 연령의 여성은 자신의 등 뒤에 세계지도를 지고서 말했다.

"일본은 오랜 옛날부터, 당신들 유럽인이 몰아세운 어둠의 주민들이 마지막으로 도달하는 안식의 땅이었습니다. 사냥해도 사냥해도 계속해서 계속해서 흘러 들어오죠. 그런 상황에서, 하염없이 그들이 살아갈 권리를 빼앗기만 하면 어떻게 되는지, 이해하고 있나요?"

어둠이 주민들. 팬텀의 수가 어느 일정한 수에 이른 시점에서, 기존의 사회를 전복시킬 수 있는 봉기가 일어날 위험이 늘어난다.

"그렇기에 일본에서는, 예로부터 어둠의 주민들을 『퇴치』 혹은 『조복(調伏)』해왔습니다. 그들을 계속 죽일 필요가 없도록. 서로의 영역을 지키면 이 땅에서 안온하게 살아갈 수 있도록. 서로 죽고 죽이지 않도록. 이 지도는……."

미하루는 자신의 가슴을 강하게 두드렸다.

"불사의 인어 고기를 먹고, 사람이면서 어둠의 주민과 같은 목숨을 가지게 된 우리 일족의 조상, 야오비쿠니의 의지를 이은 우리들 일족의, 세계의 빛과 어둠을 아우르겠다는 결의의 증거입니다."

"……."

"나카우라 수녀에게는 흡혈귀 아미무라에게 손대지 말라고 못을 박아 두었습니다만, 받아들여주지 않은 모양이라 유감이군요."

"……당신들의 『통치』를 받아들이지 않은 팬텀…… 어둠의 주민들은, 어떻게 되는 거야?"

"언젠가 우리들의 손으로 멸하게 되겠죠. 사회의 질서를 휘젓는 자가 제거되는 것은 당연합니다. 설마, 역사적으로 『팬텀』을 일방적으로 처단해온 성십자 교도가 우리들의 방식을 부정한다고 하는 건가요?"

"……그래. 그렇네. 분명히 당신 말이 맞아."

"아무래도, 인간사회는 점점 이 별이 좁아지고 있으니까요. 우리들도 국제교류를 위해서, 암십자 기사단과 교류를 하고 있습니다. 그렇지만 나라와 땅의 특성에 따라서 대응해주지 않을 것은 진작에 알고 있었어요. 그러니 당신도, 칸사이 방면에 출입하는 것은 엄격하게 제한되고 있죠? 히키의 본가는 교토에 있으니까요."

교토.

고대로부터 왕을 지키는 도시로서 발전하고, 수많은 어둠의 주민과 싸워온 일본에서 손꼽히는 성도다.

"그렇게 됐으니, 흡혈귀 아미무라의 신병은 우리들이 관리하겠습니다. 부디 당신은 나카우라 수녀에게 돌아가서, 저에게 가로채였다고 보고해주세요. 그녀도 제가 상대라는 걸 알면 납득할 겁니다."

입 다물어 버린 아이리스는 힘없이 소파에 몸을 맡겨 버렸다.

미하루가 하는 말은 토라키도 훨씬 예전에 들은 말이다. 지금 토라키가 이렇게 태평하게 아이리스와 함께 돌아다니고, 편의점에서 알바 따위를 할 수 있는 것도 미하루의 힘에 의지하는 면이 크다.

"……미하루."

"뭔가요? 아무리 토라키 님의 부탁이라도 이것만큼은……."

"아미무라 붙잡는 임무가 성공하면, 아이리스가 내 집에서 나가게 되어 있거든."

"당장에 그 흡혈귀를 포장해서 넘겨드리겠어요."

불사의 인어 고기를 먹은 여자의 자손은 손바닥 뒤집기 요괴라는 별명이 있을지도 모르겠다.

"아이참. 토라키 님도 참 짓궂으셔요. 그렇다면 그렇다고 말씀을 해주시지."

"너희들이 나를 빼놓고 멋대로 외교적인 싸움을 시작했잖아."

"그야, 저를 제쳐두고 여성을 집에 들이시다니, 저는 깜짝 놀라 버려서……."

뻔뻔스레 말하는 미하루에게 씁쓸한 감정을 느끼면서, 토라키는 고개를 숙였다.

"미안, 빚을 졌네."

“이건 꽤 비싼 빚이랍니다? 냉장배송으로 댁까지 보내겠어요.”

“부탁이니까 죽이지는 말고. 그리고…… 아이리스.”

입을 다물어 버린 아이리스의 어깨를 토라키가 살짝 건드렸다.

“돌아가자. 얘기 끝났어.”

“…….”

아이리스는 대답도 없이 일어서더니, 융단을 주저 없이 짓밟으면서 토라키도 미하루도 보지 않고 나가 버렸다.

“……미하루.”

“저 정도로 말하지 않으면, 이해를 못하니까요.”

“저걸 내가 케어해야 되거든?”

“토라키 님은 상냥하신 분이니까요. 그녀는 분명, 요전에 재가 되었을 때 알게 되었겠죠? 저를 만났을 때처럼.”

“……갈게. 결과적이지만, 신세 졌다.”

아이리스를 따라 방을 나서려는 토라키의 등에, 미하루의 목소리가 매달렸다.

“토라키 님. 배송품에『그녀』에 관한 정확도 높은 정보를 첨부하겠습니다. 와라쿠 님께도, 표현을 바꾸어 같은 것을 이미 보냈습니다.”

“윽!”

토라키는 숨을 삼키고 멈춰 섰다.

“물론, 홀로 어떻게 하실 수 있을 거라 생각하진 않습니다만.”

"아무것도 안 하면, 너희들이 대응할 건가?"

"아뇨. 부끄럽지만 저희들도 『그녀』에게 대응할 수 있는 상황이 아닌지라, 손대지 않기로 결정됐습니다. 그렇기에 와라쿠 님께 추적을 부탁드린 것이죠."

"그래."

"토라키 님. 토라키 님의 『시간』에 누구보다도 함께 할 수 있는 것은, 저 말고는 달리 없습니다. 부디 잊지 마세요."

"만날 때마다 하는 말인데 잊을 수가 없지. 간다."

토라키는 어깨를 으쓱거리고, 가볍게 손을 흔들더니 이번에야말로 방을 나섰다.

미하루는 열려 있는 문을 바라보며, 재미없다는 기색으로 입을 삐죽거렸다.

"평소보다 더욱, 매정하시네요."

아이리스는 엘리베이터 홀에서 토라키 쪽을 보지 않고 기다리고 있었다.

토라키는 아이리스가 입을 열기 전에 선수를 쳤다.

"납득이 안되겠지만, 그 자리에서는 최선의 수였다는 걸 이해해줘. 미하루는 방심할 수 없는 녀석이야."

"……."

아이리스는 기분 틀어진 표정을 유지하며 대답하지 않았다.

엘리베이터가 도착하여 그대로 둘이서만 내려가는 동안에

도, 분위기는 팽팽하다.

"……야, 아이리스."

"비밀로 하고 있던 건 서로 마찬가지네."

"응? 아, 그래."

"딱히 당신이랑 나는 동료도 친구도 아니고."

"뭐 그렇지."

"하지만, 내가 공을 양도 받고서 기뻐하는 사람이 아니라는 것 정도는, 이해하겠지?"

"뭐 그런 녀석 별로 많지 않을 테니까."

"하지만 나는 당신에게 큰 빚이 있어. 돈도 갚아야 하고."

"안 잊어서 다행이네."

"그러니까…… 아주아주 열 받았다는 것만 기억해둬!"

마침 그때 1층에 도착했다.

"이게 뭐야! 새까맣잖아!"

"심야니까 당연하지. 여기는 직원용 통로고."

아이리스는 어깨를 들썩이면서 불평을 하더니, 엘리베이터를 한 걸음 나서자마자 좌우로 길게 이어지는 넓은 통로에서 멈춰 버렸다.

"어느 쪽으로 가면 나갈 수 있는데!"

"이쪽이야."

"뭐야! 이 시간에 몇 번이나 왔었던 거야!"

"이 시간에만 올 수 있잖아."

기분이 틀어지다 못해 꼬여 있는 아이리스를 이끌고, 토라키는 선샤인60에서 밖으로 나왔다.

선샤인60에서 조우시가야까지는 어른의 걸음으로 여유롭게 걸어갈 수 있는 거리지만, 아무래도 지친 몸을 이끌고 기분 틀어진 아이리스와 함께 느릿느릿 돌아가는 건 너무 귀찮다.

택시를 잡으려고 주위를 둘러보는데…….

"그래서?!"

아이리스는 배배 꼬인 기분을 그대로 목소리에 실어서 말했다.

"응?"

"나는 뭘 도우면 되는데!"

"뭐?"

표정과 말이 들어맞지 않는다.

"그 아니꼬운 여자한테, 무슨 정보를 받았잖아! 게다가 그 여자가 손대고 싶지 않다고 생각하는 정보를! 그거 당신이 찾고 있다는 흡혈귀 말하는 거지!"

"……아아, 그건, 뭐…… 그렇긴 한데."

토라키는 애매하게 수긍하고서 어째서 알았느냐고 물어보려고 했는데 아이리스가 외쳤다.

"자기에 대해서 하나도 말을 안 했던 당신이 유일하게 말한 게, 그거니까 그렇지!"

토라키는 찾고 있는 흡혈귀가 있다.

분명히 아이리스에게, 그것을 말한 적이 있었다.

"그 여자가 뛰어난 실력자라는 건 알겠어. 그런 여자가 싫어할 법한 안건에 혼자서 갈 셈이야?!"

"그~게…… 그러니까 너."

토라키는 쓴웃음을 지으며 물었다.

"설마, 도울 셈이야?"

"열 받는 여자한테서 공을 양도 받지 않으면 자기 임무 하나도 제대로 못하는 수도기사라도 괜찮다면!"

"아~ 그건 좀 봐줄 수 없을까?"

"어째선데!!"

"왜냐면 너, 인간이니까 죽잖아."

"……."

"내가 찾고 있는 흡혈귀는 나보다도 압도적으로 강해. 더욱이 말하자면, 오코노기나 아미무라 따윈 상대도 안 돼. 아마 단순히 순수한 힘만 따져도 그 늑대인간도 비교가 안 될 거야."

"뭐? 흡혈귀가? 농담이지? 초능력이 강해도, 그 정도 힘이 있는 흡혈귀는 들어본 적이 없어."

"나도 미하루랑 만난 뒤에나 알았는데, 녀석은 몇 안 되는 예외야. 너희들 성십자 교도들 사이에서는, 미하루의 선조인 야오비쿠니랑 마찬가지로『고요』라고 불리는 흡혈귀라던데."

"『고요』흡혈귀?! 그런 건 그야말로 전설이나 신화 같은 얘기잖아! 1대 1로 싸울 상대가 아냐! 그야말로 기사단을 총동원해서 싸우는 상대야!"

"그래. 그러니까 네가 도와줄 일은 아니지."

"그렇잖아도 짜증나 있는데, 그렇게까지 주저 없이 말하니 분노를 넘어서 후련해지네."

"미안해. 다만 너, 인간 남자가 얽히지 않으면 약한 거 아니잖아. 그러니까 괜히 더 내 귀찮은 일에는 끌어들일 수가 없어."

"나는 이 정도로 당신을 귀찮은 일에 끌어들였는데?"

"미안하지만 트레이드가 성립 안 될 정도로 레벨이 달라. 뭐 그렇네."

토라키는 조금 생각하고서…….

"내일 아침밥이라도 만들어줘. 너를 열 받게 한 분량을 빼고서, 그걸로 청산하자."

"장난치는 거야?"

"응……. 뭐 글쎄. 그럼 한 가지 부탁하자."

정면으로 실력 부족이라고 잘라 말하는 대신에 부탁할 것을 준비한다.

"뭔데?"

희미하게 기대의 표정이 떠오른 아이리스에게, 토라키는 어떤 의미로 대단히 잔혹한 대안을 제시했다.

"아마 나는 죽거나, 최소한 몇 년은 행방불명 될 거야. 그러니까 이튿날 아침까지 내가 집으로 돌아오지 않으면, 와라쿠랑 미하루에게 그렇다고 연락해줘."

"……무슨 뜻이야?"

아이리스가 험악한 표정이 되었지만, 토라키는 진지하게 응하지 않았다.

"그리고, 뭐냐. 죽었을 경우에 대비해서, 나를 기억해주는 녀석이 많으면 좋겠지. 그러니까, 대단한 에피소드도 없지만, 돌아가면 내 옛날 얘기나 좀 들어줘. 택시 안에서 할 수 있는 얘기도 아니니까."

"유라…… 그건."

"아이리스, 나는 인생의 태반을 말이지……."

마침 택시가 와서, 토라키는 말하며 손을 들었다.

"인간으로 돌아가고 싶다. 인간으로 돌아가고 싶다. 그것만 생각하면서 살아왔어. 흡혈귀로서 살아온 시간이, 훨씬 훨~씬 긴데도 말이지."

※

아이리스는 희미하게 햇빛이 들어오는 이미 익숙해진 어슴푸레함 속에서 첫날부터 멋대로 방에 가지고 들어온 트렁크를 정리하고 있었다.

그러나 별로 어질러 놓은 것도 아닌데 정리가 진행되지 않고, 때때로 손을 멈추고 암흑을 밀폐한 욕실의 문을 보게 된다.

귀를 기울이면 평범한 사람과 다를 바 없는 숨소리가 희미하게 들리는 것을 깨달은 것은, 이틀째 아침이었다.

저 기묘한 흡혈귀가 얘기해준 반생에 관한 것은 결코 많지 않았다.

오히려 이야기해준 것 대부분이 동생인 토라키 와라쿠에 대해서였다.

토라키 유라는 올해로 77세가 된다.

태평양 전쟁 뒤, 아직 전쟁의 피폐함에서 빠져 나오지 못한 토호쿠 지방의 가난한 마을 출신. 도쿄에서 식량을 사러 왔다고 위장하여 나타난 여자 흡혈귀를 아버지가 집으로 들였기 때문에, 그 손에 걸려 12세에 흡혈귀가 되었다.

그 다음에는 하염없이, 흡혈귀로서 가족의 보호를 받았다.

유라와 와라쿠의 모친은 전쟁에 징집된 아버지가 돌아오는 걸 기다리지 못하고, 병을 얻어 죽고 말았다.

다행히 아버지는 소집이 늦었기에 일본에서 나가지 않고 돌아왔지만, 전후의 혼란기에 남자 혼자서 어린 아이 둘을 부양하는 고생은 필설로 형용하기 어려운 것이었으리라.

유라를 바꾼 흡혈귀는 그 아버지를 죽이고, 이제 막 일곱 살이 된 와라쿠만 태양이 비치는 세계에 남겼다.

토라키 형제의 행운은, 노동력이 못 되는, 게다가 사람이 아닌 이형이 되어버린 아이를 정성스레 보호해주는 친척이 있었던 것이다.

그 흡혈귀를 도쿄에서 데리고 온 것이 유라와 와라쿠의 백부에 해당하는 인물이었고, 아버지가 징집된 사이에는 유라와 와라쿠를 제 자식처럼 공평하게 키워주었다.

여자 흡혈귀의 용모는 사람과 다를 바 없고, 무엇보다도 아름다웠다.

돌아온 동생이 어린 아들 둘을 끌어안고 홀아비가 된 것을 안쓰럽게 생각하여, 백부가 그녀를 토라키 가족에게 소개해 주었다.

기품 있고 아름다운 그녀를 토라키 가족은 쉽사리 받아들여 버렸다.

유라와 와라쿠도 낳아준 어머니를 잊지는 않았다. 하지만 고생하는 아버지를 지탱해줄지도 모르는 그 여성을, 새로운 어머니로서 사랑하고자 결심했다.

그러나 그 마음은 간단히 배신당했다. 어느 밤, 여자는 본성을 드러내 유라와 와라쿠의 아버지, 토라키 쇼조의 목덜미를 물어뜯고 유라의 목에도 송곳니를 박아 넣었다.

모든 것이 끝나고 와라쿠가 백부의 집으로 도망쳐, 백부도 사태를 알게 되었다.

백부가 사태를 알고서 지독한 책임을 느낀 것이 토라키 형제에게, 어떤 의미로 행운이었다.

그 뒤로 유라는 하염없이 가족의 보호를 받으며 자랐다.

백부의 배려를 받아 야간 중학과 고교를 졸업한 다음에는, 백부의 집에서 농업을 도우며 동생인 와라쿠를 보살폈다.

와라쿠는 목숨을 걸고 미래를 버리며 자신을 사람으로 남겨준 형에 대한 은혜를 갚고자, 형을 인간으로 되돌릴 방법을 계속 찾아 헤맸다.

뜬구름 잡는 것 같은 이야기였지만, 토라키 형제가 할 수 있는 것은 유라를 흡혈귀로 바꾼 여자 흡혈귀의 행방을 찾는 것뿐이었다.

"어째서 그럴 필요가 있었어?"

아이리스의 물음에 토라키의 대답은 간결했다.

"나를 흡혈귀로 바꾼 여자가 그렇게 말했어. 또 다시 태양을 보고 싶다면 자신을 좇으라고. 무슨 의미가 있을 거라고 생각했지. 안 그러면 아버지를 죽이고 내 피를 빤 주제에, 와라쿠 혼자만 남겨둔 의미를 알 수가 없어."

토라키 유라의 몸이 흡혈귀로 변모한 눈 내린 밤.

토라키 가족을 파멸시키고 유라에게서 태양을 빼앗은 여자는 눈 위에서 발자국도 남기지 않고 밤의 어둠 속으로 사라졌다.

『나를 좇으렴. 유라. 와라쿠.』

시간과 세계가 갈라져버린 형제에게, 저주의 말만 남기고.

『흡혈귀가 인간으로 돌아가는 방법은 오로지 하나. 자신을 바꾼 흡혈귀의 피를 자신의 송곳니로 빼앗는 것.』

그리고. 그 뒤로 65년.

"와라쿠는 대학을 졸업한 뒤에 경찰 관료가 됐고, 녀석의 정보를 필사적으로 모아줬어. 내가 포기하려고 할 때도, 그 녀석은 포기하지 않았지."

와라쿠는 지금 자신이 이렇게 햇빛 아래를 걸을 수 있는 건 형 덕분이라고 언제나 말하며, 자기 인생의 시간을 대부분 형을 위해 썼다.

"결국에는 장남까지, 자기 뒤를 이어서 기어코 경찰 관료로 만들어 버릴 정도로 말이지."

와라쿠는 24세에 결혼하여 1남 1녀를 얻었다. 유라에게는 조카들이다.

"요시아키도 에츠코도, 어렸을 때는 정말로 귀여웠지……. 지금은 둘 다 겉으로 보기에는 나보다도 훨씬 연상의 아저씨 아줌마가 됐지만."

와라쿠의 아내도, 그리고 아들과 딸도, 와라쿠의 강한 의지와 교육을 통해 흡혈귀라는 이질적인 존재인 유라의 진실을 알고서도 따스하게 대해주었다.

와라쿠의 아내 키미에도, 그리고 조카인 요시아키와 에츠코도, 지금 자신이 이렇게 행복한 것은 유라가 와라쿠를 지켜준 덕분이다라고 망설임 없이 말하고, 언제나 그 은혜를 갚고 싶다고 말했다.

"그게 무거워서 말이지. 미안하기도 하고."

와라쿠가 은퇴할 나이가 되었을 때, 토라키는 그때까지 신세를 지고 있던 와라쿠의 집을 나왔다.

와라쿠는 이미 충분히 자신을 지탱해 주었다. 여생은 부디 가족과 행복하게 보내길 바란다고, 진심으로 기원했다.

왜냐하면 와라쿠가 은퇴한 그 해, 와라쿠의 아내 키미에가 암으로 죽었기 때문이다.

토라키는 동생의 인생에서, 지킨 것의 무게를 빼앗은 것의 무게가 넘어선 것을 무시할 수 없었다.

와라쿠는 자신이야말로 형에게서 인생을 빼앗은 결과 오래 살게 됐다고 말했다. 그러나 유라는 키미에의 장례식이 끝난 뒤 그녀의 묘 앞에서, 커다란 은혜를 받고서도 장례식에도 참가하지 못한 것을 사과한 뒤 와라쿠의 반대를 무릅쓰고 집을 나왔다.

자기 혼자서 살아갈 수 있다는 것을 증명하기 위해서.

그리고 더 이상, 와라쿠의 핏줄에 자신의 그림자를 드리우지 않기 위해서.

"와라쿠는 이제, 슬슬 내가 자기 목숨을 구해줬다고 생각하는 걸 관둬야 해. 나는 그 녀석의 목숨을 구한 게 아냐. 그저, 그 흡혈귀가 와라쿠를 봐줬던 것뿐이지."

한 번은 새로운 어머니로 생각했던 상대에게 인생을 빼앗긴 형제가 쌓은 역사를, 아이리스는 그저 입을 다물고 계속 듣는 수밖에 없었다.

"녀석은 내 앞에 세 번 나타났어. 그 때마다 격퇴 당했지. 5년 전에 만났을 때는 상당히 위험했어. 반년 가까이 재가 되어 있었으니까."

"그, 그렇게 오래 재가 되고서도, 살아날 수 있구나."

그 이야기에는 역시 아이리스도 한 마디 안 할 수 없었다.

"나도 놀랐어. 와라쿠랑 미하루 말로는, 밭에 비료 삼아서 뿌렸다고 하던데."

"에엑?!"

대체 어디 사는 누가 흡혈귀의 재를 밭에 뿌리는 행위를 했는지, 아이리스는 도무지 상상도 할 수 없었다.

"뭘 키웠는지는 모르지만, 분명히 맛은 없었을 거야."

그런 문제도 아니다.

"뭐 이렇게 말하면 농담처럼 들리겠지만, 어쨌든 나는 그 녀석에게 매번 살해당했어. 다음에 녀석에게 져서 재가 되면, 이번에야말로 죽을지도 몰라. 뭐 그렇게 되면 그걸로 충분하겠지, 이제 어쩔 수 없다 싶을 정도로 오래 살았으니까."

토라키는 금방 진지한 표정을 지었다.

"나도 흡혈귀로서는 강한 부류에 들어간다고 생각하는데, 그래도 할 수 있는 일은 오코노기나 아미무라랑 크게 다르지 않아. 이런 나를 만든 녀석이니까. 모든 면에서 나를 압도적으로 능가하고 있지."

토라키는 그렇게 말하더니 차분하게 일어서서 현관으로 갔다.

현관을 열자, 두 사람이 돌아왔을 때는 없었던 골판지 상자가 있었다. 안에서 작은 생물이 부스럭거리며 화려하게 움직이고 있었다. 토라키는 그 위에 놓인 봉투만 손에 집어 돌아왔다.

아이리스도, 딱히 상자는 신경 쓰지 않았다.

"미하루 녀석, 솜씨가 좋네."

토라키는 봉투 안을 살펴보면서 사진 한 장을 아이리스에게 내밀었다.

“내일 모레, 그 녀석이 오랜만에 일본으로 와. 요코하마 항에 호화여객선으로 온다는군. 참나, 흡혈귀 주제에 우아하게 여행이나 하다니.”

아이리스가 받은 사진은 일본이 아닌 어느 나라 거리의 오픈 카페였고, 차를 즐기는 젊은 여성이 망원 렌즈로 찍혀 있었다.

“유라. 이건 대체 뭐야? 정말로 이 여성이 흡혈귀야?”

그 사진을 보고, 아이리스는 금방 기묘한 것을 깨달았다.

토라키도 아이리스가 그걸 깨달은 것을 이해했다.

“그래. 그 녀석은 나랑 와라쿠가 처음 만났을 때부터 그랬어. 생각해 보라고. 백부가 아버지한테, 재혼 상대로 소개한 녀석이잖아.”

흡혈귀라는 그 여자의 모습은 한낮에 촬영되어 있었다.

“무로이 아이카. 녀석은 낮에, 흡혈귀의 힘을 잃는 대신 인간과 다를 바 없이 활동할 수 있어. 그리고 밤에는, 수백 년이나 일본에 사는 어둠의 주민들을 제어해온 히키 가문조차 두려워하는 흡혈귀가 되지.”

부잣집의 한가로운 마담이란 표현 말고는 할 수 없는 그 사진을 봐서는, 상상도 못할 이야기였다.

“그 이름도 본명인지 아닌지 몰라. 다만, 나도 와라쿠도 다른 이름으로는 부른 적이 없고, 히키 가문이 정보를 줄 때도 그 이름으로 정보가 와.”

토라키는 또 한 장, 봉투 안에서 서류를 꺼냈다.

그곳에는 문제의 여자 흡혈귀가 아니라, 두 사람이 불과 몇 시간 전까지 추적하고 있던 아미무라의 사진이 프린트되어 있었다.

“그렇군. 이 녀석도 그 여자의 헤아릴 수 없이 많은 자금원 중 하나였단 거군.”

토라키는 아미무라의 프로필, 아미무라의 밴드 이름을 가리켰다.

“룸(Room)이랑 웰(Well). 『방』과 『우물』이니까 무로이(室井)라고 쓸 수 있단 말이지. 장난하나.”

그리고 와직 손으로 움켜쥐어 구겼다.

“유라, 당신은, 그 무로이라는 흡혈귀를…….”

“그래.”

토라키는 고개를 끄덕였다.

“놈을 쓰러뜨리고, 나는 인간으로 돌아갈 방법을 찾을 거야.”

태생적인 흡혈귀가 아니란 것은 하는 말만 들어봐도 느낄 수 있었고, 실제로 인간의 혈연이 있다.

그리고 그 혈연이나, 그 밖에도 수많은 좋은 인연 덕분에 토라키 유라는 지금까지 인생을 보냈다.

“…….”

창문으로 들어오는 빛의 색이 바뀌고, 태양이 완전히 떠오른 시각이 된 것을 알 수 있었다.

도쿄는 잉글랜드보다도 훨씬 위도가 낮다. 태양이 비치는 각도도, 하늘의 색도 모든 것이 다르다.

그래도, 60년 이상『아침』을 보지 못한 인생을 아이리스는 상상도 못했다.

밤에는, 아이리스에게『공포』가 응축되어 있었다.

수도기사가 되어서, 자신의 성질을 보다 확실히 자각하게 된 뒤부터 괜히 그 경향이 강해졌다.

눈을 뜨고 밤을 보내야 했을 때, 동쪽에서 떠오르는 햇빛은 그야말로 구원으로 보였다.

"아."

햇빛이 들어오자, 어슴푸레한 현관 앞의 복도가 보였다. 욕실의 문 밖에 토라키의 빨랫감이 쌓여 있는 것을 발견했다.

토라키의 집은 해가 잘 안 들고, 게다가 세면장과 탈의실이 없다.

그런데다가 밤에만 활동할 수 있는 공동주택 주민의 숙명으로 토라키는 자택에 세탁기가 없다. 아이리스도 세탁을 할 때는 근처의 무인 세탁소를 이용하라고 들었다.

아이리스는 극히 자연스럽게 그 세탁 바구니를 들어 올리고, 현관을 나서서 문을 잠그고는 걸어서 5분 거리의 무인 세탁소를 향해 걸었다.

만난 지 얼마 안 된, 가족도 친구도 연인도 인간도 아닌 남자의 빨랫감.

물건을 살 때 점원 남성과 이야기도 못하는 자신이, 토라키 유라의 세탁물을 부탁 받지도 않았는데 세탁할 수 있다.

"유라는 질 거라고 단정하고 있는 모양이지만, 이기면, 인간으로 돌아올 수 있을 지도 모르는 거지."

이른 아침의 무인 세탁소에는 사람이 없었다. 아이리스는 가까운 한 대에 그리 많지도 않은 세탁물을 전부 한 번에 넣었다.

"만약 유라가 인간으로 돌아온다 치고……."

그것을 상상해 봤다.

오코노기도, 아미무라도, 그리고 토라키나 미하루가 두려워하는 그 무로이 아이카라는 고요 흡혈귀마저, 선입견 없이 볼 경우 외모는 보통 인간과 다를 바 없다.

그렇다면.

※

"시스터 예레이? 흡혈귀 아미무라의 임무는 어떻게……."

"시스터 나카우라! 부탁할 게 있는데요!"

"네, 네에?!"

"시스터 나카우라는 히키 패밀리의 미하루와 면식이 있죠!"

"히키 패밀리…… 미하루…… 시스터 예레이?! 설마 당신 그 여자, 히키 미하루와 접촉한 건가요?!"

"만나러 가고 싶은데, 연락처 모르시나요?!"

아이리스의 귀기 서린 모습에 나카우라는 당황하여 허둥

거렸지만, 1시간 뒤에 아이리스는 12시간 정도 만에 어제 미하루가 있던 중역실로 나카우라와 함께 안내를 받았다.

아이리스는 소파에 자리를 잡고 앉았고, 한편으로 나카우라는 다리를 모으고 무릎에 손을 대고서 뻣뻣하게 굳어 있었다.

"시, 시, 시스터 예레이. 대체 뭐가 어떻게 되어서 이런 일이…… 대체 어떻게, 히키 패밀리의 인간에게 만날 약속을 잡는 이야기가 된 건가요?"

"네. 어제 조금 다퉈서요."

"네?!"

"아미무라를 직접 체포한 건 미하루입니다."

"네에?!"

"그것을, 어느 흡혈귀의 조력으로 양도 받았어요."

"네에에에?!"

"그리고 저, 살 장소를 정했으니 나중에 집세나 조건이 맞는지 의논하고 싶어요."

"그게 지금 할 말인가요?!"

"뭘 그렇게 소란을 피우고 있는 건가요, 나카우라 씨……어머."

홀로 소란을 피우던 나카우라의 목소리가 바깥까지 들렸는지, 미하루가 표정을 찌푸리면서 들어왔다.

그리고, 나카우라 옆에 있는 아이리스의 모습을 보고 눈썹을 끌어올렸다.

“어젯밤 일의 인사와 사과를 하러 오셨다. ……는 태도는 아닌 것 같네요.”

“나 혼자서는 당신을 만날 수 없을 것 같아서, 시스터 나카우라의 이름을 빌렸어.”

“잠깐, 잠깐 시스터 에레이! 사, 상대는 히키 가문의 아가씨랍니다! 암십자의 추기경도 공경하면서 고개를 숙이는 분한테, 그 태도는 뭔가요!”

“괜찮아요, 시스터 나카우라. 저랑 나이 차이도 별로 없는, 같은 업계의 여자애니까요. 그렇죠?”

“글쎄요. 병사와 장군이 같은 군인이라고 한다면, 같을지도 모르죠.”

“이 나라에는 졸병에서 최고 사령관이 된 사람도 있었다고 들었는데, 그건 뭐 됐어. 어젯밤에는 신세를 졌어. 그리고, 짐도 무사히 받았어.”

“그런 말을 하려고 일부러 왔나요?”

“그럴 리 없잖아. 다만 조금, 당신에게 한 가지 확인하고 싶은 게 있어서.”

아이리스가 몸을 내밀었다.

“당신, 유라가 어째서 아이카 무로이를 찾고 있는지 알고 있어?”

“물론이죠.”

“그러면 어째서 협력하는 거야? 당신, 유라를 좋아하잖아?”

“…….”

미하루는 대답이 궁하기 때문이 아니라, 아이리스가 하려는 말을 추측하듯 침묵했다.

"저기…… 시스터 예레이. 대체 무슨 이야기를……."

"나는 흡혈귀가 된 사람이 인간으로 돌아왔다는 이야기를 들은 적이 없어. 하지만 만약 그게 잘 될 경우 유라는 불사가 아니게 돼. 그러면……."

아이리스가 올려다보는 미하루는, 사나운 웃음을 짓고 있었다.

"사람의 수명보다 훨씬 오래 사는 야오비쿠니의 자손인 당신과 같은 시간을 보낼 수 없게 돼. 그래도 괜찮아?"

"……아이리스 씨, 당신, 남성에게 사랑을 해본 적이 있나요?"

"있을 리 없잖아. 인간 남자는, 내겐 생물학적으로 적이야."

딱 잘라 말하는 아이리스.

그녀에게 인간 남자는 팬텀과 마찬가지로 위협에 지나지 않기 때문이다.

"그러면 모르겠죠. 사람이 사랑을 할 때, 얼마나 모순된 행동을 하는지."

미하루는 자신의 가슴에 손을 댔다.

"저 자신은, 틀림없이 18세입니다. 그렇지만 제 조모는, 200년을 살고서도 아직 혁혁합니다. 토라키 님이라면, 끝없는 수명을 가진 히키 가문의 여자와 맺어지기에 충분한 수명을 지니셨어요. 우리들의 재력이 있으면, 그 시대에 맞추어 토라키 님이 사회생활을 보낼 수 있도록 하는 것은 손쉬운 일. 하지만…….”

미하루의 웃음에 있는 것은 순수한 사랑일까? 아니면 모순을 품은 정열일까?

남성을 사랑한 적이 없는 아이리스는 판단할 수 없었다.

“사랑한 분이 바라는 것에 힘이 되어 드리고 싶다고 생각하는 것이, 어디가 이상하다는 건가요?”

“……어쩐지 저, 상당히 풋풋한 이야기에 말려든 모양이네요.”

아이리스와 미하루의 대화 사이에 나카우라가 홀로 애매한 웃음을 지었다.

“그걸 말한 것이 미하루가 아니라면, 아름다운 사랑이라고 감동할 수도 있었겠지. 하지만, 당신은 그런 사람이 아니잖아.”

“당연하죠.”

약간, 모순의 성분이 늘어난 걸까?

“무로이 아이카는 무시무시한 흡혈귀. 우리들이 아는 공통의 말로 표현하자면 전세계를 뒤져봐도 보기 드문 『고요(에인션트 팬텀)』입니다. 무로이 본인에게도 그렇지만, 무로이가 만들어낸 수많은 흡혈귀에게도, 히키 가문은 상당히 고생하고 있어요. 그러니까 저는, 토라키 님이 홀로 무로이 아이카를 쓰러뜨리고 인간으로 돌아올 거라고 생각하지 않아요.”

“유라가 상냥한 성격이라고, 제멋대로 말하는구나.”

“토라키 님의 마음과 소원에는 따릅니다. 그렇지만 토라키 님의, 사람으로 돌아가고 싶다는 바람은 분명 이룰 수 없어요. 그래서 저는, 토라키 님의 패배와, 실패와, 절망에, 제 자신의 수명으로 다가서는 겁니다. 그걸 위해서, 이 『피의 낙인』을 만들었으니까요."

미하루는 토라키와 같은 펜던트를 괜히 강조했다.

"이 피의 각인은 히키 가문에 전해지는 요귀 탐색의 비법입니다. 저를 만난 뒤로 토라키 님은 몇 번이나 재가 되었어요. 이 각인은 제 혈액으로 만들었죠. 소유자가 생명의 맥동을 잃었을 때, 히키 가문의 피가 그 장소를 짝이 되는 각인에게 알려줍니다. 이제 두 번 다시…… 그 분의 재가, 밭에 뿌려지는 일이 있어선 안 되니까요."

그러고 보니, 미하루도 그 에피소드를 알고 있었다.

"무 밭이었어요."

"그건 아무래도 좋지만, 무슨 말인지는 알았어. 그러면 하나 물어보고 싶은데."

"이래 봬도 바쁜 몸이니, 짤막하게 부탁하고 싶군요."

"내가 유라를 도와서, 그를 인간으로 되돌려도 딱히 불만은 없는 거지?"

"……하………………핫."

미하루는 깔보듯 실소했지만, 아이리스는 희미한 동요를 놓치지 않았다.

"무슨 말을 하나 했더니. 그런 잔챙이 늑대인간에게 애먹는 당신이 토라키 님을 도와봐야, 무로이 아이카를 어떻게 할 수 있다고 생각하나요?"

“그야 모르지. 유라 말로는 아무도 도운 적이 없다던데. 당신도 정보를 주기만 하고 도운 적이 없는 것 같고.”

“그, 그것은 그렇지만, 그러나…….”

처음으로 미하루가 당황한 기색을 보였다.

“됐어. 딱히 탓하는 게 아냐. 당신은 유라가 지금 이대로 있어주길 바라잖아. 하지만, 나는 달라. 그러니까 그걸 당신에게 알리고 싶었던 것뿐이야.”

“무, 무슨 말을 하는 건가요! 토라키 님과 만난 지 며칠 되지도 않은, 게다가 암십자의 수도기사가……!”

“그런 건 상관없어. 나도 당신이랑 같아. 유라가 인간으로 돌아와주길 바라는 건 나 자신의 사정이니까.”

“네에?!”

아이리스는 결코 승리를 뽐내는 것이 아니라, 어려운 표정을 지었다.

“유라 토라키는 흡혈귀지만…… 내가 어른이 된 뒤 처음으로, 아무 문제도 없이 대화가 가능한 남성이야. 그가 인간으로 돌아와주면, 내가 다른 인간 남성하고도 접촉하는 훈련이 될 거야. 그러니까 유라가 인간으로 돌아왔으면 좋겠어. 그뿐이야.”

“그런 이유로……!”

“어떤 이유든지, 그게 은인의 고민을 해결하는데 도움이 된다면 문제없잖아. 아니면 뭐? 내가 유라에게 진심으로 반하지 않으면, 그의 고민에 참견해선 안 된다는 거야?”

"그, 그건……."

"……미하루는 나를 대단찮은 기사라고 생각하잖아. 정답이야. 나는 극도의 남성 공포증 탓에 본국에서도 전혀 성과를 올리지 못해서, 일본으로 좌천된 낙오자야. 그런 내가 유라를 도와 봐야, 유라의 걸림돌밖에 안 되어서, 결국 유라는 인간으로 돌아오지 못한다. 당신은 그거면 되잖아. 무슨 문제 있어?"

당당하게 자학하는 아이리스였지만, 그래도 그 표정은 자신이 가득했다.

"그런 내가…… 유라도 깔보면서 협력을 거절한 내가 이렇게 자신만만한 데는, 그만한 이유가 있어. 이래 보여도, 여성이랑 팬텀한테는 강하니까."

"하, 하지만 상대는 고요입니다! 어중간한 실력으로는 격퇴를……!"

"그러니까 내가 격퇴를 당한다고 해서, 당신한테는 아무것도 나쁠 거 없잖아. 그러면, 실례했어. 오늘은 또 가볼 곳이 있으니까, 좋은 소식 기다려줘."

"자, 잠깐 기다리세요! 꽤나 자기 하고 싶은 말만 늘어놓는군요! 기다리세요!!"

재빨리 물러가는 아이리스를 따라서, 미하루도 황급히 뛰쳐나갔다.

그리고 홀로 남은 나카우라는…….

"대체 무슨 일인 걸까요……."

처음부터 끝까지 이야기를 소화하지 못하고, 기어이 방에 홀로 남겨져 버렸다.

※

“토라키, 잠깐 괜찮아?”

심야 시간에 들어가기 전인 오후 11시 휴식 시간.

무라오카가 진지한 표정으로 직원실에 들어왔다.

“네, 뭔가요?”

잡지를 읽고 있던 토라키가 고개를 들자, 무라오카가 의문스런 표정을 지으며 뜻밖의 인물을 들였다.

“……아카리.”

“안녕하세요.”

목 주변에 붕대를 감고 있는 아카리가 진지한 표정으로 나타났다.

아카리의 손에는, 토라키도 아는 근처의 케이크 가게 상자가 있었다.

“딸이, 토라키랑 토라키의 여친한테 인사를 하고 싶대서.”

토라키는 잡지를 내려놓고, 신중하게 무라오카와 아카리의 모습을 관찰했다.

“……그 뒤에, 아빠랑 이것저것 얘기했어. 아, 이제 목은 괜찮아.”

그리고, 아카리가 말을 꺼냈다.

그러니까, 무라오카는 이미 그날 일을 파악하고 있다는 것이다.

그리고 그것은 즉, 구급대원이 무사히 그때 건넨 무라오카의 연락처로 연락을 했다는 것이기도 했다.

"딸한테 이것저것 듣고서 놀랐어. 토라키한테, 모르는 사이에 도움을 받은 것 같네."

"……아니, 그건 아니죠. 우연입니다."

"여친도 굉장히 잘해줬다고 들었어."

"같이 동영상이나 봤다고 들었는데요."

"나는 지난 몇 년, 딸이랑 일기예보조차도 못 봤어."

무라오카가 조금 어색하게 말했다.

"처음에는 토라키 씨가 괜한 짓을 했다고 생각했어. 병원에 아빠가 왔을 때는. 그리고 또, 라이브 하우스를 잘 알지도 못하면서 화도 내고 그래서."

"부모라면 당연한 거야."

"그 당연한 게 애들은 지겹다고. 하지만…… 뉴스에서, 아미무라 씨의 회사가 엄청나게 탈세를 했고, 그 밖에도 이것저것 나쁜 짓을 했다고 듣고서, 풀이 죽었어."

어젯밤의 화재 탓에 룸웰에는 예정보다 빨리 경찰이 개입한 모양이다. 토라키도 인터넷 뉴스로 그 화제를 조금 보았다.

"그리고……."

조금 목에 걸리면서도, 아카리가 말했다.

"엄마도, 달려와줬어."

"……그래."

"응. 오랜만에, 가족끼리 이것저것 대화했어. 아~무래도 좋은 거. 아무래도 좋지는 않지만, 아~무래도 좋은 거."

아카리는 우는 것처럼도, 웃는 것처럼도 보이는 표정으로 말을 이었다.

"아빠랑 엄마가 알게 된 게 그런 느낌의 라이브 하우스라는 거라든가. 아빠가 평소에 어떤 일을 하는지. 그리고, 어째서 엄마가 집을 나갔는지. 아이리스 씨가 말야. 그랬어. 듣고 싶으면, 말하고 싶으면, 큰 소리로 말을 해야 한다고. 인간은 그렇게 뭐든지 짐작할 수 있는 생물이 아니니까."

빠르게 말하는 아카리의 말을, 무라오카도 진지하게 듣고 있었다.

"토라키의 여친, 아이리스라고 하는구나."

"……."

"아빠 잠깐만 나가줘."

딱히 파고들어서 물어보진 않았지만, 아카리의 어머니가 정떨어진 건 사실 이런 부분이 아닐까 토라키는 생각했다. 우연히도 아빠를 방에서 쫓아내는 아카리의 행동이 그것을 증명하는 것 같았다.

"정말이지…… 아, 그게, 그래서 이거, 괜찮으면 둘이서 먹어. 답례……라고 하는 것도 이상하지만, 아마 가족끼리 오랜만에 대화한 거, 토라키 씨랑 아이리스 씨 덕분인 것 같다고 생각하니까. 토라키 씨도 알고 있을지도 모르지만, 근처 케이크 가게 거야."

"딱히 뭘 한 것도 없는데."

"이야기, 들어줬잖아. 아빠는 결국 저런 식이니까. 룸웰의 뉴스를 보고서, 내가 투표하고 싶어서 이상한 알바를 하는 게 아닌가 걱정했다고 한다니까?!"

"하하…… 뭐, 당분간은 이제 POSA 카드는 안 사겠네."

참으로 반응하기 어렵지만, 토라키는 순순히 아카리가 내민 케이크 상자를 받았다.

"……그리고, 토라키 씨. 아이리스 씨는, 정말로 토라키 씨 여친이야?"

"정말이냐고 물어보는 것부터 전제가 이상하네. 아니야."

"아이리스 씨 가족은, 영국에 있어?"

"아니 몰라. 내 말 들었니?"

"토라키 씨, 내 남친 아니잖아."

"……아카리?"

"하지만, 들어주잖아. 그러면 한가할 때라도 괜찮으니까, 아이리스 씨 이야기, 들어줘."

아카리의 진지한 어조에, 무심코 토라키도 진지한 표정을 지었다.

"아이리스 씨, 남자랑 얘기 못하잖아. 하지만, 토라키 씨랑 이야기 하는 건 어째선지 괜찮다며?"

"그 녀석 그런 것까지 말했구나."

"내가 엄마 얘기를 했더니, 조금."

"……?"

아카리가 어머니에 대한 고민을 이야기하는 것과, 아이리스가 자신의 남성 공포증에 대해 이야기하는 것이 미묘하게 이어지지 않는 것 같지만, 아카리 안에서는 제대로 이어져 있는 모양이다.

"아이리스 씨가 남자랑 이야기 못하는 건, 아이리스 씨 엄마가 관계가 있나 봐. 나도 내 사정 때문에 벅차서 그렇게 깊게 물어보진 않았지만."

"그렇다 쳐도, 내가 파고들어도 될 이야기가 아닌 것 같은데."

"토라키 씨랑 아이리스 씨, 무슨 특별한 관계잖아?"

"아니, 그러니까 그건 정말로 아무것도……."

"아니, 그런 거 아니고. 뭔가, 나 같은 평범한 사람이 모르는, 신기한 힘이나, 세계나, 그런 거."

역시, 그때 아카리의 눈앞에서 검은 안개가 된 건 너무 선부른 짓이었다.

그러나 그때는 달리 어쩔 수가 없었다. 흡혈귀의 능력을 쓰면서, 아카리가 전혀 보지 못하게 하는 건 불가능한 상황이었다.

"보긴 했지만, 그건 아빠도 전혀 믿지 않을 테니까, 아무한테도 말 안 해. 그 대신, 제대로 얘기 들어줘. 혼자 두지 말아줘."

하나의 시련을 넘어 성장한 소녀가 어른에게 다가서기 위해 품은 바람.

토라키는 자신의 정체와 연관된 일부를 보이고 만 것도 포함하여, 긍정하는 수밖에 없었다.

"……뭐, 검토해볼게."

"아, 그 대답. 그야말로 어른 같아."

아카리는 산뜻한, 그러나 조금 마음에 걸리는 기색으로 말하더니 새삼 인사를 하고 돌아갔다.

"나도 고마워, 토라키. 정말로 오랜만에, 딸의 얼굴을 보면서 얘기했다니까."

계산대에서 딸을 배웅한 무라오카도 새삼 인사를 했다.

"신경 쓰지 마세요. 답례는 시급에 반영해 주면 되니까요."

"긍정적으로 검토해볼게."

어른 남자들 사이에서는 이거면 된다.

"그러고 보니 토라키, 아까 여행 잡지 보던데, 설마 여친이랑 갈 거야? 아니, 뭔가 호화여객선으로 여행 같은 특집, 굉장히 진지하게 읽고 있길래."

"아아. 죄송해요. 꺼내놓고 안 넣었네요. 정리할게요. 그리고 여친 아니고, 같이 가지도 않아요."

아카리가 나타나서 중간에 덮은 잡지였다.

직원실로 돌아온 토라키는, 여행 잡지의 호화여객선 투어 특집을 숙독하고 있었다.

그곳에는 내일, 요코하마 항에 찾아오는 호화여객선 메리 1세호의 특집이 실려 있었다.

"굳이 따지자면, 『어머니』 동반일까요."

스스로도 고약한 농담이라고 생각하여, 쓴웃음이 나와버린다. 그러나 그 배에 타고 찾아오는 여자가 『흡혈귀』로서 자신의 부모에 해당하는 것은 틀림없다.

그런 것을 생각하고 문득, 토라키는 깨달았다.

"……깊숙한 사정을, 들려주고 말았었지."

자신이 흡혈귀가 된 이유와 경위. 지금까지의 삶. 미래에 대한 불안. 그런 것을, 모두.

"……썩어도 수도기사, 구나."

토라키는 활짝 펼쳐진 여객선의 사진을 보면서, 표정을 찌푸렸다.

"빚을 만든 상태가 돼버렸지만, 어쩔 수 없네."

이제부터, 자신이 더 이상 아이리스의 『깊숙한 사정』을 들을 기회는 찾아오지 않는다.

그 기회는, 스스로 끊어냈으니까.

※

귀가하자 이미 불빛이 꺼져 있고, 아이리스도 자고 있는 모양이었다.

귀를 기울여 보자, 장지문 안쪽에서는 이미 익숙한 안정된 숨소리가 들렸다.

토라키는 시계를 올려다보았다. 일출까지 남은 30분 사이에 와라쿠와 미하루, 그리고 아이리스에게 짧은 편지를 적고서 목욕탕에 들어가 잠들었다.

암흑 속에서, 다음에는 언제 이 방으로 돌아올 수 있을지를. 어쩌면 돌아올 수 없을 거라고 생각하면서, 평소처럼 졸음에 몸을 맡기고 멍하니 잠들었다.

그랬어야 했다.

시야가 꿈으로 가득 찬 순간, 갑자기 목욕탕의 공기가 격렬하게 뒤흔들리고 토라키는 눈을 떴다.

그러나 시야를 가득 채운 섬광 말고는 아무것도 보이지 않고, 온몸이 작열에 드러났다.

"무, 아, 윽!!"

누군가가 목욕탕의 문을 열어버린 것이다.

활짝 열린 문에서 햇빛이 미약하게 들어오자, 토라키의 온몸은 고작 그것만으로 말단에서부터 점점 재가 되었다.

"뭐가 『내가 없어진 다음에는 이 집을 마음대로 해도 돼』야. 한자가 너무 많아서 절반쯤 못 읽었어."

흐려지는 의식과 무너져가는 시야 속에서, 토라키는 희미하게 아이리스의 목소리를 들었다.

"이런 짓을 하니까 몇 번이고 지는 데다가 밭에 뿌려진 거 아냐?!"

불평을 하고 싶어도, 이미 시야도 입도 재가 되어 아무 말도 못한다.

이윽고 모든 오감이 상실되고, 완전히 의식을 잃은 토라키는…….

"으아아악?!"

정신이 들자, 또 목욕탕에 있었다.

"무슨, 아, 어?!"

본 적이 없는 목욕탕이다. 집의 욕실보다도 좁고, 그러나 집의 목욕탕보다도 설비가 갖추어진 것을 한눈에 알 수 있었다.

토라키의 감각으로는 거의 순간이동이었다. 어쨌든 의식을 잃기 직전의 육체와 정신의 대미지가 심해서, 아직 사태를 냉정하게 파악하지 못했다.

"대, 대체 여기는 뭐야……."

토라키가 평생 자발적으로 살 법하지 않은 세련된 샴푸와 바디워시의 병을 바라보면서, 토라키는 일단 문에 손을 댔다.

그리고,

"잠깐, 구두에 얼룩이 묻어 있어요. 좀 잘 해봐요."

"에~ 어디에 스쳤던 걸까?"

문을 열자 쪼그려 앉아 있는 아이리스와 그 뒤에 선 미하루의 모습을 보고 굳어 버렸다.

"""아."""

"토라키 님————————?!"

그러고 보니 토라키는 재가 되었다. 그 다음, 본 적이 없는 목욕탕에서 본래대로 돌아왔다.

다시 말해서, 토라키는 현재 완전히 알몸이었다. 그리고 어째선지 바깥에서 쪼그려 앉아 있던 아이리스와, 또 다시

대면시키고 말았다.

"……유라…… 한 번도 아니고, 두 번이나……!!"

"기, 기다려, 아이리스! 사정을 설명해라! 대체 너 뭐가 어떻게……."

"꺄악! 꺄악! 아이리스 예레이! 뭘 빤히 보고 있는 건가요! 토라키 님! 얼른 돌아가 주세요! 가려주세요!"

"안에 타월 정도는 있을 거 아냐!!"

"미, 미안!!"

이번에는 토라키는 전혀 잘못한 게 없다고 생각하지만, 아이리스의 기백과 미하루의 패닉이 전염되어 황급히 목욕탕 안으로 돌아갔다.

"근데 야 대체 뭐냐고! 여기 어디야! 어째서 너희들 둘이 같이 있어! 그리고……."

지금 한순간에, 토라키는 정확하게 파악하고 있었다.

생물학적인 위기에 빠졌을 때, 주위의 시간이 느릿하게 흐르며 통찰력이 늘어나는 것은 인간도 흡혈귀도 마찬가지인 모양이다.

아이리스는 검은 이브닝 드레스. 미하루는 고급스런 코후리소데[#7]를 입고 있는 것을.

"어째서, 그런 파티에 나갈 법한 차림인데!"

"그야 빤하잖아! 당신도 얼른, 이걸로 갈아입어!"

#7 코후리소데 기모노인 후리소데의 일종. 격식을 차릴 때 입는 화려한 기모노. 그 중에서 소매가 가장 짧은 것.

"뭐어?!"

살짝 있는 틈으로 밀어 넣은 것은, 토라키의 옷장에는 존재하지 않는 스리피스의 다크 수트였다.

"넥타이랑 구두는 밖에 있어! 얼른 그 변변찮은 걸 가리고 나와!"

"아니, 너 그렇게 말하지만 속옷도……."

말하자마자, 마치 쓰레기라도 버리는 것처럼, 같은 틈으로 팬티와 셔츠와 양말을 던져 넣었다.

이 또한 모두 신품이었다.

당황하면서 토라키가 그것을 입고 조심조심 목욕탕에서 나오자, 아직도 얼굴을 감싸고 고개 숙인 미하루와 분노의 표정을 지으면서도 조금 자신 있게, 토라키 쪽을 보며 와인 레드 컬러의 넥타이를 내미는 아이리스가 있었다.

여기는, 아무래도 호텔 같은 장소인가 보다.

부드러운 색조의 조명이 방의 구석구석까지 비추고, 잘 정리된 널찍한 침대가 2개. 간격을 띄우고 놓여 있었다.

"역시 유라는 붉은색이란 느낌이 아니네. 흡혈귀인데. 넥타이 색, 조금 더 밝은 핑크색 같은 걸로 하는 게 좋았을까?"

"죄송합니다, 토라키 님……. 시집가기도 전인데…… 그럴 셈은 없었어요……."

"저기…… 이제 설명 좀 해봐. 대체 여기는 어디고, 너희들 뭐하……."

거기까지 말하고, 토라키는 희미하게 자신의 몸이 흔들리는 감각을 느끼고 주위를 돌려보았다.

"뭐야? 지진인가?"

"지진 아냐. 알고 싶으면 일단 넥타이 매."

"그, 그래……. 어, 넥타이 어떻게 매는 거더라."

무라오카가 경영하는 프론트 마트의 유니폼은 넥타이가 필요 없었다.

수트로 외출할 기회가 전무한 토라키가 마지막으로 넥타이를 맨 것은 언제였을까?

억지로 받은 넥타이를 이렇게도 아니고 저렇게도 아니고, 그대로 나비매듭이라도 해버릴 법한 토라키를 보다 못해서, 아이리스가 넥타이를 다시 빼앗았다.

"이리 줘봐. 정말로 기가 막혀. 이런 것도 혼자서 못하면서, 뭐든지 혼자서 다 하려고 했었어?"

그리고 아이리스는 토라키의 얼굴을 쓰윽 당겼다.

"잠깐! 뭐, 뭘 하는 건가요! 그런 부러운 짓을……!"

아이리스가 토라키의 목에 손을 돌리고 넥타이를 매주는 것에 미하루가 항의를 했다.

"뭐가 부러워. 혼자 넥타이도 못 매서 여자한테 의지하다니, 남자로서 완전히 실격이야."

아이리스가 남자에 대해 뭘 아느냐고 말하고 싶어졌지만, 토라키는 꾹 참았다.

"자, 됐어. 그러면 밖을 보세요. 우리가 어디 있는지 알 수 있어."

"~~~으윽!"

아름다운 역삼각형의 매듭을 솜씨 좋게 만들고 토라키의 가슴을 두드린 아이리스를 보는 미하루는, 옷자락을 뜯어먹을 것처럼 분한 기색으로 신음했다.

그런, 지금까지 본 적이 없는 미하루의 모습을 곁눈질한 토라키는 창밖을 보고서,

"……바다…… 아니, 항구…… 설마!"

먼 풍경 속에서 요코하마 항을 발견하고, 토라키는 퍼뜩 깨달았다.

"역시 히키 패밀리의 연줄이야. 타고 싶다고 했더니, 금방 준비해줬어."

"메리 1세호……."

그것은 미하루가 토라키에게 건넨, 무로이 아이카가 타고 있다는 크루즈선의 이름이었다.

"미하루가?"

아직도 얼굴을 붉히고 있는 미하루는 분한 기색으로 아이리스를 노려보면서 홱 고개를 돌렸다.

"그, 그 여자의 말에, 굳이 넘어가 준 것뿐이랍니다! 히키 가문으로서도 더 이상 귀찮은 흡혈귀 안건을 늘릴 수는 없으니까요!"

"정말로 도움이 됐어. 암십자도 준비를 하려고 했지만, 지금부터 준비해서는 이코노미 객실밖에 못 들어간다고 해서 난처했거든. 그 점에서 일등객이라면 선내의 어떤 VIP 구역

이든 들어갈 수 있고, 사람을 찾는 것도 간단하니까."

토라키는 멍하니 두 사람을 보았다.

"이제 슬슬 이해했지? 여기는 호화여객선 메리 1세호의 그랜드 스위트 룸. 호화여객선이라는 건, 남성이 혼자서 바캉스를 하는 곳이 아니야."

그렇게 말한 아이리스는, 당황하는 토라키의 오른쪽 팔꿈치를 살며시 잡았다.

"호화여객선에서 남자가 자연스럽게 돌아다닐 거면, 패밀리나, 파트너가 필요해."

"요요요요요요요요요요요용서 못해요!!"

그런 아이리스의 움직임에 대항하듯, 마치 토라키의 어깨를 뽑아버리기라도 할 기세로 미하루가 왼팔을 잡아당겼다.

"뭐가 파트너인가요, 뻔뻔하게! 당신은 히키 가문의 돈으로 여기 있는 거예요! 토라키 님의 파트너 역할은 제가 맡습니다!!"

"딱히 상관없어. 그 대신 잘 되면 잘 될수록, 유라가 무로이 아이카를 발견하여 인간으로 돌아갈 가능성이 높아지는데, 미하루는 설마, 유라를 방해하지는 않겠지!"

"이, 이, 이, 이게!! 하, 하, 하, 할 리가 없잖아요!"

"분명히 말했어. 그런데 유라."

"뭐, 뭔데."

인생 처음으로, 그리고 어쩌면 죽음 직전일지도 모르는 타이밍에 양손의 꽃인데, 이토록 두려운 것이라고 생각 못했다.

오래 살고 볼 일이다.

"나랑 미하루, 어느 쪽을 파트너로 데려 갈 거야?"

"토라키 님!"

"이야아…… 너희들…… 일흔 넘은 노인한테…… 그런 선택을 떠밀면 말이야…… 혈압이……."

평소에는 완전 폐급이면서 묘하게 강한 태도로 말하는 아이리스와, 평소에는 강하고 냉철한 태도인데 완전히 아이리스의 페이스에 밀리고 있는 미하루.

대체 뭐가 일어나고 있는지 모른 채, 토라키는 결론을 내렸다.

"후아…… 패밀리라도 괜찮다고…… 했었지……?"

그는 사실 저혈압이었다.

※

"저, 저기, 이럴 때는 바깥쪽의 포크부터 쓰는 거였지?"

"유라…… 긴장이 지나친 거 아냐? 안 쓰면 회수해 가니까 괜찮아."

"매너는 중요합니다만, 어른으로서 남들 앞에서 식사를 할 때의 상식만 알고 있다면, 그렇게까지 새삼 신경 쓸 필요 없답니다. **오라버님**."

세 사람은 스위트 클래스 이상에 숙박하는 승객이 이용할 수 있는 레스토랑에 있었다.

"……맛을 모르겠어."

"용케 그런 꼴로 혼자서 쳐들어올 생각을 했네. 어떻게 들어올 생각이었어?"

"그거야, 평범하게 안개가 돼서 타면 되지. 그 다음은 안에 들어오고 나서 생각하면 돼."

"이 배는 2시간 뒤인 19시에 출항. 다음 기항은 사흘 뒤 오키나와의 나하랍니다. 대체 어디서 낮을 보낼 셈이셨나요?"

"이 정도로 큰 배잖아. 선저 쪽에 가면 햇빛이 안 들어오는 장소 정도는 있겠지."

"지금까지 잘 되지 않았던 건, 유라의 무계획이 원인이었던 거 아냐?"

"저도 그런 생각이 들기 시작했어요."

"이상한 걸로 의기투합하지 마……. 애당초, 그렇게 시간 들일 예정이 아니었어. 내가 흡혈귀의 능력을 써서 들어오면, 그 녀석은 나를 반드시 감지해. 지금까지 계속 그랬어."

"그래서 설마, 출항할 때까지 결판을 내고 배를 내릴 셈이었어?"

"아니면 내리지 못하고 햇빛에 메말라서 재를 바다에 뿌렸겠지."

어떤지 달관한 토라키를 보고, 아이리스가 표정을 찌푸렸다.

"미하루. 이 남자, 관두는 편이 좋아. 기본적으로 생각이 없어. 이런 녀석이랑 몇 백 년 함께 하는 건 무리 아냐?"

"그런 무모한 점도 와일드해서 좋은 거랍니다."

"고요의 자손이라도, 사랑을 하면 눈이 머는 거구나."

"너네들, 말이지……."

토라키는 서빙된 메인 디쉬의, 이름도 못 들어본 생선 요리를 보면서 말했다.

"이틈에 배에서 내려. 그 녀석과 대치하면 결국은 싸우게 되니까. 그냥 다치거나 죽을 위험만 있는 게 아냐. 너희들은 정규 티켓으로 탑승했잖아? 자칫해서 대소동을 벌였다가 범죄자로 수배되면 어쩔 셈이야?"

"딱히 문제없습니다. 한동안 잠적했다가 화제가 식을 즈음에 다른 신분을 준비하죠."

"미하루랑 마찬가지야. 상대가 고요라면, 지더라도 기사단이 편의를 봐줄 테니까."

너무나 마음 편하게 잘라 말하는 두 사람을 보고, 토라키는 눈을 깜박거렸다.

"……있지, 유라. 그러니까 이제 그만 단념해. 지금까지는 달랐을 지도 몰라. 하지만, 이번 당신의 싸움은, 당신의 의지와 상관없이 당신만의 것이 아니야. 나도 미하루도, 각자 다른 이유, 다른 목적이 있어서, 당신의 원수를 추적하고 있는 것뿐이야. 그러니까 딱히, 누가 상대를 치더라도 원망하기 없어. 목적이 제각각 다르니까."

"그, 그래요. 지난날은 저도 매정한 말씀을 드렸을지도 모르지만, 만난 뒤로 지금까지, 저는 토라키 님의 마음에 따르고 싶다고 결심하고 있었어요! 무, 물론, 저와 맺어져 주신다면, 그보다 좋은 일은 없겠습니다만……."

"미하루. 여동생이 오빠한테, 상당히 뜨거운걸."

"크……!"

입으로 옮기던 포크를 씹어 부술 것 같은 기세로 이를 악물며 아이리스를 노려보는 미하루.

"두 사람의 마음은…… 알았어. 하지만 정말로 조심하라고."

"고요를 상대로 방심할 리 없어. 내가 흡혈귀에 대해서 아는 모든 것을 동원해서 싸울 거야."

"여차하면, 오라버님이 쉬는 사이에 결판을 내버리도록 하죠."

지금 그 한 마디로, 아이리스는 밤에 결판을 내서 토라키의 인간 복귀를 돕고, 미하루는 낮에 결판을 내버리는 것으로 에둘러 토라키가 인간으로 돌아가길 바라지 않는다고 말하고 있었다.

토라키 자신은 미하루의 본심 따위 알 리 없었지만, 아이리스와 미하루는 서로의 속내를 읽으면서 사나운 표정으로 식사를 진행했다.

"……."

사이가 좋은 건지 나쁜 건지 모르겠다. 생각보다도 대화를 유창하게 이어가는 아이리스와 미하루를 보면서, 토라키는 아카리와 나눈 대화를 떠올렸다.

들어주기만 해도 편해진다.

아이리스를 무로이 아이카에게서 떨어뜨려 놓고 싶었던

건 토라키의 진심이다.

그러나 이렇게 여러모로 이유를 들면서도 그녀가 여기 있는 것은 토라키를 위하는 부분이 있어서이다. 그것은 자만이 아니라 틀림없는 사실이다.

지금은 그것이 단순하게 기쁘다고 생각하는 자신이 있으며…….

“70년 살면서도, 나 자신에 대해서는 정말 모르겠네.”

자신이 우쭐대고 있는 것이 조금 불쾌했다.

“유라, 뭐라고 했어?”

“……아무것도 아냐.”

이렇게 되어버린 이상, 아이리스와 미하루를 이 자리에서 떨어뜨리는 것에 부심하는 것은 시간 낭비다.

두 사람의 존재를 고려하고서, 이 다음에 어떡할 것인가를 생각할 필요가 있다.

식사를 하기 전에, 아이리스와 미하루가 주도면밀하게 준비한 것들에 대해서는 어느 정도 들었지만 그것은 그렇다 친다. 가능하면 그 준비에 의지하지 않도록 온갖 가능성을 고려하여 행동해야 한다.

여러 가지 의미로 팽팽한 테이블에서, 토라키가 필사적으로 코스 요리를 먹은 다음 식후의 홍차를 다 마셨을 때였다.

“저기. 두 분.”

미하루가 만족스런 표정 그대로, 두 사람을 새삼 불렀다.

“저, 한 번 카지노에 가보고 싶었어요. 이 다음에, 가보지 않을래요?"

"……상관없지만, 분명히 이런 배의 카지노는 일본의 영해를 나간 다음이 아니면 안 되는 거 아니었나?"

"돈은 걸 수 없지만, 경품과 교환하는 게임은 할 수 있을 거야. 연습 삼아서, 한 번 가볼까?"

미하루답지 않은 갑작스런 놀이의 권유에, 토라키와 아이리스도 자연스럽게 응했다.

"그러면 오라버님, 부디 에스코트를."

그렇게 말하고 미하루가 토라키를 눈으로 재촉하자, 토라키도 순순히 미하루의 손을 잡고 자리에서 일어섰다.

"잠깐 기다려. 카지노는 처음이니까, 분명히 레슨을 해주지 않았던가? 돈을 안 걸더라도, 갑자기 게임 데뷔를 하면 그 자리의 분위기를 망칠지도 몰라. 데뷔는 내일 하고, 오늘은 그쪽에서 연습을 하는 편이 좋지 않을까?"

"숙박하시는 방에서 전화로 신청을 해주십시오. 지금부터라면, 30분 뒤에 한 번, 클래스가 개최될 겁니다. 괜찮으시다면 이쪽에서 연락할 수도 있습니다만, 어떻게 하시겠습니까?"

"……어머 그래요. 하지만 일단 방으로 돌아간 다음에 정할게요. 고마워요."

"알겠습니다. 이용해 주셔서 감사합니다."

아이리스의 좌석을 끌어준 남성 직원이 눈치 좋게 조언을 해준 덕분에, 세 사람의 대화는 보다 자연스러워졌다.

그리고 세 사람은 그대로, 레스토랑을 떠났다.

입구의 문을 지나기 직전, 토라키는 한순간, 가게 안을 돌아보았다.

세 사람이 앉아 있던 자리에서 선내의 카지노 쪽 방향에 있는 테이블에 앉아 있는, 귀부인 한 명.

익숙한 기색으로 직원과 뭔가 대화를 하고 있는 얼굴을 토라키는 하루도 잊은 적이 없었다.

무로이 아이카.

그 눈 내린 밤. 토라키를 흡혈귀로 변모시킨 여자는 분명히 지금, 세 명과 같은 배에 타고 있었다.

시선을 보낸 것은 한순간.

금방 고개를 앞으로 다시 돌리고, 세 명의 등 뒤에서 문이 닫혔다.

그리고…….

“어쩔 거야?”

“딱히 아무것도 안 해.”

토라키는 가볍게 넥타이를 고쳐 매고, 벨트를 구멍 하나만큼 느슨하게 풀었다.

“뭐 하는 거야?”

“꽤 많이 먹었잖아. 평소에 저렇게 몇 그릇이나 안 먹으니까 배가 좀…….”

여러 가지 의미로 자신의 목을 조르는 발언이었다.

“기껏 이런 사치를 부리고 있으니까. 평소에는 못 마시는 술이라도 시험해 볼 거야. 갑자기 무모한 짓은 안 할 거니

까, 진정되면 너희들도 와봐.”

“……오라버님, 제 나이, 잊으셨나요?”

“아아, 그러고 보니 그랬었지. 그러면 아이리스. 아까는 고마워. 미하루. 아이리스 부탁한다. 잠깐 다녀올게.”

토라키는 몸을 돌리고, 레스토랑에 병설되어 있는 바 카운터로 갔다.

“……그럼, 저희는 어떻게 할까요…… 응?”

토라키를 배웅하고서 미하루는 팔짱을 끼었지만, 바로 옆에서 아이리스가 얼굴이 파래져서 웅크려 버린 것을 보고 눈이 동그래졌다.

“잠깐, 왜 그러고 있어요?”

“어째서 서빙은 여자애였는데, 마지막의 마지막에 남성 가르송이 오는 거야…….”

마지막에 카지노 레슨의 화제를 남성 가르송이 말했을 때, 아이리스는 아주 자연스럽게 응답했다.

그 순간에, 평소처럼 패닉에 빠졌다면 아무래도 주위의 눈길을 끌어 버렸을 것이다.

아이리스 일생일대의 연기였다.

“……아아, 정말이지.”

미하루는 탄식하더니, 아이리스의 손을 잡고 일으켜 세웠다.

“출항 전부터 배 멀미 같은 걸 하다니, 꼴사납네요.”

“……고마워. 조금 방까지 부탁해. 그 다음에.”

미하루의 어깨를 빌리면서, 아이리스는 이를 악물었다.

"작전 개시야."

※

토라키는 레스토랑의 출입구 반대쪽의 바 전용 출입구를 통해 조금 긴장하면서 바 라운지에 들어섰다.

"오."

그야말로 고급 바라서 분명히 전혀 본 적도 없는 술이 쫙 늘어서 있을 줄 알았더니, 카운터에 놓인 병들 가운데 익숙한 파란 병이 있었다.

그와 동시에, 늑대인간 사가라를 떠올렸다.

토라키는 카운터에 앉아서, 자연스럽게 그것을 주문했다.

"진 토닉. 폼페이 사파이어로."

세련된 손놀림으로 내어준 칵테일 글래스는 라이브 하우스의 잔보다 얇고, 음료수의 차가움이 확실하게 입에 전달됐다.

얼음을 세세하고도 랜덤하게 부순 덕분에, 토닉 워터의 맛을 부드럽게 만들었다. 도저히 같은 칵테일을 마시는 것 같지 않았다.

"하지만 나는 그쪽이 더 좋았는데."

정수기를 통해 얼린 얼음을 적당히 넣어서 싸구려 라임을 꽂은, 사가라가 만드는 진 토닉이 평소의 자신에게 어울린다.

그런 생각을 하고 있는데, 살며시 달콤한 향기가 토라키의 옆자리에 앉았다.

"옆자리, 괜찮을까?"

과학적인 분석으로도, 이성의 목소리는 고음역보다 저음역이 그 이성에 대한 호의와 흥미를 환기시킨다고 한다.

그런 의미에서 그 여성의 목소리는 온갖 남성을 사로잡을 수 있는 비터 초콜릿 같은 울림을 띠고 있었다.

"이 배는 처음이야?"

"네."

"그러면, 감이 좋은걸. 여기 말고도 몇 군데인가 테넌트가 들어와 있지만, 레스토랑이 딸린 곳은 여기가 제일 솜씨가 좋아."

"자주 타나요?"

"때때로. 하지만 즐거운 여행하고는 인연이 없어. 언제나 일 때문에 어쩔 수 없이 타거든."

"부럽네요. 일이든 뭐든, 이런 배를 탈 수 있는 일이 뭔지, 저는 상상도 안 돼요."

"익숙해져 버리면 그것도 그냥 일상이야. 즐거운 건 처음뿐이지."

"그런 건가요? 저는 당신이 참 인생을 즐기는 것처럼 보이는데요."

남자와 여자는, 서로 전혀 얼굴을 마주보지 않고 시선을 카운터 위에 보내고 있었다.

이윽고 그녀가 뭘 말하지도 않았는데, 그녀 앞에 붉은 액체가 가득한 길쭉한 텀블러가 놓였다.

"한 잔 어때? 블러디 메리. 이 바에서 제일 추천하는 거야."

워커를 베이스로 토마토 주스와 레몬 주스, 더욱이 취향에 따라 소금과 후추에 타바스코까지 들어간다. 농후하고 매운 칵테일이다.

"처음 이 배의 이름을 들었을 때부터 그럴 거라고 생각했어요. 메리 1세호. 배의 이름으로 붙이기에는, 재수가 없어."

"나는 좋아해. 이 별에서 가장 거대한 『흐르는 물』, 바다 위를 가는 여행인걸. 배의 이름 정도는, 다소 피비린내가 나야겠지?"

그렇게 말하고, 여자는 잔을 토라키 쪽으로 기울였다.

"그 귀여운 애들은, 연인이야? 조금 안 본 사이에 상당히 플레이보이가 됐네."

"무작정 쳐들어온 식객이랑 약혼자 행세를 하는 앱니다. 그렇게 좋지도 않고."

토라키도, 반쯤 마셔버린 진 토닉 글래스를 기울였다.

"진 토닉도, 블러디 메리도, 어려운 칵테일이 아냐. 그렇기에 바텐더의 실력을 시험할 수 있는 술이야. 아무리 세속적인 거라도, 진짜가 만들고 진짜가 갈고 닦으면, 진짜가 되지."

"그거 난처한걸요. 진짜가 되기 전에, 제 자신의 거취를 정해야겠네요."

토라키와 여자의 글래스가 가볍게 소리를 울렸다.

여자는 가볍게 칵테일에 입을 댔다. 토라키가 진 토닉을

다 마시는 사이에, 반쯤 마시고서,

"그의 술도, 나한테 달아줘."

아리따운 웃음을 지으며 일어섰다.

토라키는 아무 말 없이 일어서서, 그녀 뒤를 따르며, 처음으로 그 여자의 모습을 보았다.

붉은 이브닝 드레스에 검은 스톨, 고급 브랜드의 에나멜 백에 하얀 하이힐.

그 두 사람의 뒷모습에 바텐더가 작게 인사를 했다.

"알겠습니다. 무로이 님."

"안 오는 줄 알았어."

"정중한 초대장을 받았는데, 오지 않을 수도 없죠."

밤바람을 맞으면서, 토라키는 무로이 아이카 뒤를 따라 배의 갑판을 천천히 걸었다.

"당신이 그렇게 알기 쉽게, 미하루에게 꼬리를 드러낼 리 없겠죠. 어디서부터 꾸민 짓인가요?"

"히키 가문의 정보망은 대단해. 경찰이나 공안이랑 연락을 취해서, 영해 밖에서 오는 모든 배와 비행기에 그물을 쳐두고 있어. 어쩌다가 거기에, 내가 걸린 것뿐이야."

"몸을 숨길 방법은 있었을 텐데요."

"기껏 5년만에 일본에 오는 거잖아. 그렇게 갑갑한 여행은 하기 싫었어. 그리고, 요코하마에 있을 수 있는 건 하루뿐이었으니까, 네가 와줄지도 수상했고.”

승객 정원 3천 명 규모의 메리 1세호는, 그것 자체가 하나의 잠들지 않는 번화가다.

국제항로를 가는 여객선은 아까 미하루가 말한 카지노나 바, 다이닝이 오픈 되어 있고, 나이트 풀이나 클럽, 나이트쇼 따위의 영업도 한다.

그렇기에 숙박층을 제외하면 공공 스페이스에는 수많은 사람이 있을 것이다.

그러나 요코하마 항의 야경을 한눈에 볼 수 있는 메리 1세호 최상층의 문 덱에는 지금, 토라키와 무로이 아이카밖에 없었다.

온화한 바닷바람이 어깨까지 기른 검은 머리칼을 쓰다듬는다.

“그러니까, 오코노기나 아미무라가 너랑 만난 건, 정말로 우연이야. 네가 오코노기를 쓰러뜨렸을 때 나는 홍콩에 있었고, 오코노기와 아미무라가 암십자에 붙잡혔다는 걸 안 것도 어제였거든. 그들은 딱히 내가 직접 만든『아이』가 아냐. 그저, 일본에 뿌리를 내릴 수 있을 법한 사람들이었으니까, 일본에 보낸 것뿐이지. 그러니까 사실은 일본에 올 생각이 없었는데…… 그래도.”

아이카는 백 안에서, 카드 케이스 같은 것을 꺼내 토라키의 발치에 던졌다.

“……무슨 뜻이야?”

"표정이 바뀌었네."

카드 케이스에 담겨 있는 것은 아이리스의 사진이었다.

"일본에 부임했다고 들었거든. 직접 얼굴을 보고 싶어서. 그러니까 아까 레스토랑에 들어왔을 때는 놀랐어. 너와 히키 미하루가, 그녀와 즐겁게 식사를 하고 있잖아."

아이카는 피처럼 붉은 입술을 달처럼 비틀면서 말했다.

"나는 말야, 유라. 네가 걱정돼. 아이리스 예레이. 그녀는 천성적인 수도기사거든? 내 우수한 『아이』인 네가 사냥을 당해 버리면 큰일이잖아?"

이름도 신분도 알고 있다.

그러나 아이리스 쪽은, 토라키가 신상을 이야기할 때까지 무로이 아이카를 전혀 모르는 기색이었다.

여기까지 와서 대체 어떤 연결이 있다는 것일까?

"사람 잘못 본 거 아냐? 내가 아는 아이리스 예레이는, 정말 못써먹을 폐급인데. 나를 사냥하는 짓은, 그 녀석은 절대 안 해."

"『부모』로서는, 아이를 위해서 어떤 불안의 싹이라도 꺾어 두고 싶은 법이야. 여기서 만난 것도 무슨 인연이니까, 그녀도 동료로 맞이해 버릴까?"

"그렇겐 못 해."

"어머나."

다음 순간, 토라키의 모습이 검은 안개가 되어 사라졌다.

아이카는 웃음을 무너뜨리지 않았다.

밤하늘에 흩어진 토라키의 안개 속 어느 한 점을 정확하게 바라보며.

"사람답게 싸우는 건 좋은 수가 아니라고, 전에도 말했었지?"

아이카는 백 안에서 꺼낸 은색으로 빛나는 나이프를 밤하늘의 한 점에 정확하게 던졌다.

"크악!!"

아이카가 나이프로 꿰뚫은 허공에서 굴러 떨어지는 것처럼 토라키가 튀어 나오더니, 꼴사납게 갑판 위에 떨어졌다.

"흡혈귀인 네가, 은제 나이프라고?"

토라키의 안개를 꿰뚫은 것은 성별된 은으로 만든 투척 나이프였다.

토라키의 발끝이 재가 되어 부서지고, 은색 나이프는 갑판의 벽에 박혀 있었다.

"쓰기 나름이지. 나한테는 인간 협력자도 있으니까, 잡는 부분만 어떻게 해버리면 돼."

아이카가 말하면서 토라키를 향해 나이프를 던진 오른손을 펼쳤다.

"다소의 희생은 어쩔 수 없지만."

매끄럽고 아름다운 손에, 검디검은 화상을 입은 걸 보여주었다.

"이 나이프의 자루는 말이지. 100년쯤 전에 일어난 전쟁 때 전장에 난잡하게 세운 십자가에서 깎아낸 거야. 수많은 원한의 피를 빨아들여서, 상징하는 성스러움마저도 능가하여, 신이 자신을 버렸다는 절망에 빠져 죽어간 수많은 전사들의 원한에서 생긴 사악한 나무야.”

아이카는 웃으면서, 더욱이 배의 조명으로 만들어진 토라키의 그림자에 새로운 나이프를 박았다.

“으윽!!”

토라키의 왼쪽 어깨가 움직이지 않게 됐다.

아이리스가 아미무라의 움직임을 막았던 것과 같은, 성스러운 기술이다.

“진보가 없네. 5년 동안 뭘 했어? 여자애 사진 하나로 피가 거꾸로 솟아서는, 아직도 젊구나.”

“젠장……윽! 으악!”

더욱이 새로운 나이프가 무사한 쪽 다리의 그림자에 박혀서, 토라키는 완전히 움직임이 멈춰 버렸다.

“여자애들을 방으로 돌려보낸 건, 나랑 싸우지 못하게 하려는 거였어? 그럼 안 되지, 유라. 멋을 부릴 거면, 너 자신이 조금 더 강해져야 해.”

아이카는 까르르, 방울 같은 소리를 내며 웃었다.

“그 점에서 아이리스 예레이는 굉장하거든? 그녀의 가계 탓에 상당히 고생했어. 『예레이의 기사』라고 하면 암십자 기사단 최강의 호칭으로 이름 높은 명가니까.”

“예레이의, 기사?”

“그래. 그녀도 그 재능을 어엿하게 이어 받았어. 아이리스 예레이가 처음 흡혈귀를 죽인 건, 그녀가 아직 열 살 때야.”

"……너, 아이리스를 얼마나……."

아무리 그래도, 기이하기 짝이 없다.

아이리스 쪽은 아이카를 모르는데, 아이카가 이렇게까지 아이리스의 과거를 자세히 아는 것은 아무리 생각해도 이상하다.

"어째서 그런 걸 내가, 라고 말하는 표정이네."

이런 이상사태의 원인이면서도, 더욱이 아름답다고 생각하게 되는 장난스런 표정을 짓고서, 아이카는 움직이지 못하는 토라키의 귓가에 웅크리고 속삭였다.

"그 애가 처음 쓰러뜨린 흡혈귀에 대해서 물어봐. 분명히, 재미있는 이야기를 들을 수 있을 거야."

토라키는 움직이지 못하는 몸으로, 그래도 표정을 찌푸렸다.

이 녀석이 뭔가 의미심장한 말을 할 때는 당연하게도 뭔가 막돼먹은 생각을 하고 있을 때다.

그리고 아이카가 뭘 꾸미고 있든, 여기서 이 녀석을 쓰러뜨리면 모든 것이 끝날 것이다.

"미안하지만, 나는 당신 말고 다른 흡혈귀한테는 흥미가 없어."

"어머나, 유라도 참."

아이카는 토라키의 등골이 진심으로 오싹할 정도로 웃고, 말했다.

"덩치는 이만해졌는데 아직도 어린애구나. 그렇게 엄마가 그리워?"

"……윽!! 미하루!!"

"어머나."

토라키의 절규와 함께, 밤하늘에 거대한 달빛이 번뜩였다.

"윽."

달빛은 아이카의 볼을 가죽까지 베어내고, 그 상처에서 검은 안개를 분출시켰다.

"이거이거 히키 가문의 아가씨잖아? 어떻게 그런 뒤숭숭한 물건을 배에 가지고 왔어?"

변함없이 후리소데 차림인 미하루는 뽑아 든 일본도를 겨누었다.

"벨 수 있다고 생각했는데요."

"보통 흡혈귀나, 유라였다면 목이 날아갔겠지. 하지만, 역시 젊은 아이의 생명력은 근사하네. 존재하기만 해도 맛있을 것 같은 향이 풀풀 나거든. 당신 안에 흐르는, 야오비쿠니의 생명력이 넘치는 피의 향이야."

"칭찬이라고 생각하겠습니다. 토라키 님, 서실 수 있나요?"

미하루는 방심하지 않으면서, 칼을 재빨리 번뜩여 토라키의 그림자를 구속하는 나이프를 튕겨냈다.

"미안. 조금 더 할 수 있을 줄 알았는데."

"어머?"

미하루 옆에서 일어선 토라키를 보고 아이카는 살짝 눈썹을 찌푸렸다.

재가 되었을 토라키의 발이 본래 형태로 돌아왔다.

"묘하네. 그렇게 간단히 복원할 수 있는 상처가 아니었을 텐데, 대체 어디서 그렇게 잔뜩 피를 마시고 왔니?"

육체의 복원은 질량보존의 법칙 문제로, 흡혈귀의 능력 중에서 상당히 에너지를 소비한다.

처음에 맞은 나이프로 무릎 아래를 잃었을 토라키의 육체는 완벽하게 본래대로 돌아와 있었다.

"히키 가문의 아가씨한테 상처가 나거나 피가 흐른 것도 아니고, 그렇다고 그렇게 대량의 피는 배에 가지고 들어올 수 없을 텐데…… 신기하네."

"부자에 최강의 흡혈귀인 너는 상상도 못하는 방법이야. 그리고 나도 생각해본 적도 없는 방법이다."

"흐음?"

"그러니까, 아직 멀었거든? 너도 그 나이프, 무한히 가지고 있는 건 아니지?"

"갑니다!"

토라키가 다시 검은 안개로 변했지만, 그걸 일절 상관하지 않고 미하루에게 한 걸음으로 육박한다.

"『핵』을 간파할 수 있는 흡혈귀한테는, 그 기술은 안 통해."

아이카는 토라키 쪽을 보지도 않고, 간격 바깥에서 베어 들어오는 미하루가 든 강철의 도신을 부드러운 은의 나이프로 정확하게 받아냈다.

"어머나? 이 칼……."

"이 배에 자주 타는 무로이 님이라면, 본 적이 있지 않나요?"

"그래, 생각났어. 일본에 심취한 해외의 초보 호사가가 좋아할 법한, 품위 없는 자루와 칼집의 색…… 쇼핑몰 덱의 고급 일본 공예품점에 있었던 거구나."

"전투능력도 칼로서의 가치도, 제 컬렉션의 발치에도 못 미치는 물건이지만, 요컨대 쓰는 사람 나름이니까요."

코후리소데와 짚신에 일본도인 미하루와, 하이힐과 이브닝 드레스에 은제 나이프의 아이카.

도무지 전투에 적합하다고 생각하기 어려운 두 사람의 검극에 검은 안개가 끼어들었다.

"캣파이트에 남자가 끼어들면, 아픈 꼴만 당하는 법이거든?"

검은 안개에 몸을 붙잡히는 걸 경계할 줄 알았는데, 아이카는 미하루의 칼을 비껴내면서 토라키의 안개를 하이힐의 힐 끝으로 차올렸다.

그것만으로, 검은 안개가 재의 알갱이가 되어 후두둑 힘없이 바닥에 떨어졌다.

"힐의 굽에도 은판…… 용의주도하군요."

"너희들 정도는 아니지. 인간뿐 아니라, 팬텀들도 내 목을 노리는 녀석이 많으니까. 이 정도는 당연해."

구슬땀을 흘리는 미하루와 후두둑 재로 변하는 토라키를 상대하며 전혀 물러서지 않는 아이카.

반대로 토라키와 미하루가 서서히 서서히 갑판 가장자리로 몰린다.

"그래서, 나한테 밀리는 척하면서……."

그 순간, 토라키의 안개가 바다에서 도망치는 문어의 먹물처럼 아이카의 시야를 뒤덮고 하늘을 가렸다.

"그 너머에서 숨어 있는 기사를 돌진시키는 건 재주가 부족……."

공기압으로, 토라키의 검은 안개가 찢어졌다.

두 발의 은 탄환이 통과하면서.

"무슨!!"

아이카가 처음으로 딱딱한 표정을 짓고, 커다랗게 도약하여 미하루와 거리를 벌렸다.

"빗나갔어?!"

"아니, 맞았어요!"

아이리스의 확인에 미하루가 대답했다.

탄환보다 1초 늦게.

토라키의 안개를 찢어내고 뛰어든 아이리스 예레이는 맨손이었다.

총 같은 것은 보이지 않는다.

당연하다.

어떤 수를 쓰더라도, 미하루가 입수한 티켓으로 정면에서 여객선에 체크인했다면, 총 따위 들일 수 있을 리 없다.

"아무래도 방심이 지나쳤네. 언제가 마지막이었더라? 은으로 몸이 뚫린 게."

이브닝 드레스의 옆구리에 구멍이 뚫려 있었다.

그 구멍 안쪽에는 상처를 입은 피부나 피가 보이지 않고,

살짝 재가 쏟아질 뿐이었다.

"어떤 수를 써서 쐈는지는 모르겠지만, 역시 예레이의 기사네. 하지만, 상대를 잘못 보고서 불장난을 하면, 화상만 입고서 넘어가지 못해."

『……일단 물러나자. 녀석이 진심을 낼 거야.』

안개인 토라키가 미하루와 아이리스를 회오리로 덮어 숨기고자 했다.

그러나.

"크아아악!!"

소리의 벽. 그렇게 말하는 수밖에 없는 눈에 안 보이는 압력이 아이카의 입에서 뿜어져 나와, 아이리스와 미하루가 비틀거리고 토라키의 안개가 날아가 버렸다.

"장난이 심한 아이는, 조금 정도는 무서운 벌을 주는 편이 좋겠지."

아이카의 드레스 자락과 스톨이 바닷바람과 다른 압력에 말려 올라갔다.

"강자가 약자를 배려해야 하는 이유 따위, 아무데도 없어."

밤하늘의 모든 것을 응축한 것 같은 흑색이 아이카를 감싸자, 얇은 옷의 아이리스는 겨울 항구의 추위와 전혀 다른 이유로 떨었다.

야회복이 어울리는 미녀는 그곳에 없었다.

그곳에는 추악하다는 개념을 응축한 것 같은, 죽음의 마녀로 불러 마땅한 무수한 송곳니를 가진 괴물이 있었다.

"설마…… 스트리고이!!"

아이리스가 외치고, 미하루가 창백해졌다.

"원초의, 흡혈귀……!"

드라큘라 백작의 전설이 세상에 퍼지기 훨씬 이전부터, 죽음의 마법으로 태어났다고 전해지는 고요, 오랜 흡혈귀의 일종.

『오랜만이네, 예레이의 기사. 조금은 즐겨야겠어.』

"위험해!!"

눈 깜빡 할 사이에, 밤이 공간을 좁혔다.

미하루가 휘두르는 칼날은 분명히 스트리고이의 육체에 박혀 있는데, 마치 강철을 때린 것처럼 칼날이 통하지 않는다.

그래도 그 일격으로 아이리스의 목을 향해 다가가는 죽음의 손톱이 몇 밀리미터 오차로 막혔다.

"덕분에 살았어!"

"됐으니까 도망치세요!"

『둘 다 붙잡아!!』

토라키가 아이리스와 미하루의 허리를 안개로 끌어안고 갑판 상부의 지붕에 던졌지만, 토라키의 등 뒤에서 그 궤적을 좇는 것처럼 검은 안개가 따라왔다.

『크! 기다리라고!!』

토라키는 안개를 얽어 붙잡으려 했지만, 완전히 힘에 밀려서 그대로 딸려서 올라가 버렸다.

그대로 옥상에서 기다리고 있는 아이리스와 미하루의 발

치에 부딪치며 실체화했지만…….

"이게!!"

바닥에 부딪힌 자세 그대로, 토라키는 손톱에서 피의 실을 분출시켰다.

"네가 신경 쓰지도 않았던 흡혈귀의 기술이다!!"

"유라! 못을!"

흡혈귀 오코노기가 사용한 피의 실 기술로, 아이리스가 반사적으로 뿌린 나무못을 얽었다.

"아프잖아아아아아아아아아!!!"

피를 통해서 흡혈귀의 피에 반응하는 나무의 성스러움 때문에 비명을 지르면서, 토라키는 피의 실을 스트리고이의 안개 속으로 때려 박았고…….

"터져라!"

안개 속에서 나무못이 폭발했다.

은색의 금속질 파열음이 안쪽에서부터 스트리고이의 안개를 살짝 흩어놓고, 추가 공격을 막아냈다.

『……제법인걸.』

"유라! 피의 실을 끊어!!"

어느샌가 아이리스는 손에 성망치 리베라시온을 쥐고 있고, 회전하는 은색의 궤적이 마치 야구의 노크처럼, 은의 탄환을 스트리고이의 안개를 향해 쏘아냈다.

『이상한걸…….』

스트리고이의 안개는 은의 탄환을 경계한 모양인지 살짝

거리를 벌리고, 지붕에 내려서서 아이리스를 경계하듯 탁한 눈동자로 세 사람을 보았다.

토라키와 미하루는 나타났을 때부터 수법이 변하지 않았지만, 스트리고이의 눈에는 아이리스의 무장이 맨손에서 서서히 강화되는 것처럼 보일 것이다.

『리베라시온이라면 평범한 목공 도구라고 할 수도 있어……. 하지만, 그 은 탄환은, 평범하게 승선했다면 절대로 가지고 들어올 수 없어.』

"신경 쓰지 마. 약자의 발버둥이야."

『처음에 유라의 안개 너머로 쏜 건 은을 뭉치기만 한 보통의 덩어리. 하지만 이번 것은 기사의 성총 데우스크리스의 탄환. 탄환 같은 위험물을, 어떻게 여객선 안으로 가지고 온 거지? 국제 항로를 가는 배니까 화물 검사가 엄중할 텐데. 누군가, 협력자가 따로 타고 있는 걸까?』

"그렇다고 해도, 강하신 고요하고는 상관없는 일이야. 앞으로도 계속 우리를 얕보고 방심해줘."

『후후후, 너무 우쭐대면 적의 분노의 한계점을 재지 못해서 죽을 거야.』

스트리고이의 심홍의 눈동자가, 스멀스멀 겨울의 대기 안에서 깜빡였다.

"그건 무서운데. 하지만 본래, 이쪽은 오래 버틸 거라고 생각 안 했다."

『……?』

빌려 입은 스리피스가 여기저기 너덜너덜해진 상태로, 토라키가 오른손을 들었다.

검은 안개가 되는 것도, 공격의 예비동작도 아니다.

그저 들어 올린 그 손바닥에, 작은 그림자가 웅크리고 있었다.

“나이스 타이밍이다. 편들 상대를 제대로 보는 녀석은 싫지 않거든.”

토라키의 손바닥 위에는 사람의 세계 한복판에서 번화가를 둥지로 삼는 자그마한 생물이 있었다.

시궁쥐였다.

『……네놈!!』

“당신의 신에게 기도하도록 해!!”

다음 순간 아이리스의 손에 그야말로 땅에서 솟은 것처럼 성총 데우스크리스가 나타나고, 두 발의 탄환이 정확하게 오랜 흡혈귀 스트리고이의 심장을 꿰뚫었다.

『으악……!!』

겨울 밤에 울려 퍼진 두 발의 포효와 함께, 스트리고이의 모습이 재가 되어 녹기 시작했다. 스르륵 줄어들더니, 이윽고 격렬한 피를 뿜어내 흘리는 무로이 아이카의 모습으로 돌아왔다.

“크악……!”

스트리고이의 모습보다도 작은 인간의 모습을 취하여 상처를 막으려고 하지만, 그래도 대미지는 크다. 비틀거리며 무릎을 짚더니, 가슴과 이마 주위부터 서서히 재가 되었다.
"아, 아미무라…… 너…… 잘도…… 나를 배신했구나……."
"그에게는 암십자 기사단 일본 지부와, 히키 가문의 보호를 제안했어. 그랬더니 금방 우리들을 따르겠다고 약속해줬지."
『원래 좋아서 흡혈귀가 된 게 아니니까. 지금까지 인간사회에 쫓기는 것이 무서워서, 무법자로 살아온 거야. 공적 기관이 지켜준다면 매달리지 않을 이유가 없다.』
토라키의 손 안에서, 시궁쥐 모습의 아미무라가 찍찍거리며 말했다.
"리베라시온도, 데우스크리스스도, 그가 가지고 와줬지. 요코하마 중화가나 항구에도 쥐 정도는 있는 법이니까. 시궁쥐의 체격과 힘이라면 왕복하면 이 정도 짐을 나르는 건 별 것도 아냐."
"히키 가문 아가씨의 화려한 칼이나 기모노 차림도, 눈에 띄는 유라의 변신도, 전부 어둠 속에서 쫄랑쫄랑 어슬렁대는 쥐에게서 눈길을 돌리기 위한 장치였구나…… 후후."
아이카는 풀썩 엉덩방아를 찧고, 피를 흘리면서 갑판에 벌러덩 쓰러졌다.
"유라. 지금이야. 이마와 심장을 은 탄환으로 관통했으니까, 고요라 해도 움직일 수 없어. 이기면 인간으로 돌아갈 방법이 있잖아!"
"저는 토라키 님이 인간이라도, 이 마음은 변하지 않아요!"
"……."

"유라! 뭐하고 있어!"

"……아이리스, 미하루."

서서히 서서히 재가 되어가는 아이카를 보면서, 토라키는 어째선지 움직이지 않았다.

아니, 움직일 수 없었다.

"방심하지 마. 저녀석은 이 정도로 안 죽어."

"뭐어?! 무슨 말이야?"

"토라키 님……?"

"나도 5년 전에, 여기까지는 했었어!"

"어?"

아이리스가 눈썹을 찌푸렸을 때였다.

"……인간으로 돌아간다. ……그거구나."

쓰러진 아이카가 실에 이끌린 꼭두각시 인형처럼 중력을 무시하고 일어섰다.

"힉!"

『말도 안 돼!』

"……그런, 말도 안 돼……!"

머리의 위쪽 절반이 재가 되고, 가슴에 커다란 구멍이 뚫린 상태에서 아이카의 입술이 씨익 웃었다.

"은 탄환이니까 괜찮을 거라고는 생각하지 않았구나. 성장했는걸?"

"널 상대로 그런 방심을 할 수 있겠냐? 재가 되는 속도를 조절하다니. 중간부터 갑자기 재가 되는 기세가 약해지는 흡혈귀 같은 게 있겠어?"
"거짓말, 이지?"
탄환이 떨어진 데우스크리스를 쥔 아이리스는 눈앞에서 재가 된 머리 부분이 재생되는 모습을 보고 입술을 파르르 떨었다.
"솜씨가 좋은걸. 예레이의 기사. 이 정도로 정확하게 맞은 건 2백년 넘게 없던 일이야."
이윽고, 왼쪽 가슴의 구멍도 완전히 막혀 버렸다.
"하지만 유감이야. 스트리고이라는 흡혈귀종에 대해서, 공부를 더 했어야지."
아이카는 왼쪽 가슴에 손을 대고서, 작게 웃었다.
"어째서 스트리고이가 고요로 불리는지 한 번 더 공부를 다시 해봐. 죽음에서 태어나, 죽음으로 생성된 스트리고이는 흡혈귀면서 그 육체가 사람이나 평범한 흡혈귀하고는 근본적으로 달라."
그렇게 말하더니, 아이카는 자신의 오른쪽 가슴을 만졌다.
"내 심장은, 하나가 아니야."
살짝 드레스가 상했을 뿐, 거의 싸우기 전의 모습으로 돌아와 버린 아이카.
그에 비해서 토라키는 만신창이, 미하루의 검술은 전혀 통하지 않고, 아이리스의 무장도 이미 절반 이상 무효화 되었다.
"……여기까지, 구나."
그러자 갑자기, 아이리스가 포기한 것처럼 어깨를 늘어뜨렸다.

“어머? 포기하는 거야? 포기해도 살아서 돌아갈 수 있다고 생각해?”

아이리스를 조롱하듯 웃는 아이카였지만, 아이리스는 생각보다 순순히 고개를 끄덕였다.

“그래. 우리는 돌아갈 거야. 그러니까 그쪽도 이번에는 물러나주면 좋겠어.”

“재미있는 말을 하는구나. 어째서 내가 그런 말에 따라야 하는 거야?”

“흡혈귀는 온몸의 능력이 인간보다 높을 텐데, 고요라도, 귀는 평범한 걸까?”

“……?”

“자, 안 들려? 배 안에서 대단한 소동이 벌어져서, 인간사회의 치안 유지 조직이 다가오는 거.”

“……이봐, 아이리스.”

“왜?”

“나는 그거에 대해서 아무것도 못 들었는데. 데리고 오는 건 아미무라뿐이 아니었어?”

『괴, 괴, 괴로워…….』

토라키가 손을 움켜쥐자 신음하는 아미무라 쥐.

아이카가 퍼뜩 돌아보자, 멀리서 무수한 긴급차량의 사이렌 소리가 다가오고 있었다.

“물론. 아직 유라에게도 말하지 않은 거, 잔뜩 있어.”

"……하아. ……역시 이렇게 됐나요."

아이리스와 미하루만 뭔가 알고 있는지, 미하루는 칼을 겨누면서도 탄식하고 있었다.

"팬텀이 탄 여객선에 탄 손님들은 운이 없었네. 역시 팬텀은 인간 사회에 유해해."

"이봐, 아이리스?!"

"지금쯤 쇼핑몰에서는, 이 세상에 존재하지 않을 불한당이 날뛰고 있을 거야."

"이 세상에 존재하지 않……?"

아이카는 의문스런 표정을 지었지만, 뭔가 떠올렸는지, 마치 마법처럼 슬림폰을 꺼내 뭔가 조작하기 시작했다.

"앗! 그거 내 거잖아……!!"

"아까 안개가 엉켰을 때 실례했어. 경찰이라도 부르면 귀찮다고 생각해서…… 결국 오고 있지만……. 아이참, 그렇잖아도 흡혈귀의 손가락은 인식률이 안 좋은데 화면이 깨져 있잖아. ……아."

바로 방금 전까지 목숨을 걸고 싸우던 고요가, 깨진 슬림폰으로 뭔가 조사하는 모습은 웃음이 터질 것 같은 장면이었다.

그리고 잠시 숨 막히는 시간이 흐르고, 갑자기 아이카가 소리 내어 웃음을 터뜨렸다.

"아하하하하하하!! 그랬어! 그러고 보니 아미무라 쪽에는 이런 녀석이 있다고 들은 적 있었어! 예레이의 기사, 이거,

당신이 한 거야?"

"그렇지. 나도 미하루랑 대화하고서 생각하는 바가 있었고, 암십자도 지난 수십 년 사이에, 조금씩이지만 의식 개선이 진행되고 있으니까."

"이거 내일 뉴스가 기대되는걸. 벌써 인터넷에서는 꽤 트렌드가 되어 있잖아. 아하하하하!"

아이카는 눈물까지 흘리면서 한 차례 웃더니, 슬림폰을 토라키에게 던져서 건넸다.

토라키는 표시된 화면을 보고서,

"……야, 정말로?"

슬림폰의 화면에 표시된 것은, 토라키도 이름을 알고 있는 메이저한 단문형 SNS 앱의 글이었다.

거기에는 호화로운 여객선의 내장을 한껏 휘젓고 있는, 거대한 늑대인간의 동영상이 찍혀 있었다.

정중하게도 검색에 걸리기 쉽도록 해시태그까지 붙어 있고, 홈 화면에는『요코하마 항의 호화여객선에 불한당 난입. 승객 인질인가?』라는 제목을 붙인 지상파 뉴스의 스트리밍 재생까지 표시되어 있었다.

"무지막지 일이 커졌잖아! 이거 어떻게 정리할 셈이야?!"

『아, 아니, 우리는 그저, 당신들의 계획에 따르면 앞으로 생활과 안전을 보장해준다고 하길래…… 뭉개져, 괴로워, 그만 좀 해……!』

토라키와 마찬가지로 일이 커져서 놀라고 있던 아미무라

쥐를 또 다시 뭉개버릴 뻔했다. 그러나 이 사태를 처음부터 계획한 모양인 아이리스와 미하루는 태연한 표정이었다.

"사가라에게는 적당히 날뛰고서 바다에 뛰어들거나 인간으로 돌아가서 태연한 표정으로 손님이랑 같이 하선하라고 지시했습니다."

"미하루가 준비해서 그도 승선권을 가지고 있으니까, 인간으로 돌아와 버리면 불법침입으로 붙잡히지도 않을 거고."

"뉴 튜브에 롱버전이 올라오면 재생수가 얼마나 올라갈지 모르겠네에. 아니면 지금은 몰락해버린 괴기 영상 방송이랑 비슷한 취급을 받게 될까?"

그리고 고요 스트리고이의 입에서 뉴 튜브란 말이 튀어나왔다.

"여러모로 생각을 했구나. 인간도, 잔챙이 팬텀도, 손을 잡으면 나름대로 재미있는 일을 하네. 하~아."

망연한 기색으로 독기가 빠져버린 토라키를 보고, 아이카는 작게 웃었다.

"좋아. 오늘은 무승부. 나도 머리랑 심장 하나 관통 당해서 힘이 넘친다고 할 수는 없고, 일본 정부나 경찰이랑 싸울 생각도 없어. 오늘은 얌전히 물러나줄게. 하지만……."

무로이 아이카로 알려진 고요 스트리고이는 발치만 검은 안개로 변화시켜서 둥실 떠올랐다.

"다음에 내가 일본에 오는 건, 언제가 되는 걸까?"

"기다려! 너!"

"어머나 유라, 괜찮단다. 그때처럼…… 엄마라고 불러도 말이야……."

"큭!!"

"와라쿠가 살아있는 동안에, 나를 붙잡을 수 있으면 좋을 텐데."

밤에 녹는 것처럼 검은 안개가 아이카의 온몸을 침식했다. 요염한 미소를 지은 여성이 모닥불에서 피어 오르는 그을음처럼, 어느샌가 사람의 눈에도 보이지 않는 작은 입자가 되어 요코하마의 밝은 밤하늘로 사라졌다.

『예레이의 기사…… 또 만나. 다음엔 훨씬, 즐겁게 놀자.』

마지막 목소리까지 허공에 녹아들어도, 토라키도 아이리스도 미하루도, 아이카가 또 다시 검은 안개가 되어 공격해 올지도 몰라 경계했다.

그러나 5분 지나고, 10분이 지나도 그럴 기색이 전혀 없다. 이윽고 아무도 없어야 하는 갑판에, 중장비의 카나가와 현경 기동대가 나타났다.

"주갑판에서 승객 세 명 발견. 카나가와 현경입니다! 죄송합니다만, 지금부터 승객 여러분은 한 번 하선을 해주셔야 합니다! ……그, 아!"

경찰이 쳐들어온 타이밍에 아이카가 뭔가 수작을 부리는 기색이 없었기 때문에 안도하는 분위기가 흐를 뻔 했지만, 토라키는 온몸이 너덜너덜. 아이리스는 권총과 해머를 양손에 들었고, 미하루는 칼을 뽑아 겨누고 있었다.

아무리 호화여객선 여행이 일반 서민의 상식을 벗어난 세계라고 해도, 허용되는 꼴이 아니었다.

"어, 아, 그~게, 무, 무기를 버려라?!"

그렇지만 코후리소데의 소녀가 칼이고 이브닝 드레스의 외국인 여성이 총과 해머라서, 폭도 진압총을 가진 기동대원의 목소리가 무심코 의문형이 되어 버리는 것도 어쩔 수 없는 일이었다.

이것은 흡혈귀나 팬텀의 존재가 드러나는 것보다 훨씬 귀찮아질 것을 토라키가 각오했을 때였다.

"저들은 됐어. 여기는 내가 책임을 질 테니 자네들은 내려가게."

기동대원들의 등 뒤에서 따라온 목소리가 분위기를 바꾸었다.

"네?! 아니 그러나……!"

"됐어. 아무리 봐도 수상한 건 이해하네만, 저들은 적의가 없어. 섣불리 건드리면 외교 문제도 되니 여기는 나한테 맡기게."

아이리스도 들은 적이 없는 중년 남성의 목소리.

기동대원이 마지못해 총을 내리고 둘로 갈라지자, 그들의 등 뒤에서 두 명의 남성이 나타났다.

"정말이지, 하필이면 이런 곳에서 터무니없는 대소동을 벌였군."

한 명은, 소태 씹은 표정으로 턱턱 지팡이를 짚으며 나타난 토라키 와라쿠였다.

그리고 와라쿠 옆에는 와라쿠를 30세쯤 젊게 만들어 놓은 얼굴의 중년 남성이 있다.

“안녕? 요시아키. 어쩐지 폐를 끼쳤네.”

토라키는 체념하고서, 와라쿠의 아들이자 자신의 조카, 토라키 요시아키에게 사과했다.

“정말 그렇습니다, 큰아버지. 아버지도 나이가 있으시니까, 심장에 안 좋은 일은 관두세요. 하다못해 먼저 저한테 상담이라도 해주시면 좋잖습니까?”

“흡혈귀를 퇴치하고 싶으니까 협력해달라는 얘기를 현역 경시청 관료한테 말하기가 좀 그렇잖아.”

“……히키 가문도 그렇고, 암십자 기사단도 그렇고, 갑자기 알고서 급하게 여기저기 움직이는 것보다, 처음부터 각 부처에 사전 공작과 인사를 하는 편이 훨씬 간단하다고요.”

경시청의 현역 관료인 토라키 요시아키가 기가 막힌 기색으로 말하자, 총과 해머를 미안한 기색으로 몸 뒤에 감추며, 덤으로 요시아키의 시선을 피하듯 토라키의 등 뒤에 숨는 아이리스를 보고 힘없이 어깨를 늘어뜨렸다.

“그쪽이 아버지가 말한 금 짚신 안건인가요? 큰아버지 편을 들어주는 외부인의 존재는 분명히 고맙긴 합니다만, 가능하면 이런 대소동은 앞으로는 없었으면 좋겠습니다. 관료라고 해도, 뭐든지 할 수 있는 게 아니니까요.”

“금 짚신……?”

"무…… 무우웅?! 뭐라고요오오오?!"

일본에서는 사어가 되어가는 관용구를 이해 못한 아이리스와, 정확하게 이해한 미하루 사이에서 힘차게 반응이 갈라졌다.

"토라키 님! 어떻게 된 건가요?! 설마 가족들 사이에서 이미 이 여자가 그런 관계라는 걸 인정받고 있는 건가요!!"

"어? 아니, 좀 기다려봐, 미하루! 그건 와라쿠가 멋대로 말한 것뿐이야……!"

"와라쿠 장관! 경우에 따라서 히키 가문은 일본 경찰과 관계를 재고하게 될 거랍니다?!"

"내가 은퇴한지 몇 년 됐다고 생각하는 거야, 미하루 씨. 그런 이야기는 요시아키와 형한테 해줘. 나는 그저 내가 죽은 다음에 형의 장래가 걱정될 뿐이야."

"그렇다면 히키 미하루가 이 세상 끝나는 그 날까지 책임을 지겠어요!"

"잠깐 미하루! 유라는 인간으로 돌아갈 거야. 이번에는 실패했지만, 유라가 돌아가지 못한다고 단정하는 말이 과연 괜찮은 건가 생각하는데."

"당신은 입 다무세요! 이번 작전도 제가 준비를 안 했으면 무엇 하나 제대로 안 돌아갔을 거예요! 그에 대해서 확실하게, 시스터 나카우라와 본국의 암십자 기사단에 항의하겠습니다!"

"마음대로 하세요. 그 스트리고이는 놓쳤지만, 부임한지 얼마 되지도 않아서 히키 패밀리와 연줄을 만들고, 고요를 격퇴했다는 것만 해도, 본국은 분명히 높게 평가해줄 거니까."

"무슨…… 이 어어얼마나 무른 조직인가요! 토라키 님! 이 여자를 얼른 집에서 쫓아내는 게 신상에 좋아요. 분명히 마지막에는 토벌되어 자기 공으로 삼을 거예요!"

"……야 아미무라. 너 정말로 이런 녀석들한테, 미래에 대한 보장을 받기로 한 거냐?"

『……다른 선택지가 없었어.』

"유라!

"토라키 님!"

"큰아버지!"

"형."

아미무라를 제외한 모두가, 토라키가 모르는 곳에서 일어난 일로 토라키를 탓했다.

토라키는 그것을 듣는 둥 마는 둥 하면서 무로이 아이카가 사라진 밤하늘을 올려다보고,

"……나는 정말, 주변 사람들을 잘 만났다니까. ……얼른 돌아가서 자고 싶다."

그렇게 투덜거렸다.

종장 흡혈귀는 이웃을 고를 수 없다 DRACULA YAGEUN!

메리 1세호의 대소동이 나고서 1주일이 지났다.

아이리스와 만난 뒤의 나날은 토라키의 인생 속에서 가장 많은 사람과 가장 농밀하게 연관되고, 가장 정력적으로 움직여 다녔다고 해도 좋았다.

애당초 아이리스와 오코노기의 싸움에 고개를 들이민 자신의 책임이기는 하다. 그때까지는 아이카를 찾으면서 와라쿠나 요시아키가 가끔 전해주는 팬텀이나 흡혈귀의 부정확한 정보를 단서로, 홀로 싸움에 나서고, 때로는 이기고, 때로는 지는 것 말고는 거의 하는 일이 없었다.

졌을 때는 재가 되고, 얼마 지난 뒤에 집으로 돌아오고, 그리고 또 생활 환경을 재정비한다.

그런 일을 70년 가까이, 계속해왔다.

와라쿠의 아내인 키미에의 죽음을 계기로 집을 나선 뒤로는 그 루틴마저도 스팬이 길어지고, 5년 전에 아이카에게 패배하여 도내의 무 밭에 뿌려진 뒤로는 급속하게 기력을 잃고 있었다.

"그러면, 정리는 이걸로 끝났어. 정말로, 꽤 오래 신세를 졌습니다."

그 기력을, 아이리스가 억지로 부활시켰다.

검은 양복을 입고, 여행용의 캐링 케이스 옆에서 토라키에게 고개를 숙이는 암십자 기사단의 수도기사. 아이리스 예레이가 이 날, 드디어 토라키의 방에서 물러난다.

일본 지부에 부임하고서 트러블이 이어진 탓에 확보하지 못했던 주거지를, 드디어 확보한 것이다.

토라키는 언젠가 부동산에 동반해야 하지 않을까 각오를 하고 있었지만, 스트리고이와 접촉한 것에 대한 보고를 일본 지부를 통해서 길고 길게 정리를 해야 했던 탓에, 그녀의 상사에 해당하는 나카우라라는 수녀가 아이리스가 희망하는 방을 찾아준 모양이다.

"유라가 구해줬을 때는 일이 이렇게 될 줄은, 생각도 못했었지만…… 하지만, 결국 유라 덕분에, 내 평가도 아주 약간 회복했어."

"그러면 본국에 돌아갈 수 있는 거야?"

토라키는 테이블 위에서 손을 깍지 끼고 물었다.

첫날에 성별해 버린 이 식탁도, 이제 평범한 테이블로 돌아와 있었다.

"무로이 아이카를 쓰러뜨렸다면 그것도 있을 수 있었지만, 지금은 아직 그 정도는 아니야. 오히려 그녀의 종적을 확인할 때까지는 돌아가지 못하게 할지도 몰라. 그녀와 접촉한 게 미하루와 나뿐이니까."

"……그러냐."

"그리고, 이거. 약속이니까, 돌려줄게."

아이리스가 내민 것은, 아이리스가 이 방에 굴러들어오는 원인이 된 토라키의 미아 메모였다.

"……잊고 있었네. 이제 버려도 돼. 이런 거."

토라키는 일단 받고서, 촥촥 찢어서 방구석에 있는 쓰레기통에 던져버렸다.

"이런 거, 흡혈귀를 모르는 녀석한테는 아무 의미도 없으니까. 피의 각인도 새로 만들어줬으니까, 앞으로는 얌전히 미하루가 오는 걸 기다려야지."

"괜찮아? 그녀한테 은혜를 입게 되는 거잖아?"

"그렇게 되지 않도록 조심한다는 거지."

토라키의 목에는 전처럼 마구 꿰인 꼴사나운 것이 아니라, 정성스럽게 세공된 완전히 새로운 피의 각인이 걸려 있었다.

무로이 아이카가 있는 메리 1세 호에 올라탈 때 미하루의 무기인 칼은 선내에서 구입했고, 아이리스의 은 자갈은 액세서리로 위장했다. 리베라시온이나 데우스크리스의 경우는 아미무라가 반입하는 것이 결정됐지만, 가장 큰 문제는 재가 된 토라키 자신을 어떻게 옮기고, 흡혈귀의 능력을 발휘시킬 것인가였다.

피의 각인은 이름 그대로 원료가 인간의 피이며, 더 정확히 말하면 만든 것은 7년 전 11세였던 미하루였다.

메리 1세호에서 토라키가 아무 준비도 없이 흡혈귀의 능력을 쓴 것은, 피의 각인을 갈아서 토라키의 재에 섞은 상태로 배에 가져왔기 때문이다.

그리고 토라키의 재 자체는 미하루가 입고 있는 것하고는 다른 후리소데에 꿰매서 트렁크로 선내에 가져왔다.

다시 말하면 배 안에서 인간형을 되찾은 시점에서 토라키는 인터넷으로 살 수 있는 자라의 피와 비교도 안 되는 순수한 인간의 피를, 몸에 흡수하고 있었던 것이다.

그리고 이 새로운 표식이 되는 피의 각인은, 7년 전보다도 훨씬 손재주가 좋아진 미하루가 본인 말로는 마음을 담아서 만든『마를 떨치는 부적』이라고 한다.

"그리고 이거. 내가 당신한테서 빌린 돈. 처음에 카레로 시작해서, 생활필수품을 갖추는데 빌린 5,000엔이랑, 그리고 광열비. 안에 확인해봐."

"아아, 그건 됐어. 적당히 넘어가. 이쪽도 밥을 해주거나 세탁을 해주거나, 여러모로 도움을 받았으니까."

토라키는 그녀가 건넨 다갈색 봉투를 아무렇게나 주머니에 넣었다.

"참고로 그 봉투는 당신이 일하는 편의점에서 점장이 계산대에 있을 때 샀어."

"뭘 자랑스럽게 말하고 있냐?"

"노력했어. 칭찬을 해줘도 좋아."

뻔뻔스레 말하는 아이리스였지만, 이것이 그녀의 본래 모습이니까 이제 쓴웃음밖에 안 나온다.

본래는 그녀를 햇살 속에서 배웅했어야 하리라.

그러나 토라키는 아직도 흡혈귀이며, 오늘도 앞으로 1시간 뒤에 출근 시간이다.

방도, 현관도, 겨울 저녁의 어슴푸레함과 추위가 스며들어 회색의 작별을 연출하고 있었다.

아이리스가 토라키에게 깊이 고개를 숙이더니, 캐링 케이스를 끌고서 늠름한 발걸음으로 공용 복도를 걸었다. 그리고…….

"그러면, 내일 봐."

토라키가 사는 블루로즈 샤토 조우시가야 104호실의 바로 옆, 103호실 문에 열쇠를 넣고 돌리더니, 그대로 안에 들어갔다.

토라키는 그것을 보면서 머리를 감싸며 웅크려 버렸다.

"너네 상사는 대체 뭔 생각인데? 진심으로 너 우리 집 옆에 살 거야?"

"무슨 말이야? 당연하잖아."

캐링 케이스를 방에 던져 놓고서 곧장, 아이리스는 고개를 내밀었다.

"고요 스트리고이와 연관이 있는 흡혈귀. 게다가 히키 패밀리나 일본 경찰하고도 인연이 깊어. 그런 흡혈귀를, 감시도 없이 방치해둘 리가 없잖아. 오히려 지금까지 발견되지 않은 게 신기할 정도야. 당신에 대해서도, 본국에 보내는 보고서에 정확하게 적어뒀어."

"그거 진짜로 말하는 거지?"

"당연하지. 내 덕분에 기사단에게 발견되고서도 평온하고 무사하게 살 수 있는 거니까, 감사해도 좋아."

"나조차도 이 지경이잖아. 아미무라나 사가라가 너랑 히키 가문에 얼마나 혹사당할지를 상상만 해도 동정으로 눈물이 멈추질 않는걸.”

“아미무라랑 사가라도, 히키 패밀리의 협력 아래, 일본에서 사회생활에 필요한 지원을 하는 게 결정됐어. 그들도 분명히 나한테 감사해줄 거야.”

“너 그거 자신이나 자부 같은 게 아니라, 그냥 오만이야.”

“그러니까 유라. 앞으로 본국의 암십자에 좋게 보이기 위해서도, 내 성무에 계속해서 협력을 해줘야 해. 잘 부탁해.”

지금의 아이카는, 토라키보다도 압도적으로 아이리스에게 흥미를 보이고 있었다.

메리 1세 호에서 사라진 아이카가 아직 일본에 있는지, 아니면 무슨 방법으로 해외에 도망쳤는지는 모르지만, 아이리스와 함께 행동하면 토라키가 아이카와 접촉할 수 있는 기회도 늘어날 것이다.

“싫네요.”

토라키는 그것을 충분히 이해하고서도 질색하는 표정으로 말하고, 당연한 것처럼 아이리스는 그 말을 무시했다.

“일단 급한 건, 이 조~시가야 주변의 상세한 지리를 알고 싶어. 안내해줘. 다음에 편의점 일 쉬는 거 사흘 뒤였지? 그날이면 돼.”

“왜 네가 내 근무일정을 파악하고 있어!”

“냉장고 문에 자석으로 붙여뒀잖아. 자기 담당 팬에 대해서는, 가능한 파악하는 게 암십자 기사단의 의무야.”

토라키는 자신의 선부름에 머리를 쥐어뜯고 싶어졌다.

"나한테 경찰 관료인 친척이 있다는 걸 잊지 마라. 프라이버시의 과잉 침해로 고소한다! 너 몇 분 전에 나한테 신세를 졌다고 했잖아!"

그대로 날뛸 것 같은 토라키를 보고, 아이리스는 작게 웃었다.

"다 생각하기 나름이야, 유라."

"뭐가!"

"나한테 빚을 만들어두면, 또 스트리고이랑 만났을 때 나를 끌어들일 수 있어."

"됐네요!"

너무 화를 돋구었을까?

토라키는 어깨를 들썩이면서 방으로 돌아가 버렸고, 아이리스도 그 이상 자극하지 않고 신천지의 새로운 방 안으로 들어섰다.

토라키의 104호실과 선대칭 구조의 실내.

마치 흡혈귀인 토라키와 인간인 자신이, 비슷하지만 다르다는 것을 상징하는 것 같았다.

"마치 우리들 같네…… 유라."

흡혈귀의 귀도, 벽을 넘어서 소리가 들리진 않으리라.

"나는 당신이, 인간으로 돌아오면 좋겠어."

방으로 들어서면서, 아이리스는 커튼이 없는 창으로 밖을 보았다.

토라키의 방보다 조금 채광률이 높은 그 창에서, 겨울의 반달이 잘 보였다.

아이리스는, 결코 손이 닿지 않는 그림자의 반달에 살며시 손을 뻗으려다가, 금방 내렸다.

"당신이 인간으로 돌아오면, 나를, 태양 아래로 데리고 가줄까?"

아이리스 예레이가 이 세상에서 오로지 한 명, 두려움 없이 대할 수 있는 남자는 그 말을 듣지 못했다. 그 뒤로 1시간쯤 지난 뒤, 출근하는 소리가 들렸다.

아이리스는 그 소리가 들리자 얼른 현관으로 가서, 문을 열지 않고 소리쳤다.

"다녀와!"

공용 복도의 발소리는, 그 소리를 들었을까?

"그래, 다녀올게."

한순간 멈춘 뒤, 그래도 그렇게 대답을 하고 멀어졌다.

가까운 것 같지만 언제나 엄연한 벽으로 가로막힌, 사람의 수도기사와 흡혈귀 남자의 이웃 생활은 이렇게 시작됐다.

— 끝 —

■작가는 언제나 후기의 화제를 찾고 있다
—— AND YOU ——

편견이 듬뿍 담긴 이야기를 하겠습니다만, 개인이 창작을 생업으로 삼는 분의 대부분은 한 번쯤 밤의 생활을 경험하고 있지 않을까요?

다름 아닌 저 자신이 그렇고, 제 친구인 작가들은 다들 사계절 내내 아침놀의 아름다움과 일출 시간을 알고 있습니다.

생물학적으로 주행성의 생물인 인간이라면 낮에 눈을 떠서 일을 하고, 밤에는 이불 속에서 잠드는 것이 좋을 텐데요. 어째선지 깨닫고 보면 야행성이 되어 있습니다.

어느 날 일을 하다가, 방의 창에서 바깥의 아침놀을 보고 나는 이 일을 하는 동안 계속 아침형이 되지 못하겠구나~ 하고 멍하니 생각하고 있었습니다.

그리고 이 세상에서 가장 『야행성』인 사람은 어떤 사람인가 생각했을 때, 본작의 주인공 토라키 유라가 갑자기 나타났습니다.

『알바 뛰는 마왕님!』의 최종권 집필에 난항을 겪으면서, 차기작의 구상에 대해서 고생하고 있던 어느 겨울의 동틀 녘이었습니다.

그리고 본작 『드라큘라 야근!』의 이 후기는 『알바 뛰는 마왕님!』 최종권의 최종 작업을 마친 그야말로 그 직후에 쓰고 있습니다.

처음 뵙는 분은 처음 뵙겠습니다. 오랜만인 분은 오랜만에 뵙습니다. 그리고 1개월만인 분, 정말 고맙습니다.

와가하라 사토시라고 합니다. 깨닫고 보니 야행성이 되어 있는 타입의 작가입니다.

야행성은 실제로 불편합니다.

정도의 차이는 있겠습니다만, 세상의 주요 시간대의 흐름과 자신의 감각이 매칭되질 않아요.

학생일 때나 젊었을 때는 그나마 괜찮았습니다만, 자신의 의사나 자신의 용건으로 관청이나 은행이나 우체국이나 병원에 가게 될 때가 있어요. 그럴 때 늦은 시간은 예약이 꽉 차 있거나 자신이 깨어 있는 시간에는 애당초 문을 닫기도 합니다.

그리고 어쩔 수 없이 아침이나 낮에 일어날 일이 있으면, 이것이 또 참으로 고통이란 말이죠.

오전 9시는 너무 이른 아침입니다.

세상에는 밤에만 할 수 있는 일, 밤에 할 수밖에 없는 일이라는 게 꽤 많아요. 그런 일에 종사하는 분은 어쩔 수 없이 야행성이 됩니다만, 와가하라의 일은 딱히 밤이 아니면 안 되는 일도 아닙니다.

완전히 자기관리의 문제죠.

하지만 난처하게도 수많은 작가는 밤에 일하는 걸 긍정하고 있으며, 와가하라의 친구 작가들 다수가 밤에 일하며, 기어이 쓰는 소설의 주인공까지 생물학적(?)으로 해가 진 다음이 아니면 활동할 수 없는 존재가 되어 버렸습니다.

아마도 아직, 저의 야행성 작가 생활은 이어질 겁니다.

이 책의 이야기는 대다수와 다른 자신을 받아들이면서도 자신의 방식에 씁쓸함을 씻어낼 수 없는 녀석들이, 매일 필사적으로 살아가는 이야기입니다.

아리사카 아코 씨가 그려주신 새로운 『이세계에서 온 일상』 이야기를, 재밌게 읽어주시면 그보다 더 좋은 일은 없을 겁니다.

당신의 직장에 있는 그 사람은, 어쩌면 어둠의 세계에서 찾아온 사람일지도 모릅니다.

마왕에게서 『노동자』의 배턴을 이어받게 된 흡혈귀의 이야기가 앞으로 어찌 되는지, 기대해 주시면 좋겠습니다.

그럼!

■역자 후기

어허. 자고로 글, 그림, 음악을 하는 사람은 당연히 밤에 일하는 법입니다. 암요.

역자도 그래요. 역자는 분명하게 조언을 드릴 수 있습니다. 받아들이세요. 인간은 본래 규칙적인 생활을 하는 생물이 아니라니까요!

불초 역자, 새 시리즈로 인사 올립니다.

역자가 번역한 다른 시리즈의 후기에서도 한 번 비슷한 얘기를 한 적이 있습니다. 역자의 규칙적인 생활 도전기였죠. 결국 역자가 내린 결론이 서두의 저것입니다. 규칙적인 생활이라는 건 인간 사회가 문명화되면서 어쩔 수 없이 선택하게 된 그나마 제일 건강을 덜 해치는 방법에 지나지 않는다는 것이었죠.

그 이후로 역자는 과연 그 생각을 바꾸게 되었을까요?

다양한 시도를 해본 끝에 역자는 그래도 그나마 규칙적인 생활이라는 것을 정립하는 데 성공했습니다!

26~28시간 주기로요.

……뭐지? 역자는 지구 생물이 아니었던 걸까요?

어째서 자전주기 24시간의 행성에서 살고 있는 역자는

26~28시간 주기의 규칙적인 생활을 하게 되는 걸까요?

아니 뭐 이게 다 논리가 있어요. 일단 잠을 잡니다. 8시간쯤 되는 통잠을 자요. 그리고 깨잖아요? 그럼 밥 먹고, 커피 마시고, 일 하고, 그러다 보면 시간이 지남에 따라서 점점 집중력이 떨어지게 됩니다. 그러면 어떡해야 할까요! 자야 합니다! 한 40분~1시간 정도쯤 자고 나면 쌓였던 피로가 회복됩니다. 그러면 이제 다시 밥 먹고, 커피로 카페인 보충하고, 회복된 집중력으로 또 일을 하는 거죠.

그러다 보면 또 집중력이 떨어지기 시작합니다. 인지상정이죠. 그러면 어떡해야 할까요?

또 자는 거죠. 1시간 정도. 그러면 다시 회복되는 집중력으로 일을 마무리하고, 야식(?)도 좀 먹고, 일 끝났으니까 게임도 좀 하고, 그리고 졸립다 자야지. 하면서 시계를 딱 보면! 전날에 자려고 누웠던 시간보다 26~28시간이 지나 있는 겁니다.

이것이 바로 역자의 26~28시간 주기 규칙적인 생활법……. 믿기 힘드시겠지만 솔직히 이렇게 하니까 일의 효율이 괜찮아요. 그럴 것이 졸립고 집중력 떨어진다 싶으면 그때마다 회복하고 일을 하는 거니까요. 진짜라니까요?

역자처럼 독자적으로 진도를 빼야 하는 일에 종사하시는 분이 있으면 해보세요. 인간의 적응력이라는 거 생각보다 위대합니다!

그러면 여러분! 다음에 또 봬요!

드라큘라 야근! 1

초판 1쇄 발행 2021년 12월 10일

지은이_ Satoshi Wagahara
일러스트_ Aco Arisaka
옮긴이_ 박경용

발행인_ 신현호
편집장_ 김승신
편집진행_ 원현선 · 권세라
편집디자인_ 양우연
관리 · 영업_ 김민원 · 조인희

펴낸곳_ (주)디앤씨미디어
등록_ 2002년 4월 25일 제20-260호
주소_ 서울시 구로구 디지털로 26길 111 JnK디지털타워 503호
전화_ 02-333-2513(대표)
팩시밀리_ 02-333-2514
이메일_ lnovellove@naver.com
L노벨 공식 카페_ http://cafe.naver.com/lnovel11

DRACULA YAKIN！ Vol.1

Edited by 전격 문고
First published in Japan in 2020 by KADOKAWA CORPORATION, Tokyo.
Korean translation rights arranged with KADOKAWA CORPORATION,
Tokyo through Korea Copyright Center Inc.

ISBN 979-11-278-6284-8 04830
ISBN 979-11-278-6283-1 (세트)

값 7,800원